古典文學研究輯刊

十一編

曾永義 主編

第 18 冊

隋唐演義系列小說研究
——以發展演變爲論述核心（下）

張清發 著

國家圖書館出版品預行編目資料

隋唐演義系列小說研究——以發展演變為論述核心（下）／張清
發 著—初版—新北市：花木蘭文化出版社，2015〔民104〕
目 6+138 面；19×26 公分
（古典文學研究輯刊 十一編；第 18 冊）
ISBN 978-986-404-124-4（精裝）
1. 演義小說 2. 文學評論
820.8 103027550

ISBN-978-986-404-124-4

古典文學研究輯刊
十一編 第十八冊 ISBN：978-986-404-124-4

隋唐演義系列小說研究
——以發展演變為論述核心（下）

作 者 張清發
主 編 曾永義
總 編 輯 杜潔祥
副總編輯 楊嘉樂
編 輯 許郁翎
出 版 花木蘭文化出版社
社 長 高小娟
聯絡地址 235 新北市中和區中安街七二號十三樓
電話：02-2923-1455／傳眞：02-2923-1452
網 址 http://www.huamulan.tw 信箱 hml810518@gmail.com
印 刷 普羅文化出版廣告事業
初 版 2015 年 3 月
定 價 十一編 29 冊（精裝）台幣 52,000 元

隋唐演義系列小說研究
——以發展演變爲論述核心（下）

張清發　著

目次

下 冊

第五章　亂世英雄譜——《說唐》

　　《說唐演義全傳》（以下簡稱《說唐》）的刊刻，標誌著隋唐演義系列小說已經脫離傳統「按鑑演義」的敘事模式，完全以亂世英雄的故事為主體，是「英雄傳奇」敘事類型中的集大成之作。作者不詳，內容應是會集自民間說書演藝的底本，因而在敘述藝術上頗具有戲謔、粗獷的風格，並且呈現出忠奸抗爭、江湖結義等庶民思想。整體而言，小說最大的敘事特色，就是運用「榜的結構」，以「十八條好漢」的活動做為隋唐歷史發展的主體，構成一部可歌可泣的「亂世英雄譜」。因此，本章以「亂世英雄譜——《說唐》」為題，分成「版本作者與創作意圖」、「敘事結構與繼承發展」、「恃力與恃德的天命歸屬：十八條好漢」、「主題思想與藝術特色」等四節，依序進行論述。

第一節　版本作者與創作意圖

一、版本作者

（一）版本

　　《說唐》全書十卷六十八回，今存最早的刊本是乾隆初年的崇德書院本，題為《說唐演義全傳》，之後乾隆四十八年（1783）的觀文書屋刊本和嘉慶六年（1801）的會文堂刊本都沿用。後有聖德堂刊本把它分作十四卷，題名《新刻增異說唐全傳》，去掉了「演義」二字，而「新刻增異」則是廣告用語。善成堂刊本則把六十八回分成八卷，題名為《說唐前傳》。書坊之所以把「全傳」改為「前傳」，是為了配合早已流行於世的《說唐後傳》。而後，又有善成堂

以及漁古山房等書坊將《前傳》《後傳》合刊，標名《說唐演義全傳》或《說唐合傳》。由於《說唐》刊刻多次，導致名稱眾多，除了《說唐演義全傳》這個全稱外，其常見簡稱又有《說唐全傳》、《說唐演義》、《說唐前傳》、《說唐傳》、《說唐》等，爲求論述統一，本論文以《說唐》稱之。

今坊間流行的有六十六回本《說唐演義》（或稱《說唐》），爲陳汝衡根據乾隆年刊崇德書院大字本修訂而成，可惜內容涉及天命因果的部分，皆被視爲迷信色彩，而大多遭到刪改；〔註1〕且小說的「回目」聯句也頗多編改（詳見附表二）。因此本文以六十八回的「坊本」爲論述文本。

（二）作者

《說唐》的作者不詳。清乾隆四十八年癸卯（1783）的觀文書屋刊本，卷首有乾隆元年（1736）「如蓮居士」的序；而嘉慶辛酉年（1801）之會文堂本，封面署「鴛湖漁叟較訂」；英國博物館藏聖德堂刊本，卷前有「鴛湖漁叟書」一序，而無「如蓮居士」序；漁古山房刊本，內封題「如蓮居士編綉像說唐前傳漁古山房藏板」，首乾隆元年如蓮居士序，序後有圖幅，均配有詩文，卷一下題「姑蘇如蓮居士編次，岩野山人校正」，其餘卷下或題「嚴野山人訂正」，或題「嚴野人評點」、「嚴野山人點閱」等。如蓮居士在《說唐・序》中云：

> 今見藏書閣中有《說唐》一書，自五代後起，至盛唐而終，歷載治亂之條貫，興亡之錯綜，忠佞之判分，將相之奇猷，善惡畢具，妍醜無遺……大有裨世之良書也，可付之於剞劂氏。

在這篇序文中並未提及作者是誰，而會文堂刊本卷首題的「鴛湖漁叟較訂」之字樣，也未見於更早的刊本上。由此，推測鴛湖漁叟應該只是爲書坊作校訂的文人，亦非《說唐》的作者。至於「如蓮居士」和「鴛湖漁叟」，兩人的真實姓名和生平皆不詳。如蓮居士是蘇州人，曾爲《說唐演義全傳》作序於乾隆元年（1736），又爲《反唐演義傳》三和堂刊本作序於乾隆十八年（1753），加上《說唐三傳》序署是他，《別本說唐後傳》編次也是他，故可推知其生活

〔註1〕陳汝衡在六十六回版書末的「校訂說明」中，指出其修訂「坊本」（即六十八回本）之處，主要有：將第二十七回和第二十八回合併；將六十四回到六十六回中，內容涉及神怪及不必要的不合理穿插予以刪除。目的在於使修訂後的六十六回版「不但內容趨於純潔，並且保持一定的篇幅長短。」參見《說唐演義》「校訂說明」（台北：桂冠圖書股份有限公司，1994），頁365～367。

年代約在雍正、乾隆時期。而鴛湖漁叟當爲浙江嘉興人（「鴛湖」即嘉興南湖），曾校訂《說唐演義全傳》、《說唐後傳》，並爲《別本說唐後傳》作序，可知與如蓮居士爲同時代之人。

　　由於《說唐》並非是一時一地一人所創作出來，其成書的過程可說是由一群民間藝人逐步完成，因此其作者的組成分子，可能有說唱藝人、不第文人、書坊主等。在如此的成書方式下，使《說唐》充滿了民間藝人的寫作風格，特別善於運用誇大豐富的故事情節來引發讀者的興趣，注重娛樂性和市場反應。

二、創作意圖

　　雖然《隋唐演義》已經是集隋唐故事之大成，但是因爲全書是以歷史演義爲主，「復緯之以本紀、列傳」而成，因此在內容組成上就包含了隋煬帝荒淫史、唐朝開國史，以及草澤英雄發跡史等三大部分，使得全書的主題難以趨向一致，加上褚人穫文人書寫的敘事風格，都可能造成民間演述的困難。因此，江湖藝人在演述隋唐故事時並不會以《隋唐演義》做爲底本，於是單純以英雄爲敘事主體的《說唐》就被創作出來了。換言之，「按鑑演義」式的歷史小說已經不能滿足讀者的審美口味，因此《說唐》的作者擺脫傳統歷史演義的格套，而另外敷演出呈現隋唐歷史的「亂世英雄譜」。如此發展現象，正如黃霖〈小說小話〉中所云：

> 《說唐》、《征東》、《征西》，皆惡劣。蓋《隋唐演義》詞旨淵雅，不合社會之程度，及點者另編此等書，以循俗好。凡餘所評爲惡劣者，皆最得社會之歡迎，所謂「都都平丈我，學生滿堂坐」，俗情大抵如是，豈止葉公之好龍哉？〔註2〕

可見隨著時代和讀者審美趣味的變化，隋唐故事的內容有由「雅」入「俗」的發展趨勢，而這和《說唐》來自說書平話的底本有密切的關係。〔註3〕

　　由於《說唐》是書坊根據說書人的底木整理而成，因此在小說中處處可

〔註2〕見〈小說小話〉收入黃霖、韓同文選注：《中國歷代小說論著選（下）》（南昌：江西人民出版社，2000），頁262。

〔註3〕龔維英指出：《說唐》的「說」，其實就是說話人之「說」，表明它來自民間的三瓦兩舍，酒樓茶坊。若以雅俗來區分，那麼《隋史遺文》、《隋煬帝豔史》、《隋唐演義》這類由文人士大夫所修訂編撰的作品，算是「雅文學」；相較之下，《說唐》及其續書則爲「俗文學」。參見〈取材隋唐英雄業績的明清雅俗說部的比較研究〉《貴州社會科學》（1997第6期），頁46～51。

見話本的敘述風格。如每回敘述基本上是按「當下……且說……再說……」的方式展開，還有「按下慢表」、「此話不表」、「列位，你道……」、「這叫做無書不講……」之類的套語。又如說書是分段講說，因此小說中有「因此名爲『走馬取金堤』」、「這回書叫做『羅成走馬破楊林』」、「這回書名爲『撞死黃驃馬，別斷虎頭槍』」等敘述。而小說中的語言運用多爲民間式的俚俗口語，表現出說書人慣用的聲口。此外，說書人爲了吸引聽眾，在講述歷史故事時，會特別去渲染人物的傳奇性；同時爲了要符合聽眾的知識水準，在文字用語上也會比較口語化。此正是如蓮居士在〈序〉中所云：「夫經書之詣最奧而深，史鑑之文亦邃而俊。然非探索之功，研究之力，焉能了徹於胸，而爲人談說哉！故由博學而至篤行，其間工夫不可勝道。」因此，他讚揚《說唐》「文辭徑直，事理分排，使看者若燎火，聞者如聽聲，說者盡懸壺。」

若再與《隋史遺文》、《隋唐演義》這類文人編撰的小說相較，可以發現像《說唐》這類出自說書底本的小說，其敘寫重點和主題，也會展現出不同的人生觀和價值觀。〔註4〕不過，儘管《說唐》著重民間「戲謔、娛樂」的風格，但仍有其借史事以行「勸懲」之教化意圖，如前引如蓮居士的〈序〉所云：因爲其改編的底本「歷載治亂之條貫，興亡之錯綜，忠佞之判分，將相之奇猷，善惡畢具」，算是「大有裨世之良書」，所以書坊才將其刊刻出版。

總之，《說唐》在敘事內容上不受「歷史」的拘束，而多採稗史異聞或民間傳說，又善於發揮民間誇張、豐富的敘事特點，使得故事曲折、情節生動，在娛樂中雜以勸懲，可說是清初英雄傳奇的代表作。此後續書不斷，形成一批「說唐續書」，並且有許多民間戲劇是以之爲底本加以改編。因此就小說傳播的層面來看，《說唐》的影響層面頗大。〔註5〕

〔註4〕王學泰從「游民」的角度來考察說唐系列小說的演變，提出：「隋唐之際的歷史是平話藝人喜歡講述的段子，而且他們在演播這段歷史故事時是偏重刻劃歷史人物的，也就是說走的是英雄傳奇的路子，這是從吸引聽眾出發的。」又「一般說來，平話演說藝人注重人物形象的傳奇性，他們據以演說的底本多虛構成分，多荒誕的情節，較爲口語化；而文人的修訂本則多采擷史籍，注重歷史上的真人真事。」因此，「這些通俗小說題材相同，但是其側重點不同、主題有區別、人物形象塑造上也大有差別，其間的種種異同反映了作者不同的人生觀和價值取向，文人與游民知識分子對於歷史事實認知與表現上的差異。」見〈「說唐」小說系列演變中所反映的游民意識〉《文學評論》（1997第6期），頁116。（按：游民：古指無土可耕，無田可作的人。）。

〔註5〕依王清原、牟仁隆、韓錫鐸編纂的《小說書坊錄》所載，《說唐》刊刻的版本有善成堂、同文堂、吳郡崇德書院、綠陰堂等共22種，比《隋唐演義》的16

第二節　敘事結構與繼承發展

一、敘事內容

　　《說唐》故事從秦彝託孤、隋文帝平陳寫起，一直敘述到隋末天下大亂、李世民削平群雄登基爲帝止。其中，重要的歷史輪廓大概符合史實，也與《隋史遺文》的敘事大致相同；而人物故事則多來自民間傳說，敘寫重點在於英雄傳奇。就敘事內容的安排來看，《說唐》並非是按照歷史發展的順序來敘述故事，而是與《水滸傳》一樣，把一個接一個的英雄傳記連在一起。因此，《說唐》和《隋史遺文》專寫秦瓊一人的發跡變泰不同，而是英雄群像的連綴體。如第一回到第十三回，重點寫任俠好義的秦瓊；第十五回到第二十回，重點寫因遭滿門抄斬而被迫造反的伍雲召；第二十一回到第四十回，重點寫魯莽、滑稽的程咬金；第四十四回到第五十二回，重點寫勇猛粗獷的尉遲恭；第五十三回到第六十一回，重點寫英姿煥發的少年英雄羅成；第六十二回以後則是全書的收尾。因此，整部《說唐》可以說就是一部「亂世英雄譜」，而隋末唐初的「歷史」，自然成了眾多「英雄」的舞臺，呈現出一種「平民式的英雄史觀」〔註6〕。

　　《說唐》一開始敘寫秦瓊（第十六條好漢）少年時代的「微時光景」，其敘事內容大致與《隋史遺文》相同；直到秦瓊與群豪夜避長安、秦瓊仗義打死宇文惠及後，小說增寫了宇文成都（第二條好漢）帶兵捉拿秦瓊，眾英雄難以相抗，幸賴有李靖贈予的「五粒赤豆」幻成秦瓊等五人的模樣，才使他們得以奪門遠逃。而後，楊廣奪得帝位後，斬殺忠直老臣伍建章，並派人追殺其子伍雲召（第五條好漢）。伍雲召雖連敗隋軍，仍遭宇文成都殺敗，幸獲朱燦救之，託孤而去。

　　隋煬帝即位後大赦天下，程咬金遇赦出獄，與尤俊達結爲兄弟。小說在寫兩人劫皇杠前，增寫了程咬金夜夢神仙老人傳授六十四路斧法，爲他以後的建功立業打下基礎。日後，秦瓊因協助追捕劫皇杠之盜，察訪不著，只好

　　　　　種還要多。（北京：北京圖書館書，2002.4），頁308、316。
〔註 6〕歐陽健認爲：《說唐》不是以群雄逐鹿的十八路反王、六十四煙塵爲主角，而是以一群武藝超群的好漢爲主角，因爲作者無心去重視歷史，他所需要的是編織動人心魄的英雄故事。「要說這是英雄史觀，那也是平民的英雄史觀」。見〈《說唐》──平民的隋唐英雄譜〉《明清小說采正》（台北：貫雅出版社，1992.1），頁294。

冒充響馬去登州投案，靠山王楊林（第八條好漢）見秦瓊儀表堂堂，強嗣爲義子。秦母壽筵時，程咬金自招爲盜，秦瓊爲義燒捕批，小說於此增寫眾英雄爲義氣所激，遂歃血爲盟。而後，程咬金再劫皇杠，爲楊林擒住，徐茂公率眾英雄劫牢反獄。節度使唐璧得到盟單，知秦瓊與響馬同夥，即上書楊林，秦瓊遂與眾英雄同奔瓦崗寨。

眾英雄奔上瓦崗寨後，程咬金探地穴得寶匣，天命所歸受眾人擁爲「混世魔王」。楊林率兵伐瓦崗寨，怒擺長蛇陣，王伯當請來羅成（第七條好漢）破陣敗隋軍。接著，又有裴仁基、裴元慶（第三條好漢）歸順瓦崗寨。而後，十八路反王興師，推舉程咬金爲盟主，兵聚四明山欲捉拿昏君。宇文成都大戰雄闊海、伍雲召、伍天錫（第四、五、六條好漢）後，又遇裴元慶，終力乏敗退、暈死過去。隋煬帝遂召來神勇無敵的李元霸（第一條好漢），終於打敗十八路反王。事後，程咬金讓位給李密，李密稱號「西魏王」，改瓦崗寨爲金墉城。

瓦崗軍兵打臨陽關時，裴元慶遭隋軍守將尚師徒、新文禮（第十、十一條好漢）設計死於火雷陣。徐茂公率兵報仇，新文禮被殺、尚師徒兵敗自刎。隋朝又派楊義臣、孳世雄等兵犯金墉城，幸有羅成相助破陣斬將。而後，李淵舉兵叛隋、竇建德兵犯燕山，楊林遂獻計在揚州設武科場奪魁，誘使天下英雄互相殘殺。結果，雄闊海、伍雲召、伍天錫先後慘死科場，羅成取得狀元後，殺死楊林，率眾英雄衝出險地。不久，宇文化及縊殺煬帝自登帝位，李密號召十八路反王共討之。後來李元霸撕死宇文成都、力敗十八路反王、強奪傳國玉璽，回潼關時見雷電交加，怒而舉錘擊天，卻遭己錘打死。

秦王被程咬金困在老君堂，雖因秦瓊勸阻而免受斧劈，但仍遭李密囚於天牢。魏徵知李世民爲「天命眞主」，趁機私改赦書，放走李世民。李密怒而趕走魏徵、徐茂公，欲殺秦瓊、羅成、程咬金，眾英雄因此心寒出走。王世充趁機破金墉城，李密兵敗投唐，後又反唐遭殺。而後唐軍與劉武周作戰，秦瓊於美良川大戰尉遲恭。尉遲恭投唐後，兩度奮勇解救秦王：一是在「御果園」單鞭奪槊擊退單雄信（第十八條好漢）；二是在長安打死元吉派來的刺客。然李世民卻遭建成、元吉陷害，被囚於天牢，秦瓊等人的官職亦遭革去。不久，後漢王劉黑闥差元帥蘇定方攻打唐軍，建成、元吉兵敗受傷。唐王李淵詔羅成爲先鋒，大敗蘇定方，然羅成竟反遭元吉毒打，重傷被逼出戰，又誤陷淤泥河，終爲亂箭射死。由於情勢危急，李淵放出李世民，復諸將官職，

終於大敗後漢王。班師後李世民發動「玄武門兵變」，登皇位爲唐太宗。

　　《説唐》除了以「瓦崗英雄譜」來呈現隋末唐初的英雄史觀外，在「天命」的運用上更是處處周到，舉凡「歷史」發展的關鍵處，或是「英雄」歷程的轉折處，作者一概付予命中註定的「天命」詮釋。如主人翁秦瓊之所以路救李淵、日後成爲麒麟閣英雄，皆非偶然。小說寫道：

　　　　卻說叔寶在伍員廟中拜畢，就朦朧睡去，到一高臺，叔寶徐步上臺，臺上有塊大匾，匾上大書「麒麟閣」三個金字，兩邊掛著一副對聯，上寫道：雙鐧打成唐世界；單鞭挣定李乾坤。正看之間，只聽得正南上一聲響亮，現出五朵彩雲，擁護著一條五爪金龍，正在半空盤旋。忽見西上一派烏雲，雲內現出一物，似龍非龍，似犴非犴，騁馳飛來，將金龍便咬，十分凶勇。金龍雖然迎鬥，到底勢弱。正在急鬥之際，叔寶腦後叫道：「秦瓊，還不救駕，更待何時！」叔寶一聞此言，精神抖擻，手提雙鐧，忽台前墜下一騎，乃麒麟也。叔寶跨上麒麟，手提金鐧，看得眞切，望那怪物嗖的一鐧，正中那物，那物大吼一聲，墜下雲頭。此時忽聽得黃驃馬連聲嘶叫，把叔寶驚醒，卻是南柯一夢。（第三回）

這場南柯一夢，已預告秦瓊日後「英雄一生」的去處。後來秦瓊潞州落難，其因是「天蓬星失運受難來此」〔註7〕（第五回）。再如程咬金，由於他是上界「土福星」降凡，故有神仙夢中傳授六十四斧法（第二十一回），又能在無意中獲得「正好合適」的盔甲，〔註8〕滿足「天降英雄助大唐，咬金驍勇逞威強」（第二十一回引詩）的必要武功和裝備；後來程咬金探地穴，亦有天命指定：「程咬金舉義集兵，爲三年混世魔王，攪亂天下。」（第二十八回）

〔註7〕在《説唐》中秦瓊爲「天蓬星臨凡」、尉遲恭爲「黑煞星臨凡」。天蓬元帥與黑煞元帥是道教護法神將「四聖眞君」之二。宋代神霄派將「四聖」與「雷部」歸結爲道派重要神眞之一，天蓬元帥爲雷部首帥，黑煞將軍又稱「翊聖元帥」，因得北宋皇室的推崇，成爲護佑宋室的大神。

〔註8〕《説唐》敘寫此段頗有「誤入仙境」之意味：「那咬金正念之間，只見亂草中『簌』的一聲響，走出一隻兔來，向馬前一撲，回身便走。咬金大怒，拍馬趕來，那兔兒轉過了幾個山灣，向一個石壁內趲了進去。咬金便跳下馬來，上前一看，原來石壁上有一個大洞，忙伸手向洞中一摸。摸進去，卻摸著了一件東西，扯出來一看，卻是一個黃包袱。打開一看，卻是一頂鑌鐵盔，一副鐵葉黃花甲。心中奇異，忙將鐵盔向頭上一戴，正好；又把這身甲來向身上一披，也正好合式。」（第二十二回）。

　　而秦瓊、程咬金既然皆是上界星宿下凡，其他英雄自然也非平凡之輩，如「隋朝十八條好漢」中的前三強：李元霸是「天降大鵬臨凡界，要算英雄第一條」（第三十五回），原來他和岳飛同爲「大鵬金翅鳥」〔註9〕降生人世（《說岳全傳》第一回）；第二條好漢宇文成都則是「上界雷聲普化天尊臨凡」〔註10〕（第十七回）；第三條好漢裴元慶由於是「八臂膊哪吒臨凡」〔註11〕，因此「瓦崗城內這些大小將官不經打」（第三十一回）。此外，由於第七條好漢羅成是「白虎星」、第十八條好漢單雄信是「青龍星」，因此在「賈柳店刺血爲盟」時，兩人竟都刺不出血來，算定陰陽的徐茂公掐指一算：「知道他是白虎星君，後來降唐，五龍會在牢口關被二王謀害，夜走周須，被蘇定方亂箭射死，所以沒血。」又「原來他是青龍星，後來不降唐朝，死於五龍會內，所以歃盟沒血。」（第二十四回）

　　再如尉遲恭乃上界黑煞星臨凡，故有神仙賜予他「盔甲、蛇矛、水磨神鞭」，並且預告日後保眞主，全在這條鞭上，但是「鞭在人也在，鞭斷人便亡。」

〔註9〕依佛教說法，中國的大鵬金翅鳥即「天龍八部」中的「迦樓羅」，牠以龍爲食，是由金剛手菩薩所化現，爲一智慧忿怒尊。幾乎所有忿怒本尊的頂輪上都有大鵬金翅鳥住頂，其意義是用來降伏及度化一切危害眾生之惡龍羅刹。大鵬金翅鳥的傳說，在古典小說中主要見於《西遊記》和《說岳全傳》，而且都與佛陀有關。《西遊記》第七十七回提到在獅駝國作怪的一個妖魔大鵬金翅鳥，原與佛母孔雀大明王菩薩是一母所生，經如來收伏皈依後，成爲佛陀頭頂上光芒的護法神。《說岳全傳》第一回說宋代名將岳飛，字鵬舉，原來是佛陀座下的大鵬金翅鳥轉世。《說唐》雖寫李元霸亦爲大鵬金翅鳥轉世，但並未對其緣由加以說明。另關於「大鵬金翅鳥」的來由，可參臺靜農：〈佛教故實與中國小說〉《靜農論文集》（台北：聯經出版社，1989.10），頁221～223。

〔註10〕雷聲普化天尊全稱爲「九天應元雷聲普化天尊」。在道教神霄派的神系中，位居神霄九宸大帝的第三位，僅次於「高上神霄玉清眞王長生大帝」和「東極青華大帝」之後。「九天」乃統三十六天之總司，正出雷門，所以掌三十六雷之令，形成完備的雷部諸神體系。參見李志洪：〈雷法與雷神崇拜〉《中國道教》（2004.3），頁32～36。《封神演義》寫聞仲爲九天應元雷聲普化天尊，其率領之雷部催雲助雨護法天君共有二十四名，皆當時輔相有功之臣。可見道教這種「雷部諸神」的觀念得到民間社會的廣泛認同。

〔註11〕「哪吒神話」原應是佛教「毗沙門神話」的附庸，佛教的哪吒法相可變化爲「忽若忿怒哪吒，現三頭六臂」和「八臂哪吒撞出來」兩種形象。通俗小說則大大提高了哪吒的地位。如在《南遊記‧哪吒行兵收華光》裡，哪吒奉命收服了在《道法會元》裡還是他上司的馬靈官（華光）。在《西遊記》裡，哪吒被封爲三壇海會大神，其形象爲：三頭六臂，足踩風火輪、手執乾坤圈、混天綾、金磚，兩根火尖槍、九龍神火罩、陰陽劍。此爲哪吒形象的定型。詳參陳曉怡：《哪吒人物及故事研究》（台中：逢甲大學中文所碩士論文，1993）。

（第四十四回）；〔註12〕後來又有徐茂公夜觀星象，「只見紫微星正明，忽有黑煞星相欺」，原來是當晚尉遲恭睡覺時，不小心「把毛腿擱在秦王身上」（第五十二回）。又如柴紹，「乃上界金府星君臨凡，後爲大唐駙馬、護國公之職」（第四回）。李密則是「上界婁金狗臨凡，後兵反金墉，稱西魏王」（第三回），後來小說寫李密誤殺好友楊素，對此不合理的人事，作者也解釋說：「這楊素原來是披頭五鬼星轉世，合當大數已絕，難逃身命，故此被李密殺了。」（第三十六回）王世充則是「昂日星官」，其獻瓊花，乃因天命欲藉此異花「引昏君出京，以激反天下」（第三十三回）。

　　以上種種，可見小說中的主要人物幾乎都是上界星宿下凡，〔註13〕因此其在人間的所做所爲，無非都是爲了執行其所背負的天命。如此，英雄是天命的執行者；而英雄所開創的歷史，都早在天命的預設之中。

二、結構布局

　　《說唐》在結構布局方面最大的特色，就是運用「榜的結構」，具體演爲「十八條好漢」的排行及活動。

　　古代的長篇章回小說，幾乎皆是以「說話」形式爲本，因此在結構上勢必會面臨一個難題：在眾多頭緒繁雜的人物和事件之中，如何才能恰當地將之組織起來，成爲一個有機的整體？特別是當小說從口頭文學的「說話」演變成爲案頭文學的「章回」之後，這種小說結構的需要就更加顯得不可或缺，於是逐漸形成一種「榜的結構」。所謂「榜的結構」，主要是指作者把小說中的主要人物按某一範圍和標準作一歸類，目的是「將眾多的人物和事件統領起來，給讀者一個總體的把握和印象」。〔註14〕如《水滸傳》雖然沒有被冠以

〔註12〕此爲「說唐」系列小說中的伏筆，後來的《說唐三傳》第五回即寫尉遲恭爲了救薛仁貴而鞭打止禁門，後來鞭斷，思及天命預言，遂自盡於止禁門。

〔註13〕誠如《說唐》第四十六回所寫：「當日玉皇大帝差紫微星臨凡治世，又要差二十八宿下凡幫助，那二十八宿不肯，大哭道：『前日昆陽大戰，有許多功勞，他卻酒醉斬姚期，醒米過鄧禹，如此無情，說也傷感。』大家一齊不肯保他。卻差三十六天罡下凡保他，這二十八宿氣不甘伏，也下來吵鬧紫微，就是眾反王了。」

〔註14〕所謂「榜」，就是公布的名單，它意味著某種範圍的劃定和秩序的排列。通過公榜、張榜或揭榜，把小說中的主要人物按某一範圍和標準作一歸類，或在小說開始作一總起，或在小說中間作一提示，或在小說結尾作一收束，目的是將眾多的人物和事件統領起來，給讀者一個總體的把握和印象。參見孫遜、宋莉華：〈「榜」與中國小說結構〉《學術月刊》（1999 第 11 期），頁 58。

「榜」的名稱，但其開篇寫洪太尉搬倒石碣，誤走一百零八魔；後面第七十一回，再寫到天降石碣中書有天罡地煞一百零八將姓名，所謂「忠義堂石碣受天文，梁山泊英雄排座次」。如此，小說通過石碣將眾多英雄好漢的片斷故事，融合成完整的宏篇巨製，增加了結構框架的強度與完整性。類此，《西遊記》敘寫五聖取經的故事，即以「九九八十一難」逐一展開，從而使讀者對小說的全部情節有一個總體的瞭解和回顧。《封神榜》則以姜子牙「斬將封神」爲小說的結尾，使讀者可以透過這張封神的榜單來回顧、梳理小說中的眾多人物，從而對小說的結構有一個較爲清晰的發展脈絡。

在隋唐演義系列小說中，《隋史遺文》首先使用這種榜的結構。小說中塑造了秦叔寶、程咬金、王伯當、單雄信、羅成等一大批英雄。最後爲了使這些眾多的英雄有個歸宿，同時也使讀者對所有的主要人物皆能了然於心，於是小說在其最後一回，即依文臣、武臣、親王、異姓王、死節等類別，寫秦王「次敘功臣，並加顯爵」一節，將所有的重要人物都安排進入其所屬的類別。如此，《隋史遺文》雖未曾言「榜」，但卻已經具有榜的結構。到了《說唐》，這種榜的結構則具體化爲「隋朝十八條好漢」的活動。細究之下，可以發現《說唐》運用榜的結構，有承襲自《水滸傳》的痕跡。

從百回本《水滸傳》來看，其結構模式可以按照重點敘寫之人物，而劃分爲若干獨立篇章，如第一、二回寫史進；第四回至第七回寫魯智深；第七回至第十二回寫林沖；第十二回至十三回寫楊志；第二十一回至第二十三回寫宋江；第二十四至第三十二回寫武松。同時，小說又通過排座次的形式，將水滸眾英雄的片段敘寫加以概括，使讀者因此能將人物的特點及其綽號聯繫起來，從而對全書的主要人物有較爲全面的認知。與之相較，《說唐》亦可依序排出重點敘寫之人物，如第一回到十三回寫秦瓊；第十四回到第二十回寫伍雲召；第二十一回到第四十回寫程咬金；第四十四回到第五十三回寫尉遲恭；第五十三回到第六十一回寫羅成。同時，《說唐》又以隋朝十八條好漢的排行榜，將小說中的重要人物統攝其中。此外，在《說唐》某些英雄的性格與遭遇之中，可以看到《水滸》英雄的身影，如程咬金與李逵，徐茂公與吳用，李靖與公孫勝，秦瓊與楊志等。如此，可見《說唐》的結構成書與人物塑造，皆與《水滸傳》有著密切的關係。

《說唐》運用榜的結構，主要是要統合全書的人物和情節，使之變得清晰有序，從而在敘事上形成具有前後關照的特點。如「隋朝十八條好漢」，主

要是以「力量」爲排名的依據，因此排名在後的每逢交戰必敗給排名在前的，於是兩將相爭的成敗皆早有定數。小說透過這種因排名次序而決定成敗的定數，從而加強並深化其作品中所要表現的「天命」主題。〔註 15〕然而，作爲《說唐》主要英雄的秦瓊，在好漢排行榜上卻只排名「第十六」，從中彰顯出作者眞正所要歌頌的並非是「恃力」，而是「恃德」，只有像秦瓊這種「恃德」的英雄，才是「天命」所歸。

　　「榜的結構」雖有其正面作用和意義，然其弊病則是這種結構一旦形成套路以後，很容易造成小說敘寫的模式化或表面化，使得某些作品只停留在人物名單的簡單羅列，缺乏相應的情節以深化人物形象、彰顯主題意涵；甚至空有一個大的結構形式，而在細節處卻充滿疏漏與矛盾。如《說唐》中的「十八條好漢」即漏失了十二、十三、十四、十五、十七等好漢；而王伯當、尉遲恭、程咬金等隋唐故事中的著名英雄，卻都未能列入排行榜之中。

三、繼承發展

　　如前述，《說唐》的成書過程並非完成於一時一地一人，因此其故事來源應該頗爲廣泛，而非如日本學者大塚秀高所說：「其書襲褚人穫《隋唐演義》第一回至六十六回之文，而改題回目，竄首易位，益以荒唐不經之文。」〔註16〕何況兩書的敘寫風格不同，且《說唐》中的「十八條好漢」之故事，也未見於其之前的系列小說之中。以下，就小說之敘寫段落加以析論：

（一）第一回至第十三回

　　《說唐》第一回至第十三回寫秦瓊的故事，其基本情節與《隋唐演義》第一回至第二十五回大致相同。由於《隋唐演義》這部分的內容主要來自於《隋史遺文》，因此通過比較，可以發現《說唐》與《隋史遺文》兩者間的關係更爲密切。如從回目標題來看，《說唐》與《隋史遺文》相似，而與《隋唐演義》聯繫不大。（詳參附表三）再由敘寫的內容來看，小說寫李靖初識秦瓊

〔註15〕「榜」體現在小說裡就是將要發生的人物運命或事情結果，必然都按作者在小說中早已透露的類似讖語的預設而發生、發展，全不以個人的意志爲轉移，彷彿一切都是冥冥中早有安排。換言之，「榜」在小說文本的設置中，體現了較強的定數思想。參見王湘華、連丹虹：〈論古典長篇小說中的「榜」藝術〉《武漢理工大學學報・社科版》19 卷 1 期（2006.2），頁 136〜137。

〔註16〕大塚秀高：《中國通俗小說書目改訂稿》（日本：東京株式會社汲古書院，1984），頁 159。

的情節，《隋唐演義》是根據唐傳奇《虬髯客傳》加以擴大改寫；《說唐》則與《隋史遺文》一致，沒有做過多的鋪敘。

然而，《說唐》與《隋史遺文》又有許多不同之處。如《隋史遺文》寫晉王楊廣遣東宮護衛劫殺唐公，第三回總評曰：「舊本有太子自扮盜魁，阻劫唐公，爲唐公所識。」此「舊本」所敘的情節恰見於《說唐》的第三回。又《隋史遺文》寫秦叔寶教場射鷹，羅成暗助一弩；《說唐》則寫秦叔寶神箭射雙雕，並強調說：「要曉得叔寶的箭，乃是王伯當所傳，原有百步穿楊之巧。若據小說上說，羅成暗助一箭，非也，並無此事。」（第八回）再如《隋史遺文》第三十五回總評說：羅士信「原本無之，故爲補出」；考察《說唐》中的人物，恰只有羅成而無羅士信。此外，《說唐》寫秦瓊在幽州羅藝處，先鋒伍魁因嫉恨而與秦瓊比武奪先鋒，秦瓊與羅成互傳武藝各留一手，以上情節皆爲《隋史遺文》所無。

對於秦瓊的出身，《說唐》也有不同於以往的安排。小說第一回敘及秦瓊的身世時，先虛構楊林爲殺害秦瓊父、祖之兇手，而後楊林成爲隋朝的靠山王，在「殺父之仇，不共戴天」的傳統的思想下，秦瓊自然與隋朝成爲仇敵關係。如此，作者非但合理解決了秦瓊易主的「忠、節」問題（詳見第三章），而且透過「爲父祖報仇」的行爲凸顯了秦瓊的「孝」。這種「家族文化」的滲入，使得後來的「說唐續書」得以順勢發展成爲「家將系列小說」。（詳見第六章）此外，《隋史遺文》、《隋唐演義》皆寫秦瓊是來護兒帳下的旗牌官，後又被派往開河總管麻叔謀處擔任督河工；《說唐》刪除《隋史遺文》寫來護兒、張須陀知遇秦瓊的情節，改寫秦瓊在唐壁處任旗牌官；新增秦瓊爲解決捕盜事而遭楊林強嗣爲十三太保；刪除秦瓊隨征高麗和擔任督河工的相關敘寫。

由以上種種，可以推論《說唐》敷演秦瓊故事的底本並非是《隋史遺文》，而是袁于令在《隋史遺文》回末「總評」中所提及的「舊本」、「原本」。同時，由於「舊本」較少文人的潤色加工，保有較多說書的風格，而此正好又是《說唐》的藝術特色之一。

（二）第十四回至第四十三回

在《說唐》中，最能展現其明顯說書風格的情節，莫過於第十四回至第四十三回寫「十八路反王，六十四處煙塵」的反隋故事。這一部分的情節曲折離奇，內容純屬虛構，人物的態度見解與細民同科，故事是站在中下階層民眾的立場加以敘寫。因此在小說中，凡是反隋者皆予以頌揚，並且把他們

塑造成具有庶民特徵卻又個性鮮明的人。如「朱粲」在歷史上是一個殘暴的反王，〔註17〕《隋唐演義》據史將之塑造爲吃人狂賊「朱燦」；然在《說唐》中他卻一變而爲仗義的豪傑。〔註18〕而王世充在歷史上「善於舞弄文法，利口飾非」，因此得意官場；〔註19〕《說唐》則改寫他出身卑賤，因受豪強欺壓，怒而殺人、不得不反，變成血氣方剛的好漢。〔註20〕此外，程咬金販過私鹽，賣過柴扒，說話直爽，是最能反映庶民理想和願望的英雄，因此作者讓他當了三年的混世魔王（瓦崗寨的皇帝），這是一個全新發展出來的情節，非但毫無歷史依據，而且作者還刪除李密殺翟讓的情節，改以程咬金來取代翟讓，讓他成爲瓦崗寨的首任領袖，最後還由他讓位給李密。〔註21〕程咬金作爲一

〔註17〕《舊唐書・朱粲傳》載：「朱粲者，亳州城父人也。初爲縣佐史。大業末，從軍討長白山賊，遂聚結爲群盜，號「可達寒賊」，自稱迦樓羅王，眾至十餘萬……所至殺戮，焦類無遺……遷徙無常，去輒焚餘貲，毀城郭，又不務稼穡，以劫掠爲業。於是百姓大餒，死者如積，人多相食。軍中罄竭，無所虜掠，乃取嬰兒蒸而噉之，因令軍士曰：『食之美者，寧過於人肉乎！但令他國有人，我何所慮？』即勒所部，有掠得婦人小兒皆烹之，分給軍士……高祖令假散騎常侍段確迎勞之，確因醉侮粲曰：『聞卿噉人，作何滋味？』粲曰：『若噉嗜酒之人，正似糟藏豬肉。』確怒，慢罵曰：『狂賊，入朝後一頭奴耳，更得噉人乎！』粲懼，於坐收確及從者數十人，奔於王世充，拜爲龍驤大將軍。東都平，獲之，斬於洛水之上。士庶嫉其殘忍，競投瓦礫以擊其屍，須臾封之若塚。」（列傳六）。

〔註18〕《隋唐演義》第五十六回「噉活人朱燦歇心」，寫朱燦「當初在隋時，因煬帝開濬千里汴河，連遇饑荒之歲，日以人爲食，如逢暢飲，即便兩目通紅。」後又將秦王派來游說的段學士，命人將之殺了，「蒸來與孤下酒」。《說唐》第十九回「伍雲召棄城敗走，勇朱燦殺退師徒」，寫朱燦爲了報恩而仗義解救伍雲召，並代流亡的伍雲召扶養其幼子伍登。

〔註19〕《舊唐書・王世充傳》載：王世充小時隨母嫁霸城王氏，仕至汴州長史。其人頗涉經史，尤好兵法及龜策之術。開皇中，以軍功拜儀同，累轉兵部員外郎。善敷奏，明習法律，善於舞弄文法，利口飾非。大業中，累遷江都丞，兼領江都宮監。「時煬帝數幸江都，世充善候人主顏色，阿諛順旨，每入言事，帝必稱善。乃雕飾池台，陰奏遠方珍物，以媚於帝，由是益暱之。世充知隋政將亂，陰結豪俊，多收群心，有繫獄抵罪，皆枉法出之，以樹私恩。及楊玄感作亂，吳人硃燮、晉陵人管崇起兵江南以應之，自稱將軍，擁眾十餘萬。」（列傳第四）。

〔註20〕《說唐》寫王世充「武藝高強，件件皆精，父母俱亡」，與一個妹子相依爲命，靠射鳥爲活。後因忿而殺人，逃亡途中夢異人指點畫瓊花取樂隋煬帝。煬帝「龍顏大喜，即封世充爲瓊花太守」。（第三十一、三十二回）。

〔註21〕《說唐》中一號主人公還是秦瓊，這點與《隋史遺文》相同，但是它大大增加了二號主人公程咬金的故事，甚至讓他當了三年瓦崗寨的假皇帝。王學泰認爲：「這個情節具有象徵意義，作者讓程咬金這個不折不扣的游民登上封建

個喜劇英雄、福將等人物形象，至此已發展完善。

至於羅成的形象也得到很大的發展。《說唐》調改《隋史遺文》、《隋唐演義》並列羅成、羅士信兩人的寫法，而把羅士信刪除，並擇取其相關事跡融合到羅成的形象中；又增寫羅成與秦瓊互教武藝、羅成為「第七條好漢」的故事。而單雄信在過去小說中最為凸顯的形象是他和秦瓊之間的「義氣」，在《說唐》中則進一步強調他的反抗精神和豪爽暴烈之性格。（詳述於後）

此外，「隋朝十八條好漢」的故事首次出現在隋唐演義系列小說之中，其故事來源難以追尋。在這十八條好漢之中，除了秦瓊、羅成、單雄信等瓦崗寨英雄是繼承之前的故事外，李元霸、宇文成都、裴元慶、雄闊海等虛構人物都是第一次出現。由於十八條好漢的排名中尚有幾個空缺，可能是作者採用當時某些附會於瓦崗英雄故事的評話。〔註22〕

（三）第四十四回至第六十二回

《說唐》第四十四回以後，故事的核心人物是尉遲恭。尉遲恭故事成熟較早，元明雜劇《三奪槊》、《單鞭奪槊》、《鞭打單雄信》等表現了尉遲恭的勇武。而在《大唐秦王詞話》中，則有比較完整的尉遲恭故事，如寫尉遲恭「力伏鐵妖」、「智降水怪」，展現其神奇的遭遇；寫尉遲恭與秦瓊「大戰美良川」，展現其威猛的形像。（詳參第二章）至於《隋史遺文》、《隋唐演義》也都寫有秦王納降尉遲恭的情節。然而《說唐》在繼承以往的尉遲恭故事之餘，又有新的發展，如「三失糧草」、「納黑白氏」、「真假尉遲恭」皆是新出現的情節單元，從而使尉遲恭的個性更加鮮明，為後來的「說唐續書」敘寫此一人物奠下了良好的基礎。此外，小說自第五十三回起，將《大唐秦王詞話》中羅成為奸王所害而戰死淤泥河的簡略敘寫，擴大敷演成「羅成魂歸見嬌妻」的情節，凸顯了「忠奸抗爭」的主題，使羅成這個人物的形象發展至此完全定型。

時代的頂峰，正代表了游民群體的期望與理想。」參見〈「說唐」小說系列演變中所反映的游民意識〉，頁120。

〔註22〕彭知輝認為從思想內容及行文特色看，「隋朝十八好漢故事」可能出自當時的評話。其看法是：柳敬亭曾長期在揚州、南京、蘇州說書，授藝弟子。在他死後二十年，他的揚州弟子居輔臣猶在南通、如皋一帶說秦叔寶故事，揚州已是「書詞到處說隋唐，英雄好漢各一方」。在柳氏的影響下，江南一帶，盛說隋唐故事，名家輩出，流派紛呈，其格局遠非昔日可比了，一些新故事的湧現也在情理之中。而《說唐》序文的作者「如蓮居士」是姑蘇（即蘇州）人，久被評話濡染，故而有興趣、有條件采擇評話入書。見〈論《說唐全傳》的底本〉《明清小說研究》（1999第3期），頁183～184。

　　除了以上的分段析論外，整體而言，《說唐》的內容大部分都是利用民間故事編成，很少有所謂的「歷史」根據。如歷史上李密與楊玄感是「深交」〔註23〕，他先參加楊玄感發動的反隋戰爭，失敗後再投奔瓦崗。《隋史遺文》、《隋唐演義》大致依史敷演。然在《說唐》中，則寫李密於隋煬帝遊金山時，因偷看蕭后而惹怒煬帝下旨殺他；李密逃到好友楊素家，卻又誤殺楊素，故遭楊玄感綁縛，親自押解朝廷；後為瓦崗英雄所救，遂投瓦崗寨。又如《隋史遺文》等小說雖虛構了秦瓊的「微時光景」，但秦瓊從張須陀、上瓦崗、投鄭、降唐大體上符合秦瓊一生的經歷；然在《說唐》中，沒有張須陀的情節，卻虛構出秦瓊被殺父仇人楊林強認嗣為第十三太保，而後反楊林、入瓦崗。此外《大唐秦王詞話》寫秦瓊的坐騎「呼雷豹」，「猛如龍，威勝虎，慣追風」，「口噴煙霧，如海內龍起雲騰」（第二十八回）；在《說唐》中延用了「呼雷豹」的神奇本事，但卻將牠的主人改成與秦瓊對敵的尚師徒。

　　總之，《說唐》最凸出的成就在於以瓦崗寨好漢為中心，塑造出隋末亂世英雄的群像。以隋唐演義系列小說的發展來看，若說尉遲恭的形象主要完成於《大唐秦王詞話》，而秦瓊的形象主要完成於《隋史遺文》，那麼「隋朝十八條好漢」的故事則是首度在《說唐》中出現。雖然十八條好漢沒有寫全，但卻足以構成小說發展的主要結構，特別是將「歷史」敷演成是「英雄」較力的舞臺，並且由「天命」（好漢的排名是決定成敗的定命）來決定最終的一切，這正是這部小說最值得注意之處。

第三節　恃力與恃德的天命歸屬：十八條好漢

　　在承襲《隋史遺文》方面，《說唐》比《隋唐演義》更高明之處，在於根據其自身敘事之需要進行材料的裁剪取捨，把其所要講述的「十八條好漢」逐一交待出來，使得故事發展的主線呈現出清晰的脈絡。《說唐》之為英雄排名，似脫胎於《水滸》之梁山泊英雄排座次。但三十六天罡、七十二地煞乃同一營壘

〔註23〕　《資治通鑑·隋紀六》：「禮部尚書楊玄感，驍勇，便騎射，好讀書，喜賓客，海內知名之士多與之遊；與蒲山公李密善。密，弼之曾孫也，少有才略，志氣雄遠，輕財好士，為左親侍。帝見之，謂宇文述曰：『向者左仗下黑色小兒，瞻視異常，勿令宿衛！』述乃諷密使稱病自免，密遂屏人事，專務讀書。嘗乘黃牛讀《漢書》，楊素遇而異之，因召至家，與語，大悅，謂其子玄感等曰：『李密識度如此，汝等不及也！』由是玄感與為深交。」（卷一百八十二）。

內部之排列，且主要取決於其人的社會地位。然而《說唐》之十八條好漢，則完全不計較其人的出身、地位、所屬的陣營等，唯一衡量的標準就是武藝的高下，各條好漢之間，哪怕只差一個等級，也會有絕對懸殊的力量差距。如此，小說的敘事模式因此形成了「恃力與恃德」的互動發展。以下分從出身形象、武力較量、敘事意涵等三方面，論析《說唐》中的十八條好漢：

一、十八條好漢的出身形象

（一）十八條好漢的出身

爲了便於討論，以下先將《說唐》十八條好漢的排名、姓名、身分及其星宿等，製成「十八條好漢之出身一覽表」如下：

隋朝好漢排名	姓 名	身 分	上界星宿降凡
第一條好漢	李元霸	唐國公李淵第四子 隋煬帝賜封西府趙王	大鵬金翅鳥
第二條好漢	宇文成都	宇文化及長子。 隋文帝賜封無敵大將軍	雷聲普化天尊
第三條好漢	裴元慶	山馬關總兵裴仁基第三子	巡天都太保、八臂膊哪吒
第四條好漢	雄闊海	太行山寨大王。	
第五條好漢	伍雲召	南陽侯，太師伍建章之子	
第六條好漢	伍天錫	沱羅寨大王、伍雲召堂弟。	
第七條好漢	羅成	燕公羅藝之子。	白虎星
第八條好漢	楊林	隋煬帝親叔，官封靠山王	計都星
第九條好漢	魏文通	潼關總兵	
第十條好漢	尙師徒	臨潼關總兵	
第十一條好漢	新文禮	紅泥關總兵	
第十二條好漢	缺		
第十三條好漢	缺		
第十四條好漢	缺		
第十五條好漢	缺		
第十六條好漢	秦叔寶	濟州捕快	天蓬星
第十七條好漢	缺		
第十八條好漢	單雄信	聚賢莊二莊主	青龍星

　　在這個十八條好漢的排行榜中，有五名空缺。然而在《說唐》所敘寫的眾多隋唐英雄中，仍有武藝出色但卻未被列入排行的好漢。如大將韓擒虎、武狀元王伯當、兵部尙書邱瑞、猛將尉遲恭等。〔註24〕如此的敘事缺漏，其因可能出在《說唐》的成書方式。畢竟秦瓊、單雄信的故事早從唐宋時期即開始流傳，若是舊說已將秦瓊排第十六、單雄信排第十八，那麼作者能夠發揮的空間就非常有限。〔註25〕因此其他瓦崗英雄，如王伯當、程咬金等只好被排除；而韓擒虎、邱瑞，或許是因知名度不夠、出場不多而難以排入；至於尉遲恭常與秦瓊並列，若將之排第十七，則又難以解決邱瑞與秦瓊打成平手的問題。諸如以上，作者爲了保持讀者早已認知的排名，只好忽略不計。如此，反而可以引起讀者更多的好奇和興趣。〔註26〕

　　《說唐》以十八條好漢爲隋唐歷史的主體，其人物來源可區分爲三類：

　　一是歷史眞實人物，如排名十六的秦瓊（？～638）與排名十八單雄信（581～621）。〔註27〕在小說中，秦瓊的身分是「州府捕快」。單雄信是「二賢莊員外」，其「收羅亡命，做的是沒本營生，隨你各處劫來貨物，盡要坐分一半。凡是綠林中人，他只一枝箭傳去，無不聽命。」（第五回）可見，作者將之塑造成綠林首領。

　　二是可能改造自其他相關歷史人物。如小說寫排名第一的李元霸爲唐公第四子，然史載高祖之了有「玄霸」而無「元霸」。〔註28〕如此，李元霸的歷

<hr />

〔註24〕　《說唐》寫韓擒虎「十二歲打過老虎，十三歲從幼出征，曾破番兵數十萬，南征北討，不知會過多少英雄，並無對手」。雖然他年近七旬，但仍可以和第五條好漢伍雲召大戰十個回合。（第十六回）王伯當爲武狀元，「一枝銀尖畫戟，神出鬼沒」（第五回）；第九條好漢魏文通死於他的「一箭封喉」（第三十回）。邱瑞是第十條好漢尚師徒的師父，與第十六條好漢秦瓊大戰不分勝負（第三十一回）。尉遲恭能與秦瓊「三鞭換兩鐗」（第四十六回）；又於御果園「單鞭奪槊」，打跑第十八條好漢單雄信。（第五十一回）。

〔註25〕　誠如歐陽健所言：「以秦叔寶之才德，單雄信之威信，同輩人中似無人上之……。」見《《說唐》——平民的隋唐英雄譜》，頁293。

〔註26〕　關於「十八條好漢」在後來的評書和戲劇中（如《興唐傳》、黃俊雄布袋戲等），頗多增補替換及各自支持的名單，還另外形成所謂「四猛十八強」等排名，至今仍在網路上成爲熱門討論的話題，可見讀者之興趣。

〔註27〕　秦叔寶，名瓊，齊州歷城人。少時爲隋將來護兒帳內，後爲唐朝開國功臣。參見《舊唐書・秦叔寶傳》（列傳第十八）單雄信在歷史上是一名武藝高強的驍將，於李密軍中號稱「飛將」，曾追殺李世民，後爲尉遲恭所敗。《舊唐書・單雄信傳》（列傳第三）。

〔註28〕　《舊唐書》載：「衛王玄霸，高祖第三子也，早薨無子。武德元年追贈衛王，

史原型可能爲李玄霸。〔註 29〕再如寫排名第二的宇文成都爲宇文化及長子，史載宇文化及二子名爲承基、承趾，然未敍兩人事蹟，〔註 30〕如此宇文成都應是附會人物。再如寫排名第三的裴元慶是山馬關總兵裴仁基第三子，史載裴仁基及其子裴行儼皆驍勇善戰，曾降王世充；然因「行儼每戰，所當皆披靡，號萬人敵」，導致受至猜忌，裴仁基欲造反自保卻因事洩，父子皆遭殺害。〔註 31〕如此，裴元慶的原型可能爲裴行儼，而將其降世充改爲投瓦崗。排名第七的羅成，首見於《大唐秦王詞話》寫羅成（字士信）遭射死淤泥河，但情節簡略。《隋史遺文》、《隋唐演義》將羅成、羅士信分爲二人。羅士信史有其人，十四歲從軍討賊以勇猛稱，後因感於裴仁基的知己之恩，遂同降李密，討王世充時身被重創被俘。而後羅士信率所部投唐，從秦王擊劉黑闥時被俘，「詞色不屈，遂遇害，年二十。」唐太宗依其生前所願，將之葬於裴仁基墓側。〔註 32〕歷史上羅士信的少年勇猛與人生經歷，與小說中的羅成頗多相似。同時，歷史上羅士信與裴仁基關係甚好，又隨其同歸瓦崗，頗與小說中的裴元慶相類，又皆少年勇猛。因此，小說中裴元慶的原型，除了來自裴行儼外，有可能也參雜了羅士信的形象。如此，羅士信、羅成、裴元慶這三個少年英雄的形象，皆可追溯到歷史眞實人物羅士信。而小說寫排名第八的楊林爲隋煬帝親叔，史載煬帝親叔無「楊林」而有「楊爽」。楊爽是隋文帝楊堅的異母弟，受封衛昭王，曾爲隋朝開國立下大功，然只活了二十五歲。〔註 33〕小說

諡曰懷。」（列傳第十四）。

〔註 29〕小說以「元霸」取代「玄霸」，依《説唐》成書刊刻的時代來看，有可能是爲了避清康熙帝的名諱，故改「玄」爲「元」。

〔註 30〕關於宇文化及之子，史載簡略，如《隋書・宇文化及傳》載宇文化及殺煬帝、僭皇帝位後，不久爲竇建德生擒，「乃以轀車載化及之河間，數以殺君之罪，並二子承基、承趾皆斬之，傳首於突厥義成公主，梟於廏庭。」（列傳第五十）。

〔註 31〕參見《北史・裴仁基傳》（列傳第二十六）。

〔註 32〕《舊唐書・羅士信傳》載羅士信死後，「太宗聞而傷惜，購得其屍，葬之，諡曰勇。士信初爲裴仁基所禮，嘗感其知己之恩，及東都平，遂以家財收斂，葬於北邙。又云：『我死後，當葬此墓側。』及卒，果就仁基左而祔葬焉。」（列傳第一百三十七・忠義上）。

〔註 33〕《隋書・衛昭王爽嗣王集》載：「衛昭王爽……高祖異母弟也……高祖執政，拜大將軍……及受禪，立爲衛王……爽美風儀，有器局，治甚有聲……其年，以爽爲行軍元帥，步騎七萬以備胡……爽親率李充節等四將出朔州，遇沙缽略可汗於白道，接戰，大破之，虜獲千餘人……六年，復爲元帥，步騎十五萬，出合川。突厥遁逃而返……未幾，爽寢疾…其夜爽薨，時年二十五。」（列傳第九）如此，《説唐》中寫楊林開國有功，又受煬帝恩封爲靠山王，皆頗有

中的楊林雖「年過六旬」，但亦爲隋朝開國建立大功，其人物原型有可能由此變異生發。

三是來自於民間傳說或作者虛構。如排名第四的熊闊海、第五的伍雲召、第六的伍天錫，皆未見史載。其中伍雲召故事雖然首次出現在隋唐演義系列小說中，但鄭振鐸指出：《說唐傳》中的伍雲召故事和伍子胥故事頗有相似之處，可見民間故事附會之本事。〔註34〕而排名第九的魏文通、第十的尚師徒、第十一的新文禮，其身分皆爲隋朝總兵，亦皆爲虛構人物。

綜合以上，可知在十八條好漢之中，除了人物原型有史實、虛構的多元化外，其身分更是遍及社會的各階層：有出身高貴的親王、侯爺、將軍；也有將門世家之子、總兵；更有出身低微的捕快、山大王、綠林首領等。如此，身分高貴與身分低微的共處，開展了亂世出英雄的時局，反映出隋唐易代的歷史風雲。同時，庶民們通過閱讀這群出身多元的好漢故事，從中既可滿足其對豪門貴族的傾慕之心，亦可拉近其對草莽好漢的親切之情。因此，由十八條好漢所建構出來的亂世英雄譜，可說最能夠貼近廣大庶民的需求，這應是十八條好漢故事廣爲流傳的一大主因。

此外，爲了滿足庶民們對於民間宿命觀的興趣，《說唐》賦予這群好漢星宿轉世的另一種身分，使小說在庶民化的英雄史觀中，更進而凸顯出天命史觀，以利於作者誇大這群好漢「非常人」的力量和事功。如好漢的前三強，分別是「大鵬金翅鳥、雷聲普化天尊、八臂膊哪叱」臨凡，因爲他們都有天命在身，所以力量強大到無「常人」能敵，除非是天意要他們「歸天」，或者遇到「天命剋星」，否則他們永遠可以笑傲人間任我行。特別是小說中三番兩次敷演單雄信和羅成的糾葛（後述之），除了其「綠林首領」和「世家公子」的身分懸殊外，主因還是在於「青龍與白虎」鬥爭不息的宿命。《說唐後傳》還由此接續「單雄信投胎爲蓋蘇文」、「羅成投胎爲薛仁貴」，繼續敷演下一世的青龍白虎鬥。

（二）十八條好漢的形象

《說唐》敘寫十八條好漢的形象，多用粗筆勾繪的方式，從相貌和武器著手。以下製成「十八條好漢之形象一覽表」，以便討論：

楊爽之影子。
〔註34〕參見鄭振鐸：〈伍子胥與伍雲召〉，《鄭振鐸全集》第4卷（石家莊：花山文藝出版社，1998），頁293～300。

好漢排名	形象（相貌、武器）
第一條好漢 李元霸	年方十二歲，生得嘴尖縮腮，面如病鬼，骨瘦如柴，力大無窮。兩臂有四象不過之勇，撚鐵如泥，勝過漢時項羽。一餐斗米，食肉十觔。使兩柄「鐵錘」，〔註35〕四百觔一個，兩錘共有八百觔，如缸大一般。能將重約三千斤的金獅子，一手一個，舉上舉下十多遍。（第三十四回）
第二條好漢 宇文成都	身長一丈，腰大十圍，金面長鬚，虎目濃眉，使一柄流金鐺，重三百二十觔。力能舉鼎（重五百四十八觔）。（第十七回）
第三條好漢 裴元慶	只得十多歲，他用的兩柄錘有五升斗大，重三百觔，從未相遇敵手。齊齊整整一個小孩子，坐的馬竟像驢子一般，兩個錘其大無比。（第三十一回）
第四條好漢 雄闊海	身長一丈，腰大數圍，鐵面虬鬚，虎頭環眼，聲如巨雷。使兩柄板斧，重一百六十觔，兩臂有萬觔氣力。（第十四回）
第五條好漢 伍雲召	身長八尺，面如紫玉，目若朗星，聲如銅鐘，力能舉鼎，萬夫莫敵。（第十四回）使用的銀槍，有一百六十觔重，純鋼打成，長有一丈八尺，名曰丈八蛇矛，乃紫陽眞人所授。（第十五回）
第六條好漢 伍天錫	身長一丈，紅臉黃鬚，因吃人心多了，連眼睛也是紅的。（第十八回）使用的武器爲半輪月混金鐺。
第七條好漢 羅成	年方一十四歲，生得眉清目秀，齒白唇紅，面如傅粉，智勇雙全。七歲曾打猛虎，十二歲破過番兵，用一條家傳丈八滾雲槍，重二百四十觔，名鎭燕山。（第七回）
第八條好漢 楊林	面如傅粉，兩道黃眉，力能舉鼎，善格飛禽，兩臂有千觔之力。身長九尺，腰大十圍。善使兩根囚龍棒，每根重一百五十觔，有萬夫不當之勇。（第一回）年過六旬。（第二十三回）
第九條好漢 魏文通	名爲賽關爺，因他面龐似關爺模樣，故呼此名，善使一口「青龍刀」。（第二十七回）
第十條好漢 尙師徒	有四件隨身寶貝：馬鳴盔（夜能放光）、七翎甲（遇刺客能發警報）、提爐槍、忽雷豹。（第二十七回）
第十一條好漢 新文禮	身長丈二，坐下一匹金睛駱駝，使一條鐵方槊，重二百觔。（第三十七回）

〔註35〕觀文書屋刊本的《説唐演義全傳》，敍寫「鐵錘」的「錘」字頗爲混亂，有「鎚」、「搥」、「錘」混用，爲免引文與行文互相混亂，本章統一使用「錘」字。而「流金鐺」亦有「流金鐥」，本文統一用「鐺」。又如「羅家槍」亦見「槍」、「鎗」混用，本文統一用常見的「槍」。收入《古本小説集成》（上海：上海古籍出版社，1990）。

第十六條好漢 秦瓊（秦叔寶）	相貌魁梧，身高平頂，有九尺向外，面如淡金，五綹長髯飄揚腦後，腰大數圍，膀闊三停，坐如泰山，聲若銅鐘。（第八回）祖上傳流下來一件絕世武藝，是兩條一百三十觔鍍金熟銅鐧，他本人又有萬夫不當之勇。（第三回）
第十八條好漢 單雄信	生得面如藍靛，髮賽硃砂，性同烈火，聲若巨雷。使一根金釘棗陽槊，有萬夫不當之勇。（第五回）

統觀上表，可知《說唐》塑造好漢形象，有幾個共同特色：

首先，好漢們的年齡差距極大，除了以青壯年為主外，有「年過六旬」的老將楊林，更有十二歲的李元霸和十四歲的裴元慶、羅成。有趣的是年紀愈小，所持的武器愈重，排名也前面，彰顯了英雄出少年的風格。

其次，好漢們的身材大都魁梧、粗壯，除了幾個少年外，幾乎都是「身長一丈，腰大十圍」、「聲如巨雷」之屬。而相貌的形容也大都顯得粗豪本色，如「金面長鬚、鐵面髭鬚、紅臉黃鬚、面龐似關爺、面如藍靛」等；至於南陽侯伍雲召「面如紫玉」、靠山王楊林「面如傅粉」，則與其高貴的出身相合；羅成「眉清目秀」、裴元慶「齊齊整整」亦符合將門世家子弟的形象；至於李元霸「嘴尖縮腮」的模樣，應是為了彰顯其為「大鵬金翅鳥」降凡。

再次，好漢們個個都力大無窮，所使用的武器都重達幾百斤。一般而言，排名愈前，武器就愈重，如前三強依序是「兩錘共有八百觔、流金鐺重三百二十觔、兩錘重三百觔」，而排名第十六的秦瓊所持的鍍金熟銅鐧也有「一百三十觔」的重量。如此，顯示出好漢排名的主要依據是力氣的大小。好漢們的力氣大小除了可以由武器重量直接看出外，小說中還頻頻透過其彼此交戰（詳述於後），或是特殊表現加以展現。以下就宇文成都、裴元慶、熊闊海等幾段精典的敘寫來看：

> 那寺內殿前有一鼎，是秦始皇所鑄，高有一丈，大有二抱，上寫著重五百四十八觔……（宇文成都）兩手把香爐腳拿住，將身一低，抱將起來，離地有三尺高……又走了幾步，復歸原所放下……神氣不變，喘息全無。文帝大喜，即封為無敵大將軍。（第十七回）

> 裴元慶大怒，立起身來，趕上前，一把抓住張大賓舉起來……元慶又聞聖旨說放了，竟把他一拋，撲通跌在地下，皮都抓下了一大塊。（第三十一回）

> 林中跳出兩隻猛虎，撲將過來。闊海把外袍去了，雙手上前擎住，

那虎動也不敢動，將右腳連踢幾腳，雄闊海舉手將虎往山下一丟……
又把那虎一連數拳打死了。再往下邊一看，那虎又醒將轉來要走，
闊海趕下山來擎住，又幾拳打死了。這名爲雙拳伏二虎……。（第十
四回）

以上，可見宇文成都「無敵將軍」的封號，主要是因爲能夠抱起「重五百四
十八觔」的秦鼎；而裴元慶一個十四歲的少年，隨手就可以把一個大人「皮
都抓下了一大塊」，難怪煬帝要賜封他爲征討瓦崗的先鋒；至於熊闊海的「雙
拳伏二虎」，更是充滿草莽英雄的氣勢。

二、十八條好漢的武力較量

《說唐》以十八條好漢的活動構成隋唐歷史的主體，並以好漢彼此之間
的較量爲主要活動。以下，就其武力較量的敘寫，分成幾組人物詳析之：

（一）李元霸、宇文成都、裴元慶

1. 李元霸和宇文成都

在第一條好漢李元霸出場前，宇文成都的武功被公認爲天下第一，他是
大隋的「無敵將軍」，也是「上界雷聲普化天尊」臨凡。然而，當年僅十二歲
的李元霸伸直臂膊與之較量時，這位力大無窮的將軍居然「好似蜻蜓搖石柱，
一動也不動」。兩人比試舉三千斤重的金獅，結果李元霸「左手把左邊的獅子
提過來，右手把右邊的獅子扯過去」，「舉上舉下十多遍」，隋煬帝不禁驚呼其
爲「天神」。兩人奉命比武，一交鋒，宇文成都的流金鐺幾乎被擊斷，欲逃時
更遭李元霸一把捉住「望空一拋」。若非煬帝下旨放人，而李元霸也記起師囑
勿殺使流金鐺的人，否則宇文成都勢必難逃一死，但是這場較量已將「無敵
將軍」嚇得「尿屁直流」。（第三十四回）

宇文成都與李元霸的再次交鋒，是宇文成都趁機偷襲李元霸，而李元霸
也因師囑而再度赦之。（第四十一回）兩人第三次交鋒，是在宇文化及叛殺煬
帝、李淵開唐時：

（宇文成都）拍馬出迎，見了元霸，嚇得魂喪魄消，連聲叫苦說道：
「罷了，罷了！天喪我也。」欲待要退，無奈人已照面，只得歎口
氣道：「罷！小畜生，今日與你拚命也。」硬著頭皮，催馬舉流金鐺
來打元霸……鐺未曾到，早被李元霸噹的一錘，把成都的鐺打在一
邊，撲身上前，一把扯住成都勒甲條，叫聲：「過來罷！」提過馬來，

往空一拋，倒跌下來。元霸趕上接住，將兩腳一撕，分爲兩片。（第
四十二回）

這場厮殺描寫得血肉淋漓、令人震駭，可見排名第一和第二的實力懸殊之大。
而所謂「師囑」其實暗藏天命，「使流金鐋的」或許命中註定要遭李元霸所殺，
但李元霸既違反天命，日後自該付出代價。〔註36〕（詳論於後）

2. 宇文成都和眾好漢

宇文成都畢竟是第二條好漢，因此小說寫他和第十六條好漢秦瓊，以及
其他好漢的交手情形，就顯得威力難擋：

叔寶當先舞動雙鐧，照馬便打。宇文成都把二百觔的流金鐋從下一
攔，鐋打著鐧上，把叔寶右手的虎口都震開了，叫聲：「好傢夥！」
回身便走。王伯當、柴嗣昌、齊國遠、李如珪四好漢一齊舉兵器上
來，宇文成都把鐋往下一掃，只聽得叮叮噹噹兵器亂響，四個人的
身子搖動，幾乎跌倒。（第十三回）

由於第十六和第二的排名差距太大，故只消一招，就得趕忙逃命，更何況是
其他未列入排名的好漢。再看宇文成都奉命擒拿第五條好漢伍雲召的敘寫：

（伍雲召）劈面一槍刺去。成都大怒，把流金鐋一擋，叮噹一響，
伍爺的馬倒退二步。成都又是一鐋，伍爺把槍架住，兩個戰了十五
個回合……伍爺回馬，大敗而走……兩個又戰了二十餘合。伍爺氣
力不加，把槍一刺，回馬又走。成都在後面追來。（第十七回）

此時，伍家忠僕伍保見主公危急，拔起大棗樹往成都打去，才將他逼退三四步。
對此，作者說明：「看官，那成都算是一條好漢，爲何也倒退了三四步？只因
這枝棗樹大又大，長又長，伍保氣力又大，成都的兵器短，所以倒退了。」雖
然最後宇文成都因中暗箭退走，但伍雲召仍驚悸不已地說：「若無伍保，幾乎
性命不留。」（第十七回）可見，排名第五遭逢排名第二，能活命算是僥倖了。

當宇文成都第二次來襲時，儘管力氣驚人的伍保「手拿二百四十觔」的
鐵錘，將隋軍打得「人逢錘打爲齏粉，馬遇錘打爲泥砧」，然而一旦和宇文成
都交手，竟連出第二招的機會都沒有。小說寫道：

〔註36〕《說唐》第四十一回寫「李淳風出班奏道：『陛下若要誅宇文化及，得傳國玉
璽，非趙王李元霸前去不可。』袁天罡在旁點頭暗算，玉璽雖然搶得來，只
恐趙王有去而無回矣！天機不可預洩，只好暗裡嗟歎。」可見作者預先安排
天命伏筆。

> （伍保）將這柄大鐵錘劈面一錘打將下來。那成都把流金鐺一迎，
> 將這鐵錘倒打轉來，把伍保自己的頭「撲咚」一響，頭都打碎了，
> 身子往後跌倒。（第十八回）

可見宇文成都之力氣有多猛。再看其一人與排名第四、第五、第六三條好漢
合攻的敘寫：

> （伍雲召）把槍照宇文成都面門一槍，成都把鐺一架，噹啷一響，
> 把槍逼開……天錫也把混金鐺一鐺照宇文成都劈面鐺來，宇文成都
> 把流金鐺迎住。兩般軍器又戰十多回合。伍氏兄弟到底招架成都不
> 住。雄闊海即把雙斧照宇文成都劈來，宇文成都把鐺迎住……三人
> 招架不住。雄闊海看來戰不過，大喊一聲，先回馬就走。（第三十五
> 回）

後來伍雲召、伍天錫也回馬走人，要非宇文成都獨自戰了一天，「腹中飢餓」，
加上第三條好漢裴元慶緊接著殺出擋下，伍雲召三人恐怕難逃他的追殺。

3. 裴元慶和眾好漢

裴元慶雖然只有十二歲，但他用的兩柄鐵錘卻重三百觔。當裴氏父子奉
命征討瓦崗寨時，守將看小孩拿大錘，嘲笑他：「手中的錘敢是木頭？」裴元
慶回道：「我這兩柄錘，只要上得陣，打得人就是了，你管我是木頭的不是木
頭的！」結果他只把錘輕輕一架，兩位守將的刀齊斷。（第三十一回）接著，
單雄信和秦瓊分別與其交戰：

> （單雄信）遠遠一望，哪裡見什麼將官？卻到了元慶面前，還不見
> 他。元慶大喝一聲道：「青臉的，哪裡去！」只這一聲，就像晴天一
> 個大霹靂，雄信在馬上著實驚了一驚……單雄信大怒，把金棗槊噹
> 的一聲打下來，元慶把錘舉著，卻不去架，恐震斷他的虎口。等待
> 他一槊打了下來，方才把錘舉過來一夾，卻把槊夾住了。雄信用力
> 亂扯，哪裡扯得脫？……單雄信就跳下馬來，用盡平生之力地扯，
> 竟像猢猻搖石柱，動也不動一動。雄信只脹得一臉青肉泛出紅來，
> 竟如醬色一般。元慶把錘一放，說道：「去罷！」把雄信仰後撲通一
> 跤跌去，跌了一臉的血。（第三十一回）

> （秦瓊）一見裴元慶，心中十分不服：「這樣一個小孩子，如此厲害？
> 不要管他，上去賞他一槍，打他個措手不及！」一馬上來，要的就
> 是一槍。裴元慶叫聲：「來得好！」噹的一架，把這杆虎頭金槍打得

彎彎如曲蟮一樣，連叔寶的雙手多震開了虎口，流出血來。（第三十
一回）

裴元慶雖然是小孩，然因排名第三，故其力氣之大使排名十六的秦瓊連其一
招都擋不住，更何況是排名十八的單雄信，自然落個「竟像猢猻搖石柱」的
可笑下場。

後來因監軍張大賓藉故欲殺裴氏父子，裴元慶有感於「主上無道，奸臣
專權」，遂與父親商議率眾歸降瓦崗。不久，起義軍於四明山與隋軍大戰，當
時宇文成都已與伍雲召、熊闊海、伍天錫三人交戰於前，因此當裴元慶緊接
著殺出時，宇文成都擋不住回馬便走。為何第二條好漢竟敗給第三條好漢呢？
對此反常結局，作者藉宇文化及之口說出：「臣兒從早晨直戰於今，恐腹中飢
餓，力不能勝。」（第三十五回）。

既然第二條好漢無法打退眾反王，隋煬帝就召來第一條好漢李元霸。對
此煞星的到來，眾好漢人人自危，皆頭插小黃旗，讓李元霸以為是恩公秦瓊
的朋友而手下留情，唯獨年少氣盛的裴元慶不甘示弱，不肯插保命小旗。果
然，李元霸見裴元慶頭上沒有黃旗，舉鎚就打：

（李元霸）四百觔重的鎚一起，噹的一鎚打來，裴元慶把鎚一架，
大叫道：「好傢夥！」咣的又是一鎚。噹的一架，咣的又是一鎚。拍
擋又是一架：「啊唷，果然好厲害！」回馬便走。元霸大叫一聲：「好
兄弟，天下沒有人擋得我半鎚的，你能接連擋我三鎚，也算是個好
漢，饒你去罷。」（第三十五回）

在《說唐》中與李元霸交手而不死的，只有秦瓊與裴元慶兩人而已。秦瓊因
為曾救過李淵，是李家的恩公，因此李元霸才再三禮讓、故意放過。〔註37〕
裴元慶則是唯一靠實力令李元霸佩服的人。而後，裴元慶又陸續和第八條好
漢楊林、第十一條好漢新文禮交手：

（裴元慶）扯起鎚來，噹的一鎚，楊林雙手把囚龍棒一架，豁喇一
聲，把一條囚龍棒打為兩段，震開虎口，兩手流血，大敗而走。（第
三十六回）

（新文禮）把鐵方槊一舉，照頂門蓋過來。裴元慶把鎚往上一擎，
噹的一聲響，把鐵方槊打斷了一節。新文禮叫聲：「啊呀！」震開兩

〔註37〕誠如作者的提醒：「這四明山叔寶與元霸共戰有四十個回合，後來天下揚名，
到處聞風而懼，卻不知這是李元霸賣與他的名望。」（第三十五回）。

> 隻虎口，帶轉駱駝，沒命的跑了……裴元慶追來，照著馬尾一錘，
> 打中金睛駱駝後屁股，打得如醬一般。新文禮撲通一聲，跌下水去
> 了。(第三十七回)

由於排名的差距，楊林、新文禮自然皆擋不住裴元慶的一錘。然因裴元慶畢竟是個涉世未深的少年，最後還是中了新文禮、尙師徒這些沙場老將的陰謀，遭炸死於火雷陣。作者只得藉此宣揚天命：「這巡天都太保，八臂勇哪吒，該是升天之日」。(第三十八回)

(二) 熊闊海、伍雲召、伍天錫

《說唐》寫第四條好漢熊闊海「兩臂有萬鈞氣力」，故能勇猛地「雙拳伏二虎」。(第十四回) 其打虎場面，恰爲南陽侯伍雲召目睹。伍雲召「聲如銅鐘，力能舉鼎」，是隋朝第五條好漢，好漢惜好漢，兩人遂結拜爲兄弟。爾後，熊闊海因故與第六條好漢伍天錫發生衝突，導致雙方大打出手：

> (熊闊海) 手輪雙斧，劈面砍來。天錫將混金鐺噹啷一聲，兩人交
> 上手，一連戰了五十餘合不分勝敗……(次日) 戰到百合，不分勝
> 敗。看看戰了一日，兩下鳴金，各歸營寨。明日又大戰，兩下無休
> 無歇。殺了半月，仍不肯住手……。(第十八回)

兩人雖因各有立場而屢屢交戰，但彼此都有好漢惜好漢之心。因此，當伍雲召說熊闊海爲其結拜兄弟，而伍天錫是其堂弟後，兩人一笑泯恩仇。

熊闊海、伍雲召、伍天錫三人曾聯手合戰宇文成都，結果「三人雖勇，到底招架成都不住。」(第三十五回) 而後，三人又合戰李元霸，結果李元霸只把手中的錘一擺，「噹啷一響，三人虎口震開，大敗而走。」(第三十六回) 可見成敗之局早由排名註定。

因此，當排名第五的伍雲召與排名第十的尙師徒交戰時，就輕鬆多了。儘管尙師徒有著「見血不活」的提鑪槍，但仍奈何不了伍雲召。要非尙師徒有著一匹會吐黑煙的呼雷豹，伍雲召也不會意外落馬。然而，這種意外結局似乎是伍雲召的命運。當伍雲召與高麗大將左雄交戰時，左雄的坐騎沒尾駒突然「屁股內呼一聲響，撒出一根一丈長的尾巴來」，伍雲召遭此突襲，當場死於馬下。(第四十一回) 在十八條好漢中，伍雲召雖有「血戰南陽、萬夫莫敵」的本事，但是他的運氣最差，小說中的兩匹怪馬都讓他不該敗卻敗了。

再看伍天錫，儘管他「身高一丈，腰大十圍」，使一柄混金鐺，「重有二百多鈞」，又能與第四條好漢熊闊海打成平手。但是，一旦與第一條好漢對上，

則下場只有一個「慘」字：

> （李元霸）四百觔的大錘一舉，噹的一錘打來，伍天錫只得把混金
> 鐺一架，震得雙手流血。元霸又是一錘，天錫虎口震開，回馬便走。
> 元霸叫聲：「哪裡走！」一馬趕來，伸手照背一提，提過馬來，往空
> 中一拋，倒跌下馬來。元霸趕上按住腳，雙手一撕，分為兩開。（第
> 四十一回）

這種結局只能說是天命，排名差距使伍天錫連出招的機會都沒有就慘死了。

熊闊海死得最悲壯。楊林獻計於揚州開比武大會，意在剷除反王和眾好漢，因此於校場內埋火藥、設千金閘。小說寫道：

> 忽聽一聲炮響，城上放下千觔閘來。那雄闊海剛剛來到城門口，只
> 見上邊放下閘來，忙下馬一手抱住，大叫一聲。眾王應道：「城內有
> 變！」雄闊海道：「既然有變，你等要出城的，趁我托住千觔閘在此，
> 快走。」那十八家王子與各路英雄一齊奔出城來，一個個都走脫了。
> 雄闊海走了一日一夜，肚中饑餓，身子已乏，跑到就托了這半日千
> 觔閘，上邊又有許多人狠命的推下來，他頭上手一鬆，撲撻一響，
> 壓死在城下。（第四十一回）

雖然雄闊海最後因為「肚子飢餓，身子已乏」而遭活活壓死，但他這種捨己救人行為，和他空拳打猛虎（第十五回）、仗義砍殺擾害百姓的麻叔謀（第三十二回），都洋溢著英雄氣概。熊闊海的死，可說為他行俠仗義的一生畫下悲壯的句點。同時，《說唐》在形塑其英雄好漢時，既要誇張其神奇的力量，卻又不能否定身體的實際需求，因此在敘寫宇文成都敗給裴元慶、雄闊海遭千金閘壓死時，作者都會強調他們敗亡的主因，是因為「飢餓」導致筋疲力盡所致。如此說法，使小說更能貼近廣大庶民的想像與真實生活。

（三）楊林、羅成、單雄信

靠山王楊林為第八條好漢，因年過六旬無子息，故廣收義子、強嗣秦瓊。後來，楊林知秦瓊參與造反親自來擒，結果一交手，「叔寶盡著平生的氣力，那裡招架得住？」只能回馬就走。楊林緊追於後，秦瓊頻頻舉雙鐧招架，被打得兩臂酸麻。（第二十六回）雖然楊林年邁而秦瓊正當壯年，然因排名第八和第十六的差距，使得秦瓊每戰皆敗。

其後，楊林布陣征討瓦崗，徐茂公算定只有羅成能破陣，其故正因羅成為第七條好漢。小說寫羅成與楊林交戰：

> 楊林心中一慌，囚龍棒略慢了些，被羅成耍的一槍，正中左腿，幾
> 乎墜下馬來。大叫一聲，回馬便走。（第三十回）

兩人首度交戰，楊林即中了羅成一槍。而後在揚州校場再度交戰時，羅成使
一招回馬槍就解決了楊林。（第四十一回）。雖然羅成獲勝之關鍵在於技藝精
而非力氣大，然而，其最終勝敗的依據仍是排名的差距。這點，作者在校場
比武中說得很明白：

> 第一條好漢李元霸，已被高祖召去出征高麗，不在此。第二條好漢
> 宇文成都，保煬帝在西苑，也不在此。第三條好漢裴元慶已死了。
> 第四條好漢雄闊海還不曾到來。第五條好漢伍雲召，被沒尾駒打死。
> 第六條好漢伍天錫，死在天昌關。除這六人，要算羅成了，哪個敵
> 得他過。他爛銀槍連挑四十二員大將下馬，其餘一個也不敢來，竟
> 取了狀元盔甲袍帶。（第四十一回）

因此，當羅成遭逢第一條好漢李元霸時，其最好的結局只能是：「槍打做兩段，
震開虎口，回馬逃生。」（第四十二回）相對的，羅成與第十八條好漢單雄信
比武，則令對方毫無勝算。（後述之）

再看單雄信，在隋朝爲第十八條好漢。然而，這樣的英雄好漢卻被羅成
這個十四歲的少年公子打得毫無招架之處。小說寫眾英雄爲秦瓊母親祝壽
時，程咬金故意挑撥羅、單相鬥。結果兩人互撞，「羅成力大，把雄信撲的一
聲，仰後一跌」；單雄信惱羞成怒一腳踢去，反遭羅成「提起一丟，如小孩子
一般」，並將其「按倒在地，揮拳便打。」（第二十五回）雖然這是一場非正
式的交戰，但排名差距早就註定兩人的成敗，儘管其身分有著綠林首領和少
年公子的不同，其結局仍然必須符合天命，何況兩人分別爲「青龍星」、「白
虎星」臨凡，註定彼此相剋。因此，日後單雄信單騎闖唐營時，徐茂公即指
定由羅成出戰，果然一交手，羅成「把槍掀開了棗陽槊」，輕輕鬆鬆就捉了單
雄信。（第五十六回）此外，作者也透過對比安排，敘寫「尉遲恭二敗單雄信」
而「羅成三敗尉遲恭」，以凸顯羅成與單雄信的實力差距。〔註38〕

〔註38〕《說唐》寫尉遲恭投唐後曾與單雄信兩次交戰：第一次，秦王領軍攻洛陽，
單雄信被尉遲恭「架得一架，在馬上就晃晃了兩晃」，急忙逃走。（第五十回）
第二次，單雄信御果園追殺秦王，尉遲恭趕來救駕，結果戰不上三合，單雄
信的槊即被尉遲恭奪下，慌忙逃去。（第五十一回）然而，尉遲恭一旦對上羅
成就只能敗逃：兩人第一次交手，「羅成耍耍耍一連三四槍，這尉遲恭手忙腳
亂」，只好逃走。（第五十回）第二次交手，尉遲恭連中兩槍，被羅成趕得「上

（四）魏文通、尚師徒、新文禮、秦瓊

魏文通為第九條好漢，當他奉命追殺秦瓊時，秦瓊與他「戰一陣，走一陣，且戰且走，一路敗下去」、「直戰九陣，皆不能敵」。而後，單雄信前來擋住，魏文通不慌不忙，「連砍五六刀，雄信抵敵不住」，回馬便逃。（第二十七回）秦瓊敗逃時，魏文通緊追不捨，危急之時幸有王伯當相救。後來，魏文通與秦瓊再度交戰，他「連砍一十五刀，叔寶招架不住」，危急之際，王伯當一箭「正中魏文通咽喉。」（第三十回）作者在敘寫這段魏文通追殺秦瓊的情節時，仍不忘排名的差距，因此寫排名第十六的秦瓊尚可接下魏文通「連砍一十五刀」；而排名第十八的單雄信就只能接下魏文通的「連砍五六刀」。

尚師徒是第十條好漢，因此憑實力他打不過第五條好漢伍雲召，其讓伍雲召落敗靠的是神駒呼雷豹。因此，秦瓊與尚師徒兩度交戰，皆只能投機取巧，先令人盜走呼雷豹、氣走尚師徒。當秦瓊第三度與尚師徒交戰時，尚師徒早有防備，因此秦瓊是「戰一陣，敗一陣」，途中還連人帶馬撲落澗中，結果馬活活摔死，秦瓊雖逃生但「槍竟折做兩段」。作者強調：「這回書名為『撞死黃驃馬，別斷虎頭槍』。」〔註39〕後來秦瓊使計盜槍，才把尚師徒氣走。雖然此戰秦瓊僥倖不死，然次日即「發寒發熱，不省人事，病倒在營中。」（第三十七回）可見排名第十六條力抗排名第十的驚險與壓力。

新文禮是第十一條好漢，因此當他被第三條好漢裴元慶一擊時，下場是「鐵方槊打斷一節、虎口出血、跌落了兩個門牙。」後來新文禮設計將裴元慶炸死，惹怒瓦崗好漢群起圍攻，要非亡故的裴元慶突然顯靈，新文禮也不致於在驚慌之際為抱病出戰的秦瓊打倒在地。（詳述於後）

魏文通、尚師徒、新文禮分別是第九、第十、第十一條好漢，而秦瓊則排名第十六。因此，小說寫秦瓊與其交戰時都有著幸運因素，如秦瓊兩度遭魏文通追殺，皆有神射手王伯當及時相救；秦瓊三度戰尚師徒，皆採戲弄戰略才得以逃生；秦瓊之所以能打倒新文禮，亦是在眾人圍攻和裴元慶顯靈的

天無路，入地無門」。（第五十一回）第三次是在羅成投唐的接風宴上，尉遲恭以敬酒為由趁機將羅成抓舉在半空中，沒想到羅成使出「鐘鼓齊鳴」，尉遲恭竟「撲通一跤，跌倒在地」。（第五十一回）。

〔註39〕 《說唐》第三十七回寫秦瓊與尚師徒交戰，竟然折斷了家傳的虎頭槍。然而，或許作者不想因此損了秦瓊作為主要英雄的形象，所以在第三十六回寫秦瓊的虎頭槍因與李元霸的錘相碰而「猶如彎弓一般」，雖然後來李元霸又將虎頭槍拉直了，但是作者即作出預告：「這虎頭槍有了病，後在臨陽關與尚師徒交戰，幾乎傷了性命，虧得金裝鐧抵住。這是後話。」

前提下，方得成功。

三、十八條好漢的敘事意涵

《說唐》寫秦瓊久居山東歷城縣，「學得一身好武藝，專打不平，好出死力」，使用的武器是「祖上傳留下來一件兵器，是兩條一百三十觔鍍金熟銅鐧。」（第三回）難得的是，秦瓊已將家傳的「秦家鐧」法運用得出神入化，若是將這兩枝鐧使將開來，舞到最後，只會「但聽得呼呼風吹，兩枝鐧好似銀龍擺尾，玉蟒翻身，裹住英雄體，只見銀光不見人。」此外，秦瓊更有密技「殺手鐧」，使開來能「百發百中，取上將首級，如探囊取物。」（第八回）〔註40〕

儘管作者對於秦瓊的「一身好武藝」讚賞有加，然而在小說中論武藝、論力量，比秦瓊厲害的人實在太多了。因爲在隋朝十八條好漢的排名中，秦瓊僅名列第十六，根本禁不起第一條好漢李元霸的一擊。《說唐》描寫這段李秦之戰，十分誇張，寫李元霸因祖母叮囑不可得罪恩公秦瓊，故當秦瓊每次前來交戰時，李元霸只頻頻喊道「恩公不須動手」、「恩公不必動氣」，隨即勒馬回走：

> 當下叔寶只道元霸認眞戰不過他，心中想道：「待我刺死他便了。」東攔西阻，直到下午時分，李元霸心中焦躁道：「這秦恩公也甚不識時務！我只管讓你，你卻只管來麻纏，阻我去路！」拍馬望西而來，叔寶後面追來，元霸見四下無人，叔寶已在面前，把槍劈面刺來。元霸叫聲：「恩公，不要來罷！」把一柄錘略略一架，噹的一響，把八十觔虎頭槍打脫了，不知去向。當下秦叔寶失去虎頭槍，不覺大驚，下馬叫道：「千歲，恕小將之罪。」元霸也下了馬，連忙扶住叔寶叫道：「恩公休得吃驚。承蒙恩公救了我一家性命，生死不忘，豈敢害恩公？恩公快去取槍來。」叔寶應道：「是。」走上前數步，方才望見，拋去不覺有數十步遠。忙去取來，抬在手中，猶如彎弓一般，將來遞予元霸。元霸接來，將手一勒，就筆直了，倒長了一寸。
> （第三十五、三十六回）

〔註40〕秦瓊自幼喪父如何習得家傳鐧法？在《說唐》之前皆未敘及此事，因此作者特別加以說明：「當時秦彝見國家多故，社稷將傾，不知這一腔熱血濺於何地。所慮兒子尚幼，恐這秦家鐧法從此絕傳，豈不可惜！因見總管秦安爲人誠實，可託大事，所以將九九八十一路鐧法，盡心教傳……秦安受此重託，後來傳了小主，不至埋沒秦家雙鐧。」（第八回）。

後來李元霸把槍交還秦瓊，並交代他：「恩公上馬，追我出去，速回瓦崗寨，不可再出。」秦瓊震驚之餘，也只能應諾照做。

　　這段敘寫李秦交戰的敘寫，在《說唐》十八條好漢的故事中特別具有指標性的意義。李元霸是第一條好漢，而十八條好漢的排名主要取決於力量的大小，因此李元霸其人其作爲，在小說的文化意涵中，正是「恃力」的代表。其神力之大之強，可以輕易就將第二條好漢宇文成都、第六條好漢伍天錫都「望空一拋，撕成兩片」（第四十一）；而第四條好雄闞海、第五條好漢伍雲召、第七條好漢羅成，都只接他一招就要拚命逃生；第三條好漢裴元慶雖然勉強可以接下三招，但結局亦是速速回馬逃生。因此，四明山大戰，眾反王被李元霸的雙錘，打得屍橫遍野，血流成河，個個捨命奔逃。甘泉關大戰，一百八十萬人馬，在李元霸的重錘之下，「猶如打蒼蠅一般，只打得屍山血海。」（第四十二回）以力量來論，李元霸是眞正的天下第一。

　　相對的，秦瓊是第十六條好漢，在十八條好漢排行榜上，他的排名只勝過排名第十八的單雄信（第十七名從缺）。因此，從「恃力」的角度來看，秦瓊可謂是「常敗將軍」，其戰第一條好漢李元霸已如上述；戰第二條好漢宇文成都，結果是虎口震開、敗逃而去；戰第三條好漢裴元慶，結果是他的虎頭金槍被打得彎彎如蚯蚓一般，雙手震開、虎口流血；戰第八條好漢楊林，結果是每戰必逃；戰第九條好漢魏文通，兩度幾乎被砍死；戰第十條好漢尚師徒，雖僥倖逃生，但卻驚嚇重病。

　　然而，儘管秦瓊與其他好漢交戰的結果連連敗陣，特別是與李元霸交戰時從咄咄逼人到驚嚇頹喪，其「英雄」的形象眞是跌落谷底了。但是，這卻都無損於秦瓊作爲《說唐》第一主角的地位。因爲在小說中，秦瓊最值得重視的身分，並非是「第十六條好漢」，而是性情豪爽，「濟困扶危、結交好漢」的「小孟嘗」。〔註41〕正如李元霸在四明山欲打擊四方反王時，見人人頭上皆插了「代表恩公秦瓊的朋友」之黃旗子時，不禁內心疑惑：「這也奇了，爲何恩公的朋友這樣多得緊？」（第三十五回）換言之，秦瓊所恃以立者，不在「力氣」而是「義氣」。秦瓊其人其作爲，在小說的文化意涵中，正是「恃德」的

〔註41〕《隋史遺文》寫秦瓊：「人見他有勇仗義，又聽母親訓誨，似吳國專諸的爲人，就叫他做賽專諸。」（第三回）《隋唐演義》的敘寫亦同。而《說唐》除了寫秦瓊人稱「賽專諸」外，還強調其「情性豪爽，濟困扶危，結交附近好漢，因又稱爲小孟嘗」。（第三回）。

代表。所以李元霸不傷害秦瓊，乃因秦瓊曾仗義救過李淵全家，是李家的「恩公」。如此，一場幾近卡通化的李秦交戰，正是恃力與恃德的雙人舞。

由此「恃力與恃德」再回頭審視十八條好漢的表現與結局：當秦瓊遭魏文通追殺，兩度臨危之際，皆有義友王伯當加以救助；秦瓊抱病卻能夠將新文禮打倒在地，其所主要憑藉的也是一股爲裴元慶復仇的義氣。小說寫病中的秦瓊一聽到裴元慶死訊，即大罵新文禮，聲言「誓必親殺此賊」，於是他抱病出戰：

> 叔寶橫鐧扳鞍，一路才出營門，但見四下燈球火把如同白晝。眾將周圍馳驟，喊殺連天。那新文禮在中間左衝右突，大步奔騰。叔寶一見大怒，兩眼一瞪，搖身舉鐧，大叫一聲：「眾兄弟，不要放走那廝，俺秦瓊來也！」誰知這一聲大叫，渾身毛孔多開，出了一身臭汗，身子就鬆了大半，一馬沖進圈子裡。眾人看見，齊吃一驚。新文禮舉起鐵方槊，正要來打，只見半空中一陣陰風呼呼的罩下來，這裡眾人朦朦朧朧不見仔細。新文禮卻親見雲霧中裴元慶騎著抓地虎，舉兩柄銀錘打將下來。新文禮叫聲：「啊呀！」把鐵方槊向上招架，卻被秦叔寶縱馬一鐧，打倒在地。眾將一齊上前，剁爲肉醬。（第三十八回）

這場戰爭敘寫得十分熱鬧、精彩。瓦崗眾將基於義氣圍殺新文禮，秦瓊則因之前與尚師徒交戰時驚嚇過度而患病。然而，當裴元慶的死訊傳來時，基於義憤填膺，秦瓊抱病出戰，竟然打倒了新文禮。若針對秦瓊與新文禮的戰況分析，秦瓊所處的劣勢有二：一是排名較後實力較差，二是有病在身；然其優勢也有二：一是明寫金墉諸將的「聚義」（因義憤而群起圍攻），二是暗寫新文禮已被圍殺得筋疲力盡。因此，最後秦瓊勝了，這是「義」的勝利。雖然作者寫新文禮由勝轉敗的關鍵在於裴元慶顯靈，但不可抹滅的是作者從中所要彰顯的英雄義氣。

因此，當第十條好漢尚師徒體認到隋煬帝已失天命時，不禁長嘆一聲後對秦瓊說：「細觀秦將軍，乃當世忠義之士，決不負託。關中寒荊，止生一子，年已三歲。託付將軍，認爲義子，感恩不盡。」隨後自刎而死。（第三十八回）尚師徒與秦瓊是敵對陣營，三度與其交戰皆遭戲弄，原本恨之入骨。然到最後關頭，亦因秦瓊「忠義」，而放心託孤。可見作者有意藉此張揚秦瓊的忠義之德。再如伍雲召被左雄的沒尾駒突襲打死，秦瓊見狀即「催開呼雷豹，使動提爐槍，來戰左雄」，最後他刺倒沒尾駒、打死左雄，總算伸張正義、爲友

報仇。（第四十一回）

再看第三條好漢裴元慶，他小小年紀卻勇猛自信、光明磊落，連李元霸都讚他：「是個好漢！」（第三十六回）小說寫他忠心報國卻遭奸臣所害，怒而反隋卻慘遭火雷炸死，連作者都不禁感嘆：「可惜這位少年勇將！」而第四條好漢雄闊海一生行俠仗義，他因麻叔謀開河擾民挺身而出，作者寫道：「驚動了一個英雄。你道是誰？就是金頂太行山雄闊海。」（第三十三回）而雄闊海最後為救眾人逃亡，竟遭千金閘活活壓死，其捨己救人之義行，更是洋溢著英雄氣概。（第四十一回）再如第七條好漢羅成，當其得知楊林圍攻瓦崗寨時，即假藉行香之名瞞過父親，以「秦叔銀」的假名破陣救圍；其後，隋將楊義臣擺銅旗陣抗拒瓦崗軍，羅藝派羅成前去保銅旗，結果羅成明保銅旗，暗助西魏。雖然羅成兩次義助瓦崗，都是奉母命要「助秦瓊、保秦家血脈」，然因其行為符合「全義」的精神，故為眾英雄所贊許。

相對的，宇文成都偷襲李元霸、忘恩縊殺煬帝，因此當他遭李元霸撕成兩片時，兵士們的反應是「一哄而逃，走個乾乾淨淨。」（第四十二回）而李元霸撕死宇文成都，是違反天命；撕死伍天錫，是逞勇鬥狠。為了搶奪傳國玉璽，他將十八家反王的一百八十萬人馬，打得「止剩得六十二萬」，還要眾反王寫下降表跪獻於他。魯州王因不肯跪獻，即遭他「抓過來，擎起兩腿，撕為兩片」，連嫡親母舅竇建德也不得不「忍氣跪下，獻上降表。」氣得程咬金不禁咒罵：「這小畜生！願你前去，一旦身死，待程爺爺殺上長安，叫你老子認俺程爺爺的斧便了。」小說寫李元霸的結局是：

> 只見風雲四起，細雨霏霏，少頃虹電閃爍，霹靂交加。那雷聲只在元霸頭上落落的響，猶如打下來的光景。元霸大怒，把錘指天大叫：「咄！你天為何這般可惡，照少爺的頭響也！」說罷，把錘往空中一撩，抬頭一看，那四百觔重的錘掉將下來，撲的一聲，正中在元霸臉上，翻身跌下馬來。柴紹吃了一驚，連忙來扶，只見一陣怪風，卷得飛沙走石，塵土沖天，霹靂之聲，火光亂滾。柴紹與兵將避入人家簷下。少停，風住雨止，出來一看，只見元霸的金盔金甲多在地上，那兩錘與馬影不見，不知去向了。（第四十二回）

李元霸是第一條好漢，無人能敵，然最後卻死於自己的鐵錘之下。小說除了凸顯人世間「天命不可違」的最高原則外，還由此傳達出「恃德者昌，恃力者亡」的道德評價，以道德才是決定天命、影響天命的主要動力。

《說唐》中所反映的這種文化意涵，可以上溯至《左傳》「天德合一」的天命觀。《左傳》在大講鬼神對人控制的同時，又極力渲染道德決定人的歸宿，並通過對鬼神預言結果的道德闡釋，以高超的技巧將看似雜亂無章的神祕預言納入其「天德合一」的模式中，從而建構了一個天命控制人類歷史，道德決定人類命運的天命觀體系。《左傳》以德禮爲天命轉移的核心，實乃著眼於現世的興衰治亂，是作者闡釋春秋戰國之際歷史變遷的理論基礎。〔註42〕這種詮釋歷史的文化思惟，一旦落實在通俗文學中，就具有勸善的教化功能。因此在民間英雄塑造過程中，民眾爲何要選定此歷史人物而不是彼歷史人物，其中固然存有某些難以捉摸的偶然因素，然其最主要的取捨關鍵，還是在於此人是否具備忠孝節義等道德化的理想人格，只有像秦瓊這類道德英雄，才會是天命所選擇的英雄。

第四節　主題思想與藝術特色

一、主題思想

從隋唐演義系列小說的發展來看，《隋史遺文》、《隋唐演義》都是由文人改編修訂而成，因此在主題思想上富有較濃厚的文人氣息，《說唐》在這方面則有了很大的轉變。《說唐》是集說書體系的大成，雖然其最後成書也應是由文人修訂而成，但「如蓮居士、鴛湖漁叟」畢竟難以和袁于令、褚人穫等名家相比。然而，正因如此，《說唐》所展現出來的主題思想更富有民間本色。以下，即從「亂世英雄的反抗精神」、「英雄好漢的江湖結義」、「忠奸抗爭與家族意識」等三方面論述之：

（一）亂世英雄的反抗精神

《說唐》敘寫亂世出英雄，其中所要彰顯的重要主題就是反抗精神。以下先宏觀其「官逼民反的歷史大背景」，再以「深具反抗精神的代表人物」個案分析。以下述之：

〔註42〕 劉麗文指出：這種把天命神學納入歷史道德領域的努力，是《左傳》作者爲解釋春秋戰國之際的歷史變遷而作的理論準備。「天德合一」的模式也告訴人們，天、神雖然控制歷史，但它所依據的是人德，人的道德行爲是天命降福降禍的根據，歸根結底掌握自己命運的是人而不是神，因此它具有趨人向善的功能。參見〈論《左傳》「天德合一」的天命觀〉，《求是學刊》5 期（2000.9），頁 99～106。

1. 官逼民反的歷史大背景

　　《說唐》以瓦崗寨好漢爲中心，塑造隋末亂世英雄的群像，透過種種「好漢落草、英雄造反」的事件，展現出庶民們的反抗精神。如王伯當與李如珪在少華山落草，李如珪自陳其因：

　　　難道我們自幼習武藝時，即就要落草爲寇不成！只爲粗鄙不能習
　　　文，只得習武。豈不欲「學成文武藝，貨與帝王家？」只恨奸臣當
　　　道，我們沒奈何哨聚山林，待時而動。（第十一回）

而後眾好漢大反山東，欲攻占瓦崗寨時，隋軍守將馬三保也只能嘆道：「總是當今無道，以此天下荒亂，盜賊生發。」（第二十八回）

　　後來，尙師徒來攻瓦崗，程咬金更義正辭嚴地表明立場說：「當今煬帝無道，欺娘姦妹，鳩兄圖嫂，弑父害忠，荒淫無度。因此英雄各起，占據州縣。」還進一步勸說尙師徒「將軍何不棄暗投明，歸降瓦崗？」（第二十八回）接著，隋朝派兵部尙書邱瑞率軍來攻瓦崗，秦瓊勸降時亦說：「當今之世，煬帝無道，殺戮忠良，英雄並起，諒來氣數不久。」連邱瑞之子亦說：「這樣昏君，保他何益？今瓦崗混世魔王，十分仁德，不如歸順了吧！」（第三十一回）如此，造反變成是「棄暗投明」，只因「當今無道」而反賊「仁德」，既如此，又何必保昏君呢？正如裴元慶受奸臣之逼而勸父親轉投瓦崗時所說：「今主上無道，奸臣專權，我們盡忠出力，也覺無益。不如降瓦崗吧！」（第三十二回）

　　不僅民間如此，連朝中太師伍建章亦遭奸人所害，逼得「擁雄兵十萬，鎮守南陽」的伍雲召也不得不反，他對眾將宣告：「我老太師在朝伴讀東宮，官居僕射，又兼南征北討，平定中原，盡忠爲國，莫可盡述。不想太子楊廣弑父篡位，與奸臣算計，要老太師草詔，頒行天下。老太師忠心不昧，直言極諫。那楊廣反把老太師殺了，並害眷三百餘人，盡行斬首，言之好不痛心。」於是，在眾將的勸說、擁戴下，伍雲召決定「殺上長安，爲父報仇」。（第十五回）

　　再如隋煬帝爲了私慾，大興土木、開通運河，搞得民生困苦、百姓怨載。又有開河總管麻叔謀，「十分凶惡，好吃小兒肉，使人四下裡偷來烹煮吃食。百官被他擾害，遠近皆聞」。（第三十三回）相州刺史高談聖看不過，麻叔謀即刻點兵親來，要殺高談聖。因眾人沸沸揚揚，「驚動了一個英雄」，即太行山的雄闊海。於是，眾百姓遂同雄闊海殺出城來。當雄闊海將麻叔謀「撕做兩塊」後，隋兵驚恐之餘，「齊聲願降」。後來，眾人擁高談聖自立，高談聖勢不由己，「自稱白御土，封雄闊海爲兵馬大元帥。」（第三十四回）這是小

說中「十八家反王」之所以紛紛興起的主要背景。

　　爾後，十八家反王齊聚四明山，揚言要捉拿昏君煬帝，反王之一的孟海公即代表宣告說：「今昏君誅害忠良，弒父殺兄，欺娘姦嫂，今古罕有。又遊幸江都，開河害民，種種罪惡，萬姓怨苦。今諸位王兄俱要同心協力，拿捉昏君。」（第三十五回）後來，煬帝的親信宇文化及眼見隋運將終，即謀奪篡位，命宇文成都連夜領兵入宮。煬帝聞變，質問宇文成都：「朕有何罪？」宇文成都即指陳說：

　　　　陛下弒父專權，納娘爲后，鴆害東宮，圖嫂姦妹，又兼不守宇廟，

　　　　巡遊外地，使天下壯者散之四方，老弱塡於溝壑，皆因內極奢淫，

　　　　以至外動征討，何爲無罪？（第四十一回）

雖然宇文成都在小說中也是個負面人物，然而透過叛臣、奸臣來指斥昏君之罪，反而更加能夠凸顯爲政者的腐敗。而所謂「使天下壯者散之四方，老弱塡於溝壑」，正可見當時的天下局勢，已經逼使朝野不得不起而抗爭反暴。如此，作者所建構出來的亂世英雄譜，即充滿著反抗精神。

2. 深具反抗精神的代表人物

　　在代表人物方面，以程咬金和單雄信爲論例，因爲這兩人的個性和行爲，最能凸顯小說中的反抗精神。

（1）程咬金的反抗精神

　　在《說唐》中，寫程咬金出場即過著飢寒交迫的生活。他賣私鹽被關進牢房，遇赦釋放卻不肯出獄，乃因出去之後沒有飯吃；又因衣服破爛，勉強借穿孝服；回家後，家裡只剩一點米，他一頓就吃光了；想編柴扒去賣以求糊口，但因沒錢買竹子，只好把母親的一條裙子拿去典當。正因爲生活艱苦至此，於是順理出現這位深具反抗精神的代表人物：「爺爺非別，乃專賣私鹽、斷王杠、劫龍衣、賣柴扒、反山東的程咬金便是。」（第二十八回）

　　程咬金的反抗精神，特別表現於對皇權的蔑視。當他聽尤俊達述說煬帝的罪惡時，即說：「那狗頭這等不忠不孝、不仁不義的，做甚皇帝，何不殺了，另叫別人來做皇帝呢？」（第二十一回）當他三斧取瓦崗，因天命而當上皇帝時，他自稱：「在此不過混帳而已，就稱長久元年，混世魔王便了。」（第二十八回）後來隋煬帝下詔書招安，要把瓦崗以東一帶割讓給他時，他拒不接詔而說：「他是皇帝，難道孤家不是皇帝麼？孤家正欲早晚興兵殺上長安，拿住昏君，自爲皇帝，百世揚名，誰要這昏君來封贈？」（第三十二回）然而，

他在瓦崗寨當了三年皇帝後，就說：「我這皇帝做得厭煩，辛苦不過，絕早要起身，夜深還不睡，何苦如此？」（第三十六回）後來他把皇帝讓給了李密，李密卻因「私放秦王」一事，而將他及秦瓊、羅成趕出金墉城。程咬金又罵：「這樣可笑的人，我讓他做了皇帝，如今倒狐假虎威起來。」（第四十三回）

程咬金的反抗精神，更見於他對政治現實黑暗面的深刻體認。如羅成爲建成、元吉所害而戰死，程咬金即大聲罵道：「你太平時節將我們打發回家，自耕自種，反亂之際，就要思量起我們來⋯⋯再也不要去管唐家之事。」（第六十二回）後來唐朝被劉黑闥打得大敗，形勢危急之際，李世民同徐茂公前來拜祭，想招回秦瓊、程咬金。這時，程咬金即哭罵道：「啊呀！我那羅兄弟啊，唐家是沒良心的。太平了，不用我們。如今又不知哪裡殺來了，又同了牛鼻子道人在此，貓哭老鼠假慈悲。思量來騙我們前去與他爭天下、奪地方。」（第六十二回）

（2）單雄信的反抗精神

單雄信的形象在《隋史遺文》、《隋唐演義》中主要凸出他和秦瓊等人之間的「義氣」，在《說唐》中則進一步強調他的反抗精神和豪爽暴烈的性格。因此，小說寫他「收羅亡命，做的是沒本營生，隨你各處劫來貨物，盡要坐分一半。凡是綠林中人，他只一枝箭傳去，無不聽命⋯⋯。」（第五回）正如程咬金所說，這單雄信是個典型的「強盜頭」（第二十五回），而這正是他反抗性格的基礎。

後來，單雄信反山東、上瓦崗，爲了報兄長之仇，誓不降唐。因此，他在御果園追殺秦王李世民，徐茂公前來求情搶救，單雄信即強調：「他們殺俺的親兄，大仇未報，日夜在心。今日狹路相逢，怎教俺饒了他？決難從命！」因此，他不惜「割袍斷義」，也要復仇。（第五十一回）《隋史遺文》寫王世充投降以後，單雄信才被俘。《說唐》則改變這種情節，而寫單雄信在大勢已去的情況下，「哭別嬌妻」，聲言：「我今此去，情願獨踹唐營，即死在戰場之中，也得瞑目。死後做鬼，也必殺唐童，以雪仇恨也！」（第五十六回）於是他別了公主，一馬出城，叫聲：「老天，今日俺恩仇報明之日也！」小說接著寫：

> （單雄信）大聲喝道：「呔！唐營將士，羅子來踹營了！」把槊一擺，踹進營來。正叫做那：一個拚命，萬夫難當。守營軍士見他來得兇猛，把人馬開列兩邊。雄信便叫道：「避我者生，擋我者死！」竟往東營殺來。人到處紛紛落馬，馬到處個個身亡。雄信又大喊道：「羅

子今日不要性命了！」把金頂棗陽槊沒命的打來，就像害瘋顛病的一般。（第五十六回）

單雄信一直殺到中營，還不斷大叫：「唐童，俺單雄信來取你首級也！」後來衆軍將他綁縛了，推至秦王面前，單雄信還大罵道：「唐童，我生不能啖汝之肉，死當吸汝之魂！」在《隋史遺文》中，寫衆人爲單雄信求情，但李世民一定要殺他。《説唐》則改成李世民愛惜人才，「親解其縛」、「情願下你一個全禮」，可是單雄信依然堅決地說：「唐童，你若要俺降順，除非西方日出！」不管秦王再三哀求，單雄信只是不睬。最後秦王只得依徐茂公之見，下令斬首。（第五十六回）如此，可見單雄信爲報兄仇，視死如歸的反抗精神。

當單雄信臨斬之際，昔日的瓦崗英雄爲「全朋友之情」，而來活祭他。小説這段敘寫頗爲精彩：

> 茂公便同程咬金等衆人設下香燭紙帛，茂公滿斟一杯送過來道：「單二哥，桀犬吠堯，各爲其主。可念當初朋友之情，滿飲此杯，願二哥早升仙界！」雄信酒到面前，把酒呼來照茂公面上一噴，瞪著眼罵道：「你這牛鼻子道人，老子好好一座江山，被你弄得七顛八倒，今日還要說朋友之情，你娘的交情！誰要你酒吃！」茂公道：「二哥雖不吃，我是盡我的禮。」然後張公瑾、史大奈、南延平，一個個把酒敬過來，雄信只是不肯飲。（第五十六回）

後來，與單雄信同樣具有反抗精神的程咬金，發揮其戲謔性格，前來敬酒：

> （程咬金）走來叫一聲：「單二哥，朋友滿天下，知心有幾人？須要曉得我的性格，像我程咬金，肯降就降，單二哥不降就砍，倒也爽快。就是日後老程死了，陰司裡會見你單二哥，也說是你寧死不降的好漢，比他們這些貪生怕死的遠勝十倍。小弟奉敬一杯，看我平昔爲人老實，肯吃就吃，不肯吃就罷，再不可勉強。」當下程咬金又道：「單二哥，你是烈烈轟轟的漢子阿！」說罷，即把酒送到口邊。雄信道：「老子吃你的。」即把酒吃了。咬金道：「單二哥，再吃一杯，願你來生做一個有本事的好漢，來報今日之仇。」雄信道：「妙啊！老子也有此心。」把酒又吃了。咬金道：「單二哥，這第三杯酒是要吃的，願你來世將這些沒情的朋友，一刀一刀慢慢地剮他。」雄信道：「這句話也說得有理。」又把酒吃乾了。（第五十六、五十七回）

後來，羅成奉命監斬，單雄信還大罵：「羅成！你這小賊種！背義投唐，我今生不能殺你，來世殺你全家。老子入你的親娘！」羅成大怒之下，拔劍把雄信一劍砍爲兩段。作者接著做出預告：「他一點靈光，直往外國去投胎去了，後世借了葛蘇文，來奪唐朝江山。」（第五十七回）〔註43〕

　　在《說唐》中，單雄信性格暴烈，其誓死復仇的決心、不爲功名利祿所動的品格，都使他具有強烈的反抗精神。《說唐》不寫秦瓊、徐茂公割股炙肉的情節，而寫眾兄弟輪番敬酒，但單雄信卻只願意和程咬金一人連喝三杯，而其喝酒的理由正是程咬金說中他的堅持：「寧死不降的好漢；報今日之仇；將這些沒情的朋友，一刀一刀慢慢地剁他」。〔註44〕如此，可見此情節發展至《說唐》時，其主題意涵已由先前的「義氣」（《隋史遺文》）、「情義」（《隋唐演義》），轉爲至死反抗不屈的精神。

（二）英雄好漢的江湖結義

　　《說唐》強調「江湖結義」，其「江湖」是充滿民間生活的認知與風格，「結義」則是江湖好漢間相處的道德準則。以下就幾個典型人物及其相關事件的敘寫來看：

1. 秦瓊及其相關事件

　　《說唐》塑造秦瓊的「義」，同《隋史遺文》、《隋唐演義》一樣，寫秦瓊不願充當捕快，除了有其「我屢代將門，若得志，斬將搴旗，開疆展土，也得耀祖榮宗」（第三回）的自我期許外，主要還是在不願助官害民，展現出符合庶民心意的英雄本色。而後，秦瓊進長安公幹，雖然李靖告誡他不可看燈玩月，恐招災難，」然秦瓊卻因「大丈夫卻要捨己從人」，而仍守約與朋友出去看燈。（第十二回）看燈時，當聽聞老婦人哭訴女兒遭宇文惠及強暴時，秦瓊即「把李藥師之言丟在爪哇國裡去了」、「動了打的念頭」。（第十三回）如此，秦瓊既守朋友之信，又能路見不平，拔刀相助，展現出俠義的氣概。後來，秦瓊緝拿劫王杠的響馬，知道響馬是程咬金後，即刀破火燒捕批，獲得

〔註43〕羅成與單雄信的恩怨，後來在《說唐後傳》中以「白虎／青龍」轉世的天命仙話繼續敷演，羅成轉世爲薛仁貴（白虎星），單雄信轉世爲葛蘇文（青龍星）。最後，葛蘇文遭薛仁貴逼迫自刎而死，死後幻化爲妖獸誘使薛仁貴射殺其未曾謀面的兒子薛丁山。如此，也算是實現他「殺羅成全家」的復仇意志。

〔註44〕在《說唐後傳》中，寫單雄信轉世爲葛蘇文，後來葛蘇文侵唐、飛刀殺唐將（多是賈柳店結盟的兄弟）、臨死不降選擇自盡等，可說一一實現了這三個誓言。（詳論於第六章）。

眾好漢齊道：「好朋友，這個才算做好漢！」（第二十四回）以上，皆是秦瓊重義氣的典型情節，《說唐》自不可免地也加以鋪敘一番。

在傳統「英雄道義」的基礎上，《說唐》進而創造出系列小說中所沒有的情節，即「賈柳店三十九人歃血結義」。小說寫徐茂公道：「今日眾英雄齊集，也是最難得的，何不就在此處擺個香案，大家歃血爲盟，以後必須生死相救，患難相扶，不知眾位意下如何？」眾人齊聲道好，於是擺設香案，寫了盟單，三十九人歃血爲盟，聲明：

> 不願同日生，只願同日死。有榮同享，有難同當，吉凶相受，患難相扶。如有異心，天神共鑒。

祝罷，眾人舉刀，在臂上刺出血來，滴入酒中，「刺畢盟完，大家各吃了一碗血酒」。（第二十四回）這種「結義、結拜」可說是民間推崇義氣的典型做法，《隋史遺文》和《隋唐演義》都沒有敘寫此段，在《說唐》中卻將之表現成爲英雄好漢重情重義的情節高潮。如此，更可見《說唐》濃厚的民間氣息。〔註45〕

後來程咬金、尤俊達再劫王杠，爲楊林所因。當留在賈柳店的結義好漢接到秦瓊的來信時，徐茂公道：「若要救這二人，除非去大反山東，把一座濟南城變爲屍山血海，方能救得二人出獄。但我們眾人都要保全妻子，焉肯替朋友出力，救此二人？」單雄信卻不以爲然地說：

> 自古道：爲朋友者生，爲朋友者死，方是義氣豪傑。那些財帛，無非身外之物，妻子沒了，再娶討得的；這朋友沒了，卻哪裡再討得來？我們大家反罷。（第二十五回）

這群「歃血爲盟」的英雄，只爲了救出結義的朋友，大家不惜造反，甚至說反就反，爲了朋友不惜「把濟南城變爲屍山血海」、不惜「妻子沒了」。小說透過這樣的情節，具體呈現出民間最推崇的「江湖道義」〔註46〕。

〔註45〕 萬晴川研究《說唐》與天地會的關係，認爲兩者的思想觀念與價值體系非常相近，並特別指出：「賈家樓結拜、桃園結義、及梁山聚義皆成爲天地會推崇的義氣典型。」參見〈《說唐全傳》與天地會〉《淮陰師範學院學報·哲社版》（2007.5），頁 647～648。
〔註46〕 所謂「江湖道義」，其實就是一種交友之道，其特徵是：「光明磊落，慷慨大度，既富於互助意識，又豐於仁俠精神，濟危扶傾，恤危救困，這是對泛泛者的奇行……對朋友則親如手足，休戚相關，協力同心，禍福與共，肝膽相照，絕對忠誠，貴賤不相忘，生死不相負，急朋友之事，見色而不貪淫……對社會群眾，則息公好義，行俠疏財，嫉惡鋤奸，獎忠掖孝，大之則安邦定

在《説唐》中，既寫了眾好漢爲義而發難，又以義來檢驗每一個好漢，由此對其作出最終的評價。如羅成參加了賈柳店的結義，但因他的出身關係，故徐茂公將其姓名塗抹掉。然而，當羅成得知楊林圍攻瓦崗寨時，即假藉行香之名瞞過父親，以「秦叔銀」的假名破陣救圍；其後，隋將楊義臣擺銅旗陣抗拒瓦崗軍，羅藝派羅成前去保銅旗，結果羅成「明保銅旗，暗助西魏」。雖然羅成兩次義助瓦崗，都是奉母命要「助秦瓊、保秦家血脈」，然因其行爲符合「全義」的精神，故爲眾英雄所讚許。相對的，李密爲私放秦王事，將徐茂公、魏徵趕出，又將秦瓊、羅成、程咬金三人削職，落得金墉城裡「七驃八猛十二騎，一個個心灰意懶，漸漸東分西散了。」（第四十三回）作者要強調的是：李密因爲不顧江湖道義，導致瓦崗寨的破滅。

2. 單雄信及其相關事件

在小説中，單雄信是草莽英雄的領袖，「專好結交豪傑，處處聞名。」（第五回）他對於秦瓊的一片情義，感人甚深。他看秦瓊病倒東嶽廟，不覺淚下道：「兄落難在此，皆單通之罪了。」秦瓊急欲回鄉探母，他則送路費以全其孝，故小説以「雄信揮金全義友」爲回目，極力讚之。（第六回）而後，他得知秦瓊母親壽誕將近，即「暗傳綠林箭」〔註47〕，傳令各路英雄前往拜壽，滿足秦瓊顯揚其親的孝道。（第二十三回）瓦崗寨解散後，單雄信因緣被王世充招爲駙馬，秦瓊、程咬金、羅成前來投靠；單雄信即將金亭館改作三賢館，「供養他三人在內，逍遙安樂。」（第四十三回）而後，因秦王戰不下尉遲恭，

國，小之則安撫良民。」見黃華節《關公的人格與神格》（台北：臺灣商務印書館，1995.3），頁244。

〔註47〕這段「傳令箭」情節在系列小説中都有敘寫，但輕重不同。如《隋史遺文》第二十九回「單雄信馳送綠林箭」，寫單雄信拿了兩支令箭派人去通知自己「相知」。作者說明：「（令箭上）有雄信字號花押，取信於江湖豪傑朋友。觀了此籌，如君命召，不俟駕而行。」又於回末總評曰：「單雄信令箭行得通，竟是盜賊之首。」《隋唐演義》第二十二回「馳令箭雄信傳名」，情節照抄《隋史遺文》，但褚人穫回後評曰：「單雄信邀集朋友，卻用令箭，一奇也……此都是無中生有……。」《説唐》第十二回寫到單雄信聽了王伯當的通知後，即說：「如今事不宜遲，速即通知各處弟兄，好來恭祝。」說罷，「即忙取出綠林中號箭，差數十個家丁，分頭知會眾人，限於九月十四日，在濟南府東門會齊。如有一個不到，必行重罰。」從單雄信的口氣、及號箭的作用等，都可以看出單雄信「綠林中人」的行事風格。此相較於褚人穫的評論，王學泰認爲：「可見文人士大夫對游民的秘密活動是不甚瞭解的。」參見〈「説唐」小説系列演變中所反映的游民意識〉，頁120～121。另萬晴川在〈《説唐全傳》與天地會〉一文中，對於傳令箭這類江湖幫派隱語、暗號的使用亦有探討，頁650～651。

遣徐茂公來尋秦瓊、程咬金轉投唐營，秦瓊即派人通知單雄信。單雄信聞報即飛馬到城門口，雙手搦住秦瓊，叫聲：「秦大哥，叔寶兄，你卻要往何處去？若要去，也須到小弟舍下相別一聲，小弟也好擺酒送行，如何卻來這裡，方來通知小弟？」雖然單雄信明知秦瓊此去彼此即成敵對陣營，但他仍慷慨地命人斟酒，與秦瓊連敬三杯、對拜四拜後，才不捨地送他們離去。（第四十五回）如此，皆可見單雄信講究江湖道義，不失「綠林首領」的氣度。

後來，單雄信在御果園遇到秦王，「舉棗陽槊就打」。徐茂公急忙扯住他的戰袍，大叫：「單二哥，看小弟薄面，饒了我主公吧！」當單雄信告以「殺兄之仇」絕難從命時，徐茂公即以「可念賈柳店結義之情」求他饒過秦王。單雄信聽了，怒道：「徐勣，俺今日若不念昔日在賈柳店結拜之情，就一劍把你砍為兩段。也罷，今日與你割袍斷義了罷！」遂將袍袂割斷，縱馬去追秦王。（第五十一回）小說寫單雄信怒而與徐茂公「割袍斷義」，其情理是可以理解的，畢竟他與李家的殺兄之仇在前，與徐茂公的結義在後，既然是結義兄弟，為何不能同情他的報仇之心呢？不能同情也就罷了，卻又要阻止，如此又哪來的「結義之情」呢？因此，當徐茂公提及「賈柳店結義」時，單雄信的「怒」還真忍到極點，但他最後並沒有將阻止他報仇的徐茂公「砍為兩段」，可見他還真是念著「昔日在賈柳店結拜之情」。如此，可見單雄信的確是個真性情、重情義的英雄好漢。

爾後，秦王打敗王世充，單雄信拒降之因，除了這殺兄之仇外，更主要是他不忘王世充的知遇之恩。因此，當王世充勢危軍敗之際，單雄信因受「義」的驅使，即告知公主：「我受你哥哥大恩，未曾報答。我今此去，情願獨踹唐營，死在戰場，也得瞑目。」（第五十六回）

而後，單雄信被唐營所俘、待斬。《隋史遺文》和《隋唐演義》都安排了秦瓊與徐世勣、程咬金三人割股肉烤了給單雄信吃的情節，以顯示三人對單雄信義氣之重，並讓秦瓊的兒子與雄信之女結婚，算是盡了「義」。而《說唐》則寫單雄信獨踹唐營時，「叔寶在紅桃山聞得擒了雄信，飛風來救」。當秦瓊趕到時，單雄信頭已落地。秦瓊大哭道：「我那雄信兄啊！我秦瓊受你大恩，不曾報得，今日不能救你，真乃忘恩負義。日後，九泉之下怎好見你？雄信兄，我只好來世相報了！」後來，秦瓊把單雄信夫婦合葬在一起，又起造一所祠堂，名為「報恩祠」，以報單雄信當初潞州之恩。（第五十七回）這樣，秦瓊對單雄信的報答之義顯得更加真摯深厚，使秦瓊避免了見死不救的嫌

疑，從而使他不用承擔單雄信之死的任何責任。如此，可見作者維護秦瓊、維護道德英雄之用心。

（三）忠奸抗爭與家族意識

《說唐》之前的幾部小說，在描寫隋唐之際的事件時，並不特別強調朝廷（或集團）內的忠奸抗爭，只有敘寫到李唐王朝建立後，才略加述說建成與世民爭奪王位的玄武門之變。在《說唐》中，不但凸顯出忠奸抗爭，並且常將忠奸抗爭與「家族意識」〔註48〕合寫。以下，從「秦瓊家族」、「伍雲召家族」、「羅成、尉遲恭抗奸」等三方面為例加以論析：

1. 秦瓊家族

《說唐》第一回「秦彝託孤寧夫人」，寫秦旭、秦彝父子皆為北齊將領，因北周來犯，晉陽城破，「秦旭孤軍力戰死節」。傳息傳來濟南城，守將秦彝主戰，然「偷生無志」的丞相高阿古卻主降，「忠奸抗爭」之態於是成形。這時，秦彝對其夫人道：

> 我父在晉陽被難守節，今周兵已至城下，高丞相決意投降。我父子世事北齊，豈可偷生，苟延性命？若戰敗，我當以死報國，見先人於地下。況妹子遠適羅門，音信杳然，只有太平郎這點骨血。我今託孤與你，切勿輕生。可將金裝鐧留下，以為日後存念秦氏一脈，我死亦瞑目矣！。（第一回）

選擇「偷生」或「以死報國」，這是為臣者臨危之際的忠奸分野；而「託孤」使忠臣血脈得以延續則是家族意識的具體展現。〔註49〕正因如此，小說寫到

〔註48〕家族制度可說包括婚姻、家庭及其相關生活行為之規則。論其範疇，小至家庭，大至九族。論其起源，則可追溯到周代的宗法制度。爾後，雖然宗法崩壞、封建沒落，然逐漸發展出宗法式的家族制度，卻成為傳統社會結構的基本骨幹。而其所憑藉的宗法精神，更是普及並深入於傳統社會之中，形成中國人重要的文化思維和生活規範。誠如高達觀所說：封建制度雖然消失，可是其所憑藉的宗法精神，卻因上行下效，普及於整個社會，再加以後世儒家的從而演繹之，推崇之，乃相率明親疏，別長幼而嚴嫡庶尊卑之分矣！因此，古代的中國人，自出生至死亡，無一不受宗法精神之支配。《中國家族社會之演變》（台北：九思出版社，1978.3），頁62。

〔註49〕在中國人的心目中，個人的生命是祖宗生命的延續，個人的生命不過是家族生命傳承的一個環節」。同時，由於家族制度的內涵是以「孝」為中心，其中又以延續家族生命為「孝」之基本涵義。因此，「不孝有三，無後為大」（《孟子‧離婁》）成為一種根深柢固的文化觀念，而維持家族的延續與生存就是個人（家族成員）最重要的生活目標。參見葉明華、楊國樞：〈中國人的家族主

秦瓊長大後，其志向即為：「我屢代將門，若得志，斬將搴旗，開疆展土，也得耀祖榮宗。」（第三回）而後，小説又寫「楊林欲嗣秦叔寶」：隋朝的靠山王楊林正是當年殺害秦瓊父祖的仇人，他見秦瓊長得「雄偉」，武藝高強，即將殺害秦彝後所奪得的盔甲和虎頭金槍賜給秦瓊，秦瓊雖知楊林為殺父仇人，然在其「如若不從，左右看刀」的威勢下，不得不權且「認仇賊作義父」。（第二十三回）因此，日後當秦瓊反山東時，即正式對楊林宣告：

> 我父親非是別人，乃陳後主駕前官拜伏虜大將軍秦彝，被你這匹夫
> 槍挑而亡，我與你有不共戴天之仇！拜你為父，非為別的，正欲乘
> 空斬你驢頭，報父之仇。（第二十六回）

這種報父仇、保存家族血脈的家族意識，更是小説寫秦瓊「解幽州姑姪相逢」的內在因素。當秦瓊因罪遭解幽州時，其姑母前夜即夢兄長（秦彝）託夢：「姪兒有難，在你標下，須念骨肉之情，好生看顧。」於是幽州總管羅藝遂成為軍犯秦瓊的「姑丈」，在「姑丈」的有意維護下，秦瓊的身分也因此從「軍犯」一變而成為「先鋒」。（第七回）日後，秦瓊反山東，瓦崗軍來請羅成前去破楊林的長蛇陣，羅成之母即說：

> 我兒啊，你母親面上，只有這點骨血。那楊林老賊將你母舅殺了，
> 仇還未報，今又要來害你表兄，一有差池，秦氏一脈休矣！兒啊，
> 怎生是好？必須設個法兒去救他才好。（第二十九回）

羅成因此聽母命前去破陣。而後，隋將楊義臣為破瓦崗而設下銅旗陣，派人向羅藝救援，羅藝得知「西魏王造反，秦瓊為帥」時，即吩咐羅成道：「你去保守銅旗，不要認那反賊為親。必要生擒見我，待為父的親斬此賊，不可違令。」羅成雖然表面上應允父親：「孩兒是隋家之將，他為金墉之帥，兩下交兵，豈有為私而壞國家大事？爹爹不必多慮。」但私下仍從母命：「你做娘的面上，只有你一個表兄，你前去切不可助那楊義臣，卻要助你表兄破陣。」（第三十八回）可見，「家族血緣」勝過「國家大事」。

2. 伍雲召家族

在《説唐》中，將「忠奸抗爭」與「家族意識」串連得更為明顯的情節，則是在之前説唐小説中未曾出現的「伍雲召家族」。小説第十四回寫「躬弑逆

義：概念分析與實徵衡鑑〉《中央研究院民族學研究所集刊》83 期（1998.6），頁 174；徐揚杰：《宋明家族制度史論》第一章第六節〈家族中以孝為中心的封建倫理思想〉（北京：中華書局，1995.6），頁 62～69。

楊廣篡位」，太師伍建章「一生忠直，不挾奸黨」，得知楊廣謀害父兄後，即大罵楊廣：「我伍建章生不能啖汝之肉，死必追汝之魂！」楊廣一怒之下，將伍建章斬首宮門外，差宇文化及將伍家「一門三百餘口」，盡行斬首，並且派韓擒虎、宇文成都領軍消滅南陽侯伍雲召，以求「斬草除根」。（第十四回）

　　另一方面，當伍雲召「與子同睡」時，因夢見亡故的父親要他「作速逃走，以留伍氏一脈」；亡故的母親卻要他「為我報仇」；伍家數百亡魂皆要他「為我們雪恨」，因而驚醒。（第十五回）作者寫伍雲召作夢時的當下是「與子同睡」，這是一個頗具用意的安排，間接暗示保存家族血脈的重要。因此，當伍雲召隨後確定伍家大小果真遭受昏君殺戮時，不禁心痛驚暈，醒來即對夫人說：「我父親赤心為國，南征北討，平定中原，今日昏君弒父篡位，反我把父親斬了，又將我一門家眷盡行斬首，好不可恨！」在家人及將士的擁護下，伍雲召決定殺上長安，與父報仇、「一則為君，二則為親」求個「忠孝兩全」。（第十五回）於是，伍雲召以「忠孝王為父報仇」的名義與隋軍開戰，並向領軍前來征討他的韓擒虎宣告：

> 我父親世代忠良，赤心為國，官居僕射，並無過犯，老伯盡知。不
> 料楊廣弒父篡位，納娘為后，欺兄圖嫂，古今罕有。我父親忠良不
> 昧，直言極諫，那楊廣反把我父親殺了，又將我一門三百餘口，盡
> 行斬首，可憐只存小侄。那楊廣又聽信奸臣，煩老伯興兵前來拿我。
> 小侄本該引頸受刑，奈君父之仇，不共戴天。老伯請速回兵，退歸
> 長安，待小侄不日興師，殺進長安，除卻昏君，殺卻奸逆，復立東
> 宮，以安天下。復立東宮謂之忠，除卻昏君以報父仇謂之孝，豈不
> 忠孝兩全？（第十六回）

韓擒虎知伍家世代忠良，私下勸伍雲召「隋朝氣數亦不久矣」，要他先避開強敵宇文成都，日後再伺機復仇。由於伍雲召報仇心切，聽不下韓擒虎的建議，結果南陽軍終遭宇文成都所破，其個人還幾乎為尚師徒所殺。後來伍雲召為了借兵復仇，不得不託孤於朱燦。他懇切地向朱燦說：

> 恩人，我有大仇在身，此去前往河北，存亡未卜。我伍氏只有這點
> 骨血，今交託與恩人撫養，以存伍氏一脈，恩德無窮。倘有不測，
> 各從天命。（第十九回）

家族血恨，使愛子的伍雲召不得不託孤於人，其心痛可知。後來朱燦將伍雲召之子伍登改姓為「朱」，朱登長大後在反王陣營中號稱「南陽王」。唐軍與

劉黑闥作戰時，朱登助劉軍，英勇無敵。後來秦瓊出戰，對朱登曉以大義曰：

> 當年你父伍雲召在揚州，曾與我有八拜之交，結爲異姓兄弟，情同
> 手足。曾對我言及賢侄寄託朱燦收養，他日長大相逢，當以正言指
> 教。不道你令尊故世。賢侄如此英雄，也算將門有種。目今唐朝堂
> 堂天命，豈比那劉黑闥卑微小寇？勸賢侄不如歸順唐朝，一則不失
> 封侯之位，二則棄小就大，不使天下英雄恥笑，以成豪傑之名。賢
> 侄以爲何如？（第六十四回）

秦瓊以「家族」、「英雄」、「天命」爲勸說三要素，終使朱登降服，並斬殺劉
黑闥以爲回報。而唐王也下詔：「朱登復姓伍，封開國公。」（第六十六回）
透過這樣的結局，作者意在彰顯伍登回復家族榮耀的可貴。

3. 羅成、尉遲恭的抗奸

　　除了以上有明顯「家族意識」的「忠奸抗爭」情節外，《說唐》在敘寫秦
王爭位的過程中，亦透過羅成、尉遲恭而敷演出「忠奸抗爭」的情節，頗有
透過羅成與尉遲恭的「爲奸所害」，顯揚李世民登基的正當性。小說寫羅成被
建成、元吉這票奸臣陷害而削職後，唐軍因戰不過劉黑闥，危急之際，李淵
又讓羅成復官，領兵作戰。羅成與劉軍血戰，被蘇定方暗箭射傷，殷、齊二
王竟責怪他沒有擒來劉黑闥，要把他「綁去砍了」。後來因劉軍喊戰，遂把羅
成重打四十棍後再逼出戰。羅成與劉軍苦戰一天，二王竟不開城門，導致羅
成身疲力竭，被蘇定方設計於淤泥河遭亂箭射死。羅成死後，小說寫其魂別
嬌妻的情景：

> （羅成）竟射死於淤泥河內，就像柴把子一般，一點靈魂竟往山東
> 來見妻子。再說羅家小夫人，正抱著三歲的孩子羅通睡在床上，時
> 交二更，得其一夢，只見羅成滿身鮮血，周圍插箭，白戰袍都染紅
> 了，上前叫道：「我那妻啊，我只因探望秦王，被建成、元吉兩個奸
> 王設計相害，逼我追趕明州後漢王劉黑闥，中了蘇定方奸賊之計，
> 射死於淤泥河內。妻啊，你好生看管孩兒，我去也！」（第六十二回）

作者寫羅成魂歸別嬌妻，而其妻當時「正抱著三歲的孩子羅通睡在床上」，此
和前述「伍雲召與子同睡」的敘寫用意是相同的，都是家族意識中的「父死
子繼」。（詳論於第六章）因此，小說寫後來秦王前往祭拜羅成時，身穿喪服
的小羅通，對著秦王叫道：「皇帝老子，我家爹爹爲你死了，要你償命！」秦
王爲了安撫羅家，並請秦瓊、程咬金復出作戰，遂當場「過繼羅通爲子」，以

表「孤家永不忘你父親一片忠心」。由於這段敘寫頗為感人，因此後來的《說唐後傳》即由此延續發展出羅通為父報仇的情節。（詳第六章）

再看尉遲恭：秦王下天牢之際，尉遲恭私入天牢探望，同時拆破齊王元吉毒殺世民之計，殷王建成設計將尉遲恭抓綁後，再以「披麻拷」〔註50〕的酷刑加害之。若非徐茂公「算定陰陽」，設計劉文靜前去救人，尉遲恭幾乎命喪殷王府。〔註51〕尉遲恭滿身是血的回到家，不禁感嘆：「俺自從投唐以來，指望什麼封妻蔭子，如今反受這樣苦楚，倒不如守業終身，做個田舍郎的好。」（第六十回）尉遲恭「封妻蔭子」的期待，是每個傳統中國人的心願，也是中國人重視家族的文化。而尉遲恭的遭遇，正可見作者將家族文化與忠奸抗爭合寫的趨向。

爾後，唐軍無人可以應敵，高祖為安撫將士，遂降旨：著秦王將秦瓊、尉遲恭與其餘眾將，招撫回來，官還原職，並「敕封秦叔寶、尉遲恭鋼鞭，上打昏君，下打奸臣，不論王親國戚，先打後奏。」（第六十二回）當尉遲恭得知秦王派人前來復官時，即思：

> 我想唐家的官豈是做得的？我前時幾次三番把性命去換功勞，還受兩個奸王如此欺侮，若非尚書劉文靜相救，幾乎被他披麻拷活活處死。如今回歸田里，自耕自吃，倒也無憂無慮，何等自在逍遙，好不快樂，還要去爭名奪利做什麼官？（第六十二回）

於是尉遲恭詐稱得了瘋病，不願復官。後來在徐茂公、程咬金的作弄下，尉遲恭才不得不重新復出。〔註52〕爾後，玄武門之變，小說即寫「奸王」建成為尉遲恭射殺（第六十八回）。雖然史載尉遲恭所殺者實為元吉，〔註53〕但小

〔註50〕　小說第五十九回寫「披麻拷」為：「將魚膠化爛，用麻皮和鉤，搭在他身上，，若扯一片，就連皮帶肉去了一塊。」第六十回又寫：「元吉一連分付扯了十五六扯，這個尉遲恭喊叫得猶如殺豬的一般，只說：『啊唷唷！痛死了我也！』」。

〔註51〕　《說唐》敘寫此段情節自是虛構，然史載建成、元吉將謀害秦王，欲以「贈金銀器物一車」賄賂敬德，遭拒後，又「令壯士往刺之」，然「敬德知其計，乃重門洞開，安臥不動，賊頻至其庭，終不敢入。元吉乃譖敬德於高祖，下詔獄訊驗，將殺之，太宗固諫得釋。」可見小說寫建成、元吉加害尉遲恭並非毫無來由。見《舊唐書》（列傳第十八）。

〔註52〕　《舊唐書》載有尉遲恭晚年「篤信仙方」，「不與外人交通，凡十六年」（列傳第十八）。此應是通俗文學附會尉遲恭隱居之原由，如元雜劇《功臣宴敬德不服老》即演尉遲恭拳打親王李道宗而遭免官，謫居職田莊故事；《說唐》於尉遲恭隱居情節則敷演得最為詳盡。

〔註53〕　《說唐》寫玄武門之變，建成先遭尉遲恭一箭正中後心，跌下馬來後，再為

說如此敘寫與史書相同，都有「忠奸抗爭，最後奸敗忠勝」的勸善用意。

二、藝術特色

　　承續主題思想來看，富有民間本色的《說唐》，其在藝術表現的特色，主要在於「戲謔美學」，並且將之具體化爲「滑稽英雄」的塑造。雖然從明清小說的發展來看，《說唐》敘寫「滑稽英雄」的模式應是吸取其他小說的經驗，然而就隋唐演義系列小說來看，這卻是其階段發展中重要的藝術特色。同時，《說唐》這種滿足下層民衆的戲謔風格，也展現出語言質樸、風格粗獷的藝術特色。以下分述之：

（一）戲謔美學與滑稽英雄

1. 充滿戲謔美學的風格

　　來自民間的《說唐》，其戲謔中雖仍帶有勸懲之命意，但主要是由於這種遊戲筆墨，更符合他們對於歷史的理解，以及他們對於審美的要求。因此，小說往往將歷史事件、政治權謀，都依照民間庶民的理解，以想像的方式表現出來。如寫楊廣親自扮作強盜，率宇文化及埋伏臨潼山下劫殺李淵，被秦瓊一鐧打在肩上，負痛逃走；又寫楊林見天下反王興起，即定下計策，發十八道聖旨，會齊天下反王齊上揚州比武，而各路反王居然紛紛前來，自相殘殺，造成無謂死傷。再如誇張十八條好漢的力量，動不動就是將幾百斤的武器舞弄起來；秦瓊的戲戰尚師徒、三盜呼雷豹；小小年紀的裴元慶一手即將國丈舉起拋下，「皮都抓下一大塊來」（第三十一回）等。以上敘寫，若依事實面加以衡量，皆不符常理，甚至根本沒有發生的可能性，全屬小說家的戲謔想像，圖個愉悅、快意而已。

　　再看小說寫秦瓊與羅成互傳武藝的情節。兩人睹咒互傳武藝，不得相瞞。羅成說：「哥哥，做兄弟的教你槍法，若還瞞了一路，不逢好死，萬箭攢身而亡」秦瓊則說：「兄弟，我爲兄的教你鐧法，若私瞞了一路，不得善終，吐血而亡。」〔註54〕然而，當秦瓊把鐧法一路路傳與羅成，看看傳到殺手鐧時，即思：「不要

　　程咬金一斧砍爲兩段；元吉則爲秦瓊所殺。然依史實，尉遲恭所殺者應爲元吉。如《舊唐書》載：「元吉遽來奪弓，垂欲相扼，敬德躍馬叱之，於是步走，欲歸武德殿，敬德奔逐射殺之。」（列傳第十八）《新唐書》載：「隱太子死，敬德領騎七十趨玄武門，王馬逸，墜林下，元吉將奪弓窘王，敬德馳叱之，元吉走，遂射殺之。」（列傳第十四）。

〔註54〕在《說唐》故事中，「誓言」常常是後來情節發展的線索。小說寫羅成和秦瓊

罷，表弟十分勇猛，我若傳了他殺手鐧，天下只有他，沒有我了。」呼的一聲，就住了手。羅成也把槍法一路路傳與秦瓊，看看傳到回馬槍，也是心中一想：「表兄英雄無比，若傳了他，只顯得他雄威，不顯我的手段了！」也是一聲響，把槍收住。（第九回）〔註55〕後來羅成與楊林交手，羅成挺槍相迎，未及三合，回馬便走。當楊林拍馬趕來時，羅成即時反身把槍一舉，正中楊林咽喉。秦瓊即道：「兄弟，好回馬槍呵！」接著，殷岳與秦瓊交戰，秦瓊亦趁殷岳在後追趕時，「扭回身來，耍的一鐧，把殷岳打下馬來」。羅成見了亦道：「哥哥，好殺手鐧呵！」（第四十一回）結果兩人原本的私藏的絕招，都顯露出來了。透過這場戲謔式的描寫，作者將「英雄」平民化，寫英雄也有一般人愛藏私的個性，這樣的故事頗能貼近庶民的生活，進而與讀者的心理產生共鳴。

2. 戲謔美學下的滑稽英雄

　　《說唐》中以這種戲謔手筆塑造出來的代表人物，非程咬金莫屬。小說寫程咬金登場，是隋煬帝大赦天下，「赦書一出，放出一個橫蟲來。」接著寫程咬金去賣私鹽，他動不動與人廝打，個個怕他，都喚他做「程老虎」。後因「性發，把一個巡鹽捕快打死」，於是被官府囚禁。當天下大赦時，犯人紛紛出去，獨程咬金呆呆坐著，動也不動。禁子來催，咬金道：「入娘賊的，你要我出去，須要請爺吃酒，吃得醉飽，方肯干休。」他將酒肉，「直吃了個風捲殘雲」後，又說：「你們可有衣帽，拿來借與我程爺爺穿穿，明日拿來還你。若不借，卻不道咱的撩子都出來了，怎好外面去見人？」禁子取來孝衣孝帽遞與他，他也不忌諱，就穿戴起來，回家見母。（第二十回）透過這種戲謔的手法，小說展現出程咬金趣味又無賴的個性。接著，小說又用同樣的手法寫他回家後，當裙子、奪毛竹、賴酒錢，最後才與尤俊達搭上。〔註56〕

　　各自發誓不得藏招，否則羅成會「萬箭攢身而亡」、秦瓊將「吐血而亡」。後來因兩人各自藏下最厲害的殺招，結果在《說唐全傳》中羅成戰死汙泥河，即是應了「萬箭攢身而亡」的誓言；而《說唐後傳》寫秦瓊與尉遲恭舉金獅爭帥，結果亦應了「吐血而亡」的誓言。這種「發重誓→應誓言」的敘寫，除了作為系列小說串連情節因果的作用外，究其內涵，實為民間庶民文化的反應。

〔註55〕《說唐》為了凸顯羅藝對秦瓊的關愛有加，又寫當他看兒子並未傳授秦瓊「回馬槍」時，即欲親自傳授：「當下撚槍在手，一路路傳與叔寶。剛剛使到回馬槍，忽報聖旨下，羅公連忙棄槍，出來迎接聖旨。」可見，秦瓊學不得「回馬槍」，豈是羅成有意藏招？而是天意。作者於此再度呈顯其天命觀念。

〔註56〕《隋史遺文》第二十七回「程咬金無處賣柴扒，尤俊達有心劫銀杠」，寫程咬

　　《說唐》特別強調程咬金這種「天眞瀾漫」的性格，因此當尤俊達騙程咬金說要請他出力保護珠寶時，他一聽就信了。後來尤俊達取出重達六十四斤的「八卦宣花斧」，要教他斧法，「不料咬金心性不通，學了第一路，忘記第二路；學了第二路，又忘記了第一路。當日教到更深，一路也不會使。」後來睡夢中，有神仙老人來教咬金六十四路斧法。咬金醒來後，把板凳當作馬騎，「雙手掄斧，滿廳亂跑，使將起來」。後因被吵醒的尤俊達一聲叫好，「這一聲竟衝破了，他只學得三十六路，後邊的數路就忘記了」。尤俊達問他：「我兄原來有如此好本領，爲何日間假推不會？」程咬金還「裝體面，說起搗鬼的大話來了。」（第二十一回）

　　由於尤俊達騙程咬金合作做珠寶生意，因此吃過早飯後，程咬金就催動身，可是尤俊達卻推說日裡招人耳目，到晚方可出門，程咬金信了。臨行，尤俊達要他「快些披掛好」，程咬金笑說「又不是去打仗上陣，爲何要披掛起來？」尤俊達則騙他「最防盜賊」，程咬金信了；到了現場，程咬金才知原來要打劫，尤俊達又騙他「初犯可以免罪」，程咬金信了。如此，皆可見程咬金天眞似癡的性格。然而，小說也寫程咬金略帶狡獪的性格，如當尤俊達問他：「兄弟，你要討帳，要觀風？」程咬金因不曉得此道中的術語，自思：「討帳，一定是殺人劫財；觀風，一定是坐著觀看。」於是選擇「觀風」，沒想到那是打劫的先鋒。劫了靠山王楊林的餉銀，程咬金還向官差嗆道：「休認我是無名強盜，我們實是有名強盜。我叫做程咬金，夥計尤俊達，今日權寄下你兩個狗頭，過日可再送些來。」（第二十二回）爾後，當秦瓊因緝盜無功而遭縣官鞭打時，程咬金基於義氣，自招乃是劫王杠之人；見秦瓊爲難，還天眞地安慰他說：「不妨，我是初犯，就到官也無甚大事。」（第二十四回）

　　後來程咬金再劫王損爲楊林所抓，眾好漢因此大反山東。攻陷瓦崗寨後，忽現大地穴，徐茂公提議拈鬮去探地穴，眾人個個拈完了，打開來看，大家都是「不去」二字，那一個「去」字，恰好是程咬金拈著。程咬金先是疑心：

金出場，只藉尤俊達的手下說：「離此五六里之地，原在斑鳩店住的，今自移在此，一個人姓程，名咬金，表字知節。當初曾販賣私鹽，拒了官兵，問在邊外充軍，遇了恩赦，得以還家。」接著，程咬金正式出場：「這漢子衣衫襤褸，腳步倉皇，肩上馱幾個柴扒兒，放了柴扒坐下，便討熱酒來吃，好像與店家識熟的一般。」而《隋唐演義》第二十一回「借酒肆初結金蘭，通姓名自顯豪傑」，對於程咬金出場的敘寫，則大致同於《隋史遺文》。如此，可見《說唐》有意擴大敷寫程咬金的出場，將過去的簡單介紹演爲生動活潑的情節，符合民間戲謔的興趣。

「我又不識字，你們作弄我。」徐茂公便提醒他：「『不去』是兩個字，『去』字是一個字，難道你也不識？」果然，程咬金看自己手中，卻是一個字。看來沒得推拖了，程咬金便扯住尤俊達道：

> 我的哥，都是你害了我，好端端的我自在那裡賣柴扒，你卻合我做彩計，斷了王杠，反了山東。如今卻要下這寒冰地獄內去，料應不能活了。只是我與你相好一番，我的母親望你朝夕照管。（第二十八回）

如此，可見程咬金既膽小怕死，卻又孝順母親的性格。因此尤俊達安慰他：「你下去，包你不妨」。程咬金還自我解嘲：「什麼妨不妨，不過做個寒冰小鬼了。」結果一入地穴，方知另有天地，程咬金因禍得福，意外地得到了金璞頭、黃龍袍、碧玉帶、無憂履，以及一個寶匣。出地穴後，徐茂公取出寶匣，見其中有字紙書明：「程咬金舉義集兵，為三年混世魔王，攪亂天下。」為免眾將不服，徐茂公又提議「拜得旗起的，即推他為主。」果然，只有程咬金一拜，「那面旗拽起來。」不過，程咬金雖自喜「到底我做皇帝」，但他卻有自知之明：「在此不過混帳而已！」故自稱「混世魔王」，並將年號改為「長久元年」，頗有諷世意味。（第二十八回）

程咬金才登基當皇帝，即傳報有隋軍三路兵馬同來剿滅瓦崗寨。程咬金大驚之餘，又顯露出他滑稽無賴的本性：「啊呀，完了完了！要駕崩了，這個皇帝當真做不成，大家散夥罷！」（第二十八回）後來徐茂公說退尚師徒大軍、秦瓊勸服唐壁退兵自立，只剩楊林擺布的「一字長蛇陣」須羅成來方可破陣。程咬金自己不識字，還有模有樣地要徐茂公寫詔書召來羅成父子。羅成瞞騙父親前來破陣後，連夜趕回燕山，程咬金還一派天真地問說：「羅成御弟呢？為何不來朝見？」「難道他不奉詔嗎？」（第三十回）事前的驚慌失措與事後的自我抬舉，兩相比較之下，正可見程咬金滑稽無賴的形象。後來程咬金因為「皇帝做得厭煩」而主動讓位給李密，尚師徒與他交手時笑他：「你這混帳的呆人，怎麼皇帝不做，倒把來讓與別人……。」程咬金卻回說：「你家爺老子性子是這般的，不喜歡做皇帝，便不做了，與你什麼相干？如今情願做先鋒，出陣交兵，好不躁皮……。」（第三十六回）

此外，為了將程咬金的性格塑造得更貼近庶民，作者亦寫程咬金有著喜愛挑撥作弄的毛病。如在秦母壽宴上，程咬金刻意挑唆羅成與單雄信相鬥。（第二十五回）天下太平後，他在功臣宴上故意戲耍二王（建成、元吉）；與二王

的「升仙閣」鬥富輸了，不甘心之餘，又挑弄尉遲恭去打二王；見尉遲恭不理，又激他說：「原來你是沒用的，當初被他騙去，屈受披麻拷打，吃了他們兩個這一場大虧，如今趁此機會，何不公報私仇？」尉遲恭是個莽夫，聽後不覺大怒，遂拿起鋼鞭趕去。這時程咬金又擔心萬一二王被他打死，追究起來，如何是好？於是一路喊叫，使二王得以先逃，再「哄騙這老黑，拆倒了這升仙閣」。（第六十七回）

程咬金這種戲謔的報復心理，不只用於對付二王，連畜牲也不放過。程咬金與尚師徒交戰時，因「呼雷豹」吼叫，害他跌落馬而遭活捉。後來見王伯當盜回「呼雷豹」，即怒而將「呼雷豹」的癢毛拔光，惹得那馬性發狂奔而回。次早秦瓊聞報此事，喝令「把程咬金綁去砍了」。程咬金不思闖禍，反而怪秦瓊「輕人重畜」，要殺我「虧你提得起手」。（第三十七回）秦瓊聽了，也只能讓他日後將功贖罪。程咬金闖禍，敢於如此自陳，全因他和秦瓊是「好朋友」。一旦面臨唐高祖，他卻又是另一副嘴臉。小說寫唐營平定五王後，「眾降將金殿封官」，唐高祖看到程咬金名字，想道他曾「月下趕秦王，斧劈老君堂」，於是傳旨綁了，欲斬之。這時程咬金哭叫道：

> 萬歲阿！豈不聞桀犬吠堯，各為其主？昔日在金墉做李密的臣子，
> 但知有李密，不知有秦王。如今歸降了萬歲爺，是唐家的臣子了，
> 若遇別人，也要赤心報國，只叫做吃黑飯護黑主。這狗性極有真心
> 腹，最好相與的。再無一言哄萬歲爺的啊！（第五十七回）

高祖聽他這話也說得有理，又見他也有許多功勞，即赦他無罪，封總管職。程咬金「猶如死裡逃生，快活不過」。可見程咬金在魯莽的基本性格中，亦有善於戲謔應變的一面。

事實上，小說中的程咬金始終是個福將，雖然他武藝平平，粗莽可笑，有時又愛耍點小心機，又一再被徐茂公作弄，或被趕出營，或抱病出陣，但居然都能凶化吉，是個典型的滑稽英雄。同時，如前述「反抗精神」所論，程咬金在討喜搞笑之餘，對於現世人情、政治黑暗也頗能看清，透過種種嘻笑怒罵的戲謔表現，最能反映庶民娛心的需要，這就是這類滑稽英雄廣受群眾喜愛之因。

（二）語言質樸且風格粗獷

就語言風格來看，《說唐》和《隋史遺文》、《隋唐演義》相較之下，其最大的不同是，《說唐》在敘寫過程中很少出現議論的語句，每回的回末也沒有

作者的評論。整體的敘述特色是語言質樸，風格粗獷，具有濃郁的民間文學氣息，標誌著隋唐故事由雅向俗的轉變。誠如如蓮居士〈序〉云：

> 文辭徑直，事理分排，使看者若燎火，聞者如聽聲，說者盡懸壹。
>
> 能興好善之心，足懲為惡之念。

這是針對經書、史傳辭繁旨深之現狀而發。從《說唐》實際描寫的內容來看，確實敘事簡潔，文字通俗易懂，故事又不失曲折有致，這與前代幾部作品的雅化傾向明顯不同。作者善於使用通俗化的語言勾勒出人物形象，並以人性化的方式來呈現人物性格。例如，同樣描寫秦瓊賣馬後歸還王小二飯錢，《隋唐演義》花了將近半回的篇幅，通過王小二自身的言語以見其人個性之尖酸刻薄；但在《說唐》中，卻僅用一句話就達到了諷刺的效果：

> 叔寶回到下處，小二見沒有馬回來，知道賣了，便道：「秦爺，這遭好了。」（第五回）

雖然語言簡短，但力透紙背，鐫刻出王小二這類市井小人在催帳前後對秦瓊不同態度，凸顯出人間的世態炎涼。再如程咬金，小說寫他在戰場上因吃過「呼雷豹」的虧，故趁王伯當盜回「呼雷豹」時，為了洩恨，即將其癢毛拔光令牠不能鳴叫，結果「呼雷豹」痛得發狂奔回。事後，秦瓊怒程咬金亂了軍紀，喝令要將他「綁去砍了」。這時，程咬金卻說：

> 秦大哥，你要殺我，我也不來怪你，只是輕人重畜了。一匹盧祖宗沒了，就殺一員大將，而且是好朋友，虧你提得起手！（第三十七回）

這句話，將程咬金重視朋友，不遵規範卻又天真的性格表現無遺。

此外，《說唐》中常常透過潑辣粗獷的敘述，風趣幽默的對話來展現民間的語言風格。如楊林布下「一字長蛇陣」，王伯當奉命去請羅成來破陣，途中為隋兵所圍。王伯當情急生智，騙隋兵說：

> 將軍有所不知，我們起初時原不肯反的，只因那秦叔寶有個嫡堂兄弟，名喚秦寶銀，他叫我們反的。我們說：「反是要反，只怕楊林興兵來，十分屬害，如何反得？」他說：「不妨，你們竟反。若楊林這老匹夫不來便罷；他若來時，只消你們通知我一聲，待我把這老狗囊的，挖出了眼睛，卻用兩根燈草塞在他眼眶內，做眼燈照。」我們一時聽了他，所以反了。不料老大王果然到來。我卻要到山東請他，特與將軍說聲，可去說與大王知道。若怕我去請他來挖大王眼

晴做燈兒，你須不放我去；若不怕呢，你放我去。將軍可去說聲，
大家酌量酌量。（第二十九回）

王伯當的激將法果然奏效。小說的趣味接著發生，當羅成縱馬衝陣時，他大
喝道：「隋兵讓開路，俺秦叔銀來了。」結果，隋兵聽了，齊說：「不好了，
要挖老大王眼珠的來了。」（第三十回）再如小說寫單雄信和尉遲恭初次交戰
的情景：

單雄信一馬當先，直至陣前。抬頭一看，只見對陣那員將官一張黑
臉，兩道濃眉，坐下烏騅馬，手使長槍，好似煙熏的太歲，渾如鐵
鑄的金剛，十分難看。單雄信便叫一聲：「醜鬼通名。」尉遲恭把眼
一看，只見他青面獠牙，紅鬚赤髮，頭戴紫金冠，坐下青鬃馬，手
執棗陽槊，就像聖帝殿內的溫元帥，又像是閻王面前的小鬼。尉遲
恭道：「我是醜的，你的尊容也齊整得有限。」單雄信反覺羞顏，舉
起金頂棗陽槊劈面就打。（第五十回）

兩軍對陣、兩將廝殺的場面，應是緊張萬分，可是作者卻透過「醜鬼通名」、
「你的尊容也齊整得有限」之對話，將整個氣氛變成既幽默且滑稽，充滿民
間式的趣味。類似的描寫，還有程咬金戰黑夫人與馬賽飛：當孟海公陣營的
黑夫人前來討戰時，徐茂公即交待程咬金「女將出戰，須要小心在意。」程
咬金來到陣前，果見一員女將，即大叫：「何處婆娘，敢來尋老公麼？」（第
五十二回）後來尉遲恭先後擒得黑、白夫人，秦王皆將之賜與尉遲恭完婚。
待孟海公的第三位夫人馬賽飛前來討戰時，程咬金主動請戰，還要求道：「主
公，如今這個賜了臣罷！」上陣後，一見馬賽飛美貌，大喜喊道：「嬌嬌的娘
啊，你今年青春多少了？」「我要你做親，你道快活麼？」（第五十三回）後
來程咬金被馬賽飛所擒，孟海公誤認他是尉遲恭，程咬金還理直氣壯地回罵：
「你們眼烏珠是入瞎的麼？打炭鐵的弄了你的愛妾，卻來尋我賣柴扒的出
氣。」（第五十四回）這種粗俗的幽默，特別能夠滿足庶民的認知與樂趣。

再如「御果園秦王遇雄信」，尉遲恭奪了單雄信的棗陽槊，程咬金要他把
槊還給單二哥，小說寫道：

（尉遲恭）就把這柄金頂棗陽槊往地下一插，誰知那槊即陷入地中
數尺。咬金道：「單二哥，不要理他，看老程面上，拔了槊去罷！」
單雄信氣忿忿過來拔槊，誰想用盡平生之力，這槊也不動一動。程
咬金道：「黑炭團，休得無禮！快快把槊拔起來，還了單二哥，好待

他回去。」尉遲恭道：「這般沒用的，虧你做了將官。」說罷，上前
輕輕一拔，就拔了起來，向單雄信面前一丟。單雄信接了槊，自覺
滿面羞慚而去。（第五十一回）

從這幾句平常的對話中，就生動展現出一個力大無比、勇猛威武的救駕大英
雄。此外，小說中還有許多粗俗稱呼，亦可體會出濃厚的俗文學氣息，像李
世民被單雄信謔稱為「唐童」；單雄信被裴元慶叫「青臉賊」；尚師徒罵程咬
金「獃犬」；咬金罵殷齊二王「退時倒運的廢物」；尉遲恭被程咬金戲稱為「黑
炭團」、羅成叫他「黑子、黑鬼」、單雄信罵他「醜鬼」等。

第六章　英雄家族史——「說唐續書」

　　由於《說唐演義全傳》（以下簡稱《說唐》）刊行後廣受歡迎，書坊紛紛推出續衍作品，於是《說唐後傳》、《說唐三傳》、《反唐演義》、《粉妝樓》等陸續刊行。就隋唐演義系列小說的發展來看，這批「說唐續書」講述的重點已非「隋亡唐興」的歷史，而是接續開唐後的英雄故事。與《說唐》相同，這批續書的作者不詳，但藝術風格類似，並且延續了《說唐》「恃德者昌」的文化意涵，透過女將與小將（少年英雄）的虛構生發，將之具體落實在英雄家族的延續，並且重點表現出忠奸抗爭和家族文化的思想主題。因此，本章以「英雄家族史——『說唐續書』」為題，分成「版本作者與創作意圖」、「敘事結構與繼承發展」、「恃德者昌：英雄家族的世代延續」、「主題思想與藝術特色」等四節，依序進行論述。

第一節　版本作者與創作意圖

一、版本作者

（一）版本

　　《說唐後傳》全稱《說唐演義後傳》，又稱《後唐全傳》，五十五回。題「鴛湖漁叟校訂」。書稱「後傳」，是因先有《說唐》。本書有清乾隆三年（1738）姑蘇綠愼堂藏板本、乾隆三十三年（1768）鴛湖最樂堂本、乾隆四十八年（1783）觀文書屋刊本等。此外，另有《別本說唐後傳》八卷，存尙友齋梓行本、善成堂本，題「姑蘇如蓮居士編次」，有「鴛湖漁叟」序。該書以卷首上下十六

回爲《說唐小英雄傳》，餘六卷四十二回爲《說唐薛家府傳》，實將《說唐後傳》一書分爲兩部而已。

《說唐三傳》全稱《新刻異說後唐傳三集薛丁山征西樊梨花全傳》，又名《仁貴征西說唐三傳》、《說唐征西傳》。經文堂藏板之卷首有「如蓮居士題於似山居中」序，可知本書當作於乾隆年間。此外，經文堂藏板又有另本《征西說唐三傳》，題「中都逸叟編次」，而吳門恂莊主人編次的《異說征西演義全傳》，也題「中都逸叟原本」，如此，則兩書編撰「薛丁山征西」情節的「舊本」，可能都和中都逸叟的「原本」有關。〔註 1〕《說唐三傳》的兩本經文堂藏板爲十卷八十八回，另嘉慶十二年（1807）福文堂小型本則爲十卷九十回。

《反唐演義》全稱《反唐演義傳》，除初刻瑞文堂本十四卷一百四十回外，尚有十卷一百回節本多種。本書歷來名稱頗多，瑞文堂本牌記上端題《武則天改唐演義》，中間題《異說反唐演傳》，右則題《評點薛剛三祭鐵丘墳全集》；目錄則作《新刻異說武則天反唐全傳》；正文題《新刻異說反唐全傳》。〔註 2〕此外，瑞文堂刊本序署「如蓮居士題於似山居中」；三和堂刊本則題「姑蘇如蓮居士編輯」；另有同治丁卯刊本作「姑蘇如蓮居士編次」。本書主要版本除瑞文堂刊本、三和堂刊本外，尚有崇德堂藏本、庚申年夏致和堂本、同治丁

〔註 1〕《異說征西演義全傳》又名《征西全傳》，六卷四十回。題「中都逸叟原本」、「吳門恂莊主人編次」，卷首有乾隆十八年（1753）恂莊主人序，一本前有乾隆五十年（1785）夏月恂莊主人《重刻征西傳敘》，兩序內容實同。中都逸叟和恂莊主人眞實姓名不詳，據題署和序，可知恂莊主人當爲蘇州人。此書原本的成書年代，可能早於乾隆時期。蕭相愷《稗海訪書錄》根據題署及序前的「原本」、「重刻」字樣，以及書中「閨門之正，自古至今，莫過於我明矣，太祖開基傳十六朝帝王」作者的一段議論，推斷出「作者是明人」、「作此書之時是在明崇禎年間」。這一論斷頗有道理。但書中又間引恂莊主人自己所作之詩，而且全書情節疏略，錯舛之處甚多。這或可說明，《征西全傳》本有一種「原本」，乃中都逸叟所作，乾隆年間，恂莊主人即依此爲據，並雜抄他書，重新「編次」刊行。張俊：《清代小說史》（杭州：浙江古籍出版社，1997.6），頁 119～120。

〔註 2〕孫楷第著錄本書爲《異說反唐演義》，注云：嘉慶丙子本改題《異說南唐演義》，後來坊刻本又有《大唐中興演義傳》者。又云：魯迅故居藏十卷一百回本，像十二葉，正文半葉十一行，行二十八字。序署「如蓮居士題於似菊別墅」，無年月。有魯迅先生夾簽題識云：三和堂版本，首葉作《反唐女媧鏡全傳》，兩旁夾寫：「內附鳳嬌投水」「徐孝德下山」。序末作「時乾隆癸酉仲冬之月如蓮居士錄於似山居中」。每卷第一行皆作「新刻異說反唐演義傳」。清無名氏撰。題「姑蘇如蓮居士編輯」。首乾隆癸酉（十八年）如蓮居士序。參見《中國通俗小說書目》（台北：木鐸出版社，1983.7），頁 53～54。

卯刻本等。

　　《粉妝樓》全稱《粉妝樓全傳》，牌記作《繡像粉妝樓全傳》，正文作《新刻粉妝樓傳記》，十卷八十回，不著撰人。前有竹溪山人序云：「前過廣陵，聞世俗有《粉妝樓》舊集，取而閱之……余故譜而敘之，抄錄成帙，又恐流傳既久，難免魯亥之訛，爰重加釐正，芟繁薙蕪……。」由序文可知《粉妝樓》原有舊本，竹溪山人是在這部舊本的基礎上加以整理，故刊刻時冠以「新刻」兩字。本書頗為流傳，版本眾多，最早的刊本是嘉慶二年（1797）的寶華樓刊本，尚有咸豐十一年（1861）維經堂藏板、光緒三十二年（1906）泉城郁文堂刊本等。

　　總之，由於這批「說唐續書」是因為《說唐》的盛行而刊刻，因此在當時亦頗為流行，許多書坊都有其刊刻版本。〔註3〕

（二）作者

　　從《說唐》、《說唐後傳》、《說唐三傳》到《反唐演義》，這四本有接續關係的說唐小說，其編校、作序都和「如蓮居士」、「鴛湖漁叟」有關，只是兩人的真實姓名和生平皆難以考證，推測應是為書坊編撰通俗文學的下層文人。（詳見第五章）此外，若從明清通俗小說的出版現象來看：因為署名「如蓮居士」的人曾經為《說唐》寫序，後來《說唐》大為暢銷，所以緊接著刊刻出來的《說唐後傳》、《說唐三傳》、《反唐演義》等，在其書前也都有署名「如蓮居士」的序，而且如同小說敷演故事般添枝加葉，如有的增加籍貫地名為「姑蘇如蓮居士編次」；有的增加書房住所為「如蓮居士題於似山居中」。如此，皆可見書坊主有意以「如蓮居士」為品牌保證，作為其向讀者行銷「說唐續書」的有效廣告。

　　《粉妝樓》不著撰人，整理舊本並作序的「竹溪山人」真實姓名不詳，有人認為他是乾隆年間的宋廷魁，因為宋廷魁號「竹溪山人」。〔註4〕然而，

〔註3〕依王清原、牛仁隆、韓錫鐸編纂：《小說書坊錄》所載：《說唐後傳》的坊刊本有22種；《說唐三傳》的坊刊本有13種；《反唐演義》的坊刊本有14種；《粉妝樓》的坊刊本更是高達28種。（北京：北京圖書館書，2002.4），頁307～308、297、271、312。

〔註4〕孫殿起《販書偶記》中有載：「竹溪山人《介山記》二卷，山右宋廷魁填詞，乾隆間刊」，而「魏庵叢刊」之一「宋竹溪《介山記》2卷」條則稱：宋廷魁，山西介休縣張良村人，平生著作十三種。該書四篇敘文分別寫於乾隆五年（1740）至乾隆十五年（1750），其中馬鑫敘稱宋廷魁為「老名懦」，則知宋

古人名號相同者頗多，故不能因此認定宋廷魁就是《粉妝樓》的編撰者，何況在宋廷魁的相關資料中，均未記載他曾寫過《粉妝樓》。因此，編撰《粉妝樓》的「竹溪山人」究爲何人，仍無法確知。

二、創作意圖

　　由於《說唐》的暢銷與流行，在逐利的考量下，書坊陸續找人編撰並刊刻其相關續書，這應是眾多「說唐續書」最主要的創作意圖。因此，在「編次、作序」方面，除了強調「如蓮居士」、「鴛湖漁叟」等「名家保證」外；在《說唐後傳》的內容中，也處處留下伏筆，預告續書的內容，並以天命因果來貫串統合各本小說的情節（詳論於後），此正如《說唐後傳・序》中所說：

> 傳奇小說……最易動人聽聞，閱者每至忘食忘寢，戛戛乎有餘味焉。

既有餘味，則有再續的「市場價值」。而《粉妝樓》虛構羅家將的後代故事，爲了表明其與隋唐演義系列小說的延續關係，竹溪山人在〈序〉中云：

> 羅貫中所編《隋唐演義》一書，書於世久矣……前過廣陵，聞世俗有《粉妝樓》舊集，取而閱之，始知亦羅氏纂輯……。

《隋唐演義》爲褚人穫所作，羅貫中編的應是《隋唐兩朝志傳》（以下簡稱《隋唐志傳》）。因此，竹溪山人在序文中號稱《粉妝樓》舊集「亦羅氏纂輯」，應是有意假託以自抬身價。同時，在小說的正文中稱《新刻粉妝樓傳記》，既然要刻意強調出「新刻」，則表明其和書坊逐利的關係密切。換言之，這批「說唐續書」都是後來不斷收集整理成書，並非完成於一人的獨立創作。由於這些文本，既能滿足閱聽者的興趣，又能給民間藝人作爲便於講唱的底本，因而常常被重刻、翻印，影響所及，導致書名、版本紛雜，傳播的時空頗爲廣泛。

　　此外，還有一個蘊含於內的創作動機，即「說唐續書」發展成「家將小說」〔註5〕所形成的家族文化。就小說的敘寫內容而言，要接續一個英雄的故

　　廷魁爲康熙至乾隆初年的文人。陳大康校注：《粉妝樓全傳・考證》（台北：三民書局，1999.5），頁3。
〔註5〕明清之間有許多描寫家將英雄的小說，如薛家將、羅家將、楊家將、岳家將、呼家將、狄家將等，稱之爲「明清家將小說」。這類小說是以「一家一姓爲中心的英雄傳奇，所謂『某家將』者是也。」參見黃清泉：《明清小說的藝術世

事，只能往他的下一代去發展；而英雄的後代，要如何繼承他們父祖的蓋世功業呢？這似乎也是讀者，特別是重視家族文化的中國讀者所特別關心的重點。因此，《說唐後傳》一開始即以羅成的後代羅通為主角，構成「羅家將」的世代故事；而結束前則讓薛仁貴的兒子薛丁山出場，預告下一部接續的小說內容是「薛丁山征西」；而後更有薛丁山的兒子「薛剛反唐」，由此發展成「薛家將」的世代故事。而《粉妝樓》虛構羅家將之後，竹溪山人在〈序〉中即強調：

> 世祿之家鮮克由禮，而秦羅諸舊族乃能世篤貞忠，服勞王家，繼起象賢，無忝乃祖乃父。

這種家族延續的觀念，既是「隋唐演義系列小說」發展成「家將小說」的階段特色，無形中也構成作者的創作動機。

第二節　敘事結構與繼承發展

一、敘事內容

「說唐續書」所敘寫的內容，正如齊裕焜所說：

> 老一輩英雄不可避免地衰老了，他們正在逐漸退出歷史舞台，那麼，小說家們就續寫他們的後輩。這時唐朝正處在發展的頂峰，國內正是歌舞昇平的年代，那麼，他們的後代如何繼承著他們的蓋世武功？只好寫他們在邊境戰爭中建功立業。這樣，《說唐全傳》的續書《說唐後傳》、《說唐三傳》就把故事延伸到唐代中葉，以邊境戰爭為題材，演出羅家將與薛家將兩大系列小說。〔註6〕

「說唐續書」以敷演羅成、秦瓊、尉遲恭、程咬金等英雄的後代為主，除了系列小說原本就有的隋唐故事外，為了合理衍生出唐代開國後的歷史，於是又加入了薛仁貴家族的故事，以及虛構羅成後代的故事，並且呼應了楊家將、岳家將、狄家將等「家將小說」的敘寫模式。〔註7〕不過，整體而言，「說唐

界》（台北：洪葉文化出版社，1995.5），頁205。詳細的界定說明，參見張清發：〈明清家將小說的界定與研究分析〉《中國文化月刊》315期，（2007.3），頁26〜51。

〔註6〕齊裕焜：《隋唐演義系列小說》（瀋陽：遼寧教育出版社，2000），頁77。

〔註7〕陳穎指出：「說唐續書」作品的創作年代均在清初至清中葉這一特定的歷史時期，因而它與同期創作的楊家將、岳家將、狄家將等其他系列英雄傳奇小說

續書」雖有四部，但還是以《說唐後傳》和《說唐三傳》為主體，相較之下《反唐演義》和《粉妝樓》在敘事內容雖然也是接續說唐故事，但與本文所論述的「隋唐演義系列小說」密切性較弱。因此，本章討論之「說唐續書」，將以《說唐後傳》、《說唐三傳》為主要論例，再旁及《反唐演義》、《粉妝樓》。

（一）《說唐後傳》

《說唐後傳》的內容可以分成兩個部分：

第一部分為小說的前十五回，內容敘寫「羅通掃北」的故事。小說在敘事結構上有二條主線並行：一是羅家與蘇家的世仇，二是羅通與屠爐公主的姻緣糾葛。故事背景是北番狼主下戰書，唐太宗以秦瓊為帥、御駕親征，結果唐軍遭困於木陽城。程咬金出城討救兵，羅成之子羅通勇奪帥印，封二路元帥，率領一批少年英雄前赴救援。途中有番將八寶銅人殺敗羅通，恰逢小羅仁私出長安，適時趕來救援。又有北番屠爐公主，以飛刀將羅仁斬為肉泥、逼羅通接受陣前招親。羅通為救君父、兼報父仇，遂假意接受招親。在屠爐公主的反戈暗助下，羅通破番兵、擒蘇定方報父祖之仇。回朝後，羅通因屠爐公主有殺弟之仇，賜婚夜羞辱之，公主憤而自盡，唐太宗欲斬羅通，幸有程咬金百般維護。

第二部分為小說後四十回，內容敘寫「薛仁貴征東」的故事。由其情節發展，又可再區分為三部分：

甲：第十六回到第二十二回，重點寫薛仁貴少年時期的貧賤生活。薛仁貴原本出身於富裕家庭，父母雙亡後，他蕩盡家產淪落至無處可以棲身。因貧寒難忍而去叔叔家乞求幫助，遭羞辱一番後想去自殺，後為小販王茂生所救。然因薛仁貴食量很大，王茂生供應不起，遂介紹他到柳員外家做小工。員外千金柳金花因憐惜薛仁貴受凍而贈衣，導致被逐出家門，後與薛仁貴在破窯成親。然因生活貧困，薛仁貴遂與結義兄弟周青一起去投軍。

乙：第二十三回到第四十二回，重點寫薛仁貴的英雄不遇。薛仁貴兩次投軍都被張士貴以各種藉口逐出。第三次投軍時，因程咬金之故，張士貴才不得不讓他入營，但要他改名為薛禮，藏身於伙頭軍。在征遼過程中，雖然薛仁貴和他的結義兄弟屢立戰功，但都被張士貴的女婿何宗憲冒領。程咬金、

在思想主題、藝術手法諸方面不免互相影響而逐漸趨同。見《中國英雄俠義小說通史》（江蘇：江蘇教育出版社，1998.10），頁92。至於「家將小說」的敘寫模式，詳參張清發：《明清家將小說研究》（台北：臺灣學生書局，2010.11）。

尉遲恭雖察覺有異，但都遭張士貴巧計隱瞞。

丙：第四十三回到第五十五回，重點寫薛仁貴的英雄發跡。張士貴冒功的行為遭到揭發，唐太宗任命薛仁貴為征東大元帥，薛仁貴戰敗蓋蘇文，高麗國降服。遼東戰事平定後，薛仁貴功封平遼王，衣錦還鄉。

由以上敘寫「薛仁貴故事」的內容，可以發現作者敘寫薛仁貴的英雄發跡史，其「英雄歷程」頗有《隋史遺文》塑造秦瓊的模式（詳參第三章），足見民間型塑英雄的共同處。

（二）《說唐三傳》

《說唐三傳》的內容，主要是接續《說唐後傳》敘寫薛家將故事始末。從薛仁貴掛帥征西起到薛剛輔佐中宗復位止，小說以薛仁貴一家三代的榮辱興衰展開情節，故事內容純屬虛構。全書分成三部分：

第一部分是薛仁貴征西傳。成清王李道宗之愛妃為張士貴之女，張妃為報父仇，挑唆李道宗誣陷薛仁貴；唐太宗怒而將薛仁貴打入天牢，程咬金、尉遲恭保救無效，薛仁貴蒙冤遭囚三年。後因哈迷國元帥蘇寶同遣使下戰書，激怒唐太宗御駕親征，徐茂公適時點破因果，薛仁貴得赦、掛帥征西。征西途中，秦瓊之子秦懷玉、尉遲恭之子尉遲寶林先後戰死沙場，薛仁貴亦身中毒鏢生命垂危。於是，程咬金逃回長安討救兵，薛仁貴之子薛丁山奉師命下山揭榜，封二路元帥解奪父之圍，最後薛家父子重逢。

第二部分是薛丁山征西，但主角為樊梨花，故又稱「樊梨花全傳」。小說敘寫寒江關關主之女樊梨花，為梨山老母之徒，有移山倒海之術，唐軍因而難以破關西進。樊梨花在戰場威逼薛丁山接受招親，並因此「無意弒父、有意殺兄」。雖然樊梨花因招親而獻關降唐，然因薛丁山無法諒解她弒父殺兄的行為，怒而於新婚之夜將其休棄。後來薛丁山幾次身陷險境，薛仁貴皆不得不懇請樊梨花前來破陣救子。然薛丁山再三休棄，堅決不肯與樊梨花成親，樊梨花傷心之餘遂帶髮修行。而後，薛仁貴在白虎關現出白虎原形，遭前來救援的薛丁山誤殺而亡。唐高宗即位後，將薛丁山貶為庶民，並要其請出樊梨花掛帥征西。樊梨花三番羞辱薛丁山以報三次休棄之怨，最後兩人盡棄前嫌，奉旨成婚，征西凱旋。

第三部分是薛剛反唐傳。丞相張君佐是張士貴之孫，其子張保欲殺薛義舉以奪其妻。薛丁山之子薛剛（楊藩挾怨投胎而生），因而劫法場、鞭張保，又將所襲之登州總兵讓與薛義舉。薛剛醉鬧花燈，打死張保、驚死高宗，遭

擒待斬。程咬金劫法場救之。武后篡位改國號爲周，抄滅薛家。張君佐鑄鐵丘墳，捉拿薛剛。薛義舉恩將仇報反囚薛剛，好漢劫牢救之。後薛剛爲西唐國招爲駙馬，借兵十萬助廢太子李顯興兵伐周，武則天兵敗去周復唐，唐中宗斬張君佐，薛剛開鐵丘墳重埋父母，薛家復歸榮耀。

（三）《反唐演義》

《反唐演義》敘寫的內容主要即是《說唐三傳》中的「薛剛反唐」故事。然《反唐演義》中的故事情節更加複雜，描寫也更加細緻。小說爲雙線敘事：一是薛剛反唐故事；一是太子李旦的遭際。後者的故事爲《說唐三傳》所無，與「說唐續書」或薛家將故事並無直接相關，因此這部分的情節本文不列入討論範圍。小說第九十七回以後，寫中宗李顯被武三思毒死，薛剛、薛強乃發兵擒武三思，擁李旦登皇帝位，結束全書。

（四）《粉妝樓》

《粉妝樓》的故事純屬虛構，敘寫的羅成、羅通等「羅家將」後代的故事。奸相沈謙當道，因與羅增不睦，故奏其遠征韃靼，欲伺機加害。而後，沈謙之子沈廷芳強搶民女，遭羅增之子羅燦、羅焜打傷。羅增遭番兵圍困，沈謙趁機誣其投敵，並唆使天子抄滅羅家。羅燦、羅焜逃亡，眾公侯護之。沈謙再誣眾公侯，天子下令捉拿。羅家兄弟聚義雞爪山，兵臨皇城、討伐沈謙。沈謙失勢投奔番邦。羅家將平定番邦，天子下令斬沈謙，於凌煙閣爲諸英雄粉妝畫像。

就以上各本小說的敘事內容來看，可知「說唐續書」的內容，從接續之前系列小說的「開國建朝」，進而發展出「開疆拓邊」；其戰爭形式不再是國內的統一戰爭，而是不同種族之間的民族戰爭，並且夾雜著宮廷內部的忠奸抗爭。小說中的主要人物亦可區分出老將、小將和女將，由於英雄個人的發跡變泰不再是唯一的敘事重點，更重要的是英雄家族功業的傳承，因此號稱薛家將、羅家將。其敘事形態，也非單純的歷史演義或英雄傳奇，而是具有講史、神魔、才子佳人等合流的特色。如此，在「歷史、英雄、天命」三者的構成關係上，就顯得更加密切，特別是在懸念、伏筆等結構布局的運用，以及家族世代之恩怨情仇的串連上，表現得最爲明顯。（詳述於後）

二、結構布局

如前述，由於「說唐續書」是以《說唐後傳》和《說唐三傳》爲主體，

因此在小說結構布局的分析，即以這兩部小說爲主，並特別發掘其中「歷史、英雄、天命」三者的共構關係，以明其作爲隋唐演義系列小說之特性。以下，由「懸念安排合理」、「伏筆預告續書」兩方面加以論析：

（一）懸念安排合理

《說唐後傳》的情節安排曲折多姿。在第十五回中，就寫唐太宗夢見征東保駕的薛仁貴，透過徐茂公的「釋夢解惑」，使故事情節全都籠罩在「懸念」之中，由此安排出合理的情節發展。在追尋「應夢賢臣」的過程中，作者一方面將小說中的人物隔離在事件眞相之外，使「明君、賢臣」各自行事而難見眞相；一方面則將眞相展現給讀者，讓讀者處於全知全能的優越情境，從而旁觀作品中「明君、賢臣」的追尋活動，由此獲得閱讀的樂趣。

由於小說一開始就設定以「天命」來主導「歷史」發展的方向，因此必須先凸顯出「英雄」在「歷史」變革中的重要性，或絕對性。因此，在征東前夕，「天命」給唐太宗營造了一個充滿懸疑性與遊戲味的夢境：

> 朕騎在馬上，獨自出營遊玩，並無一人保駕。只見外邊世界甚好，單不見自己營帳。不想後邊來了一人，紅盔鐵甲，青面獠牙，雉尾雙挑，手中執赤銅刀，催開一騎綠馬，飛身趕來要殺寡人。朕心甚慌，叫救不應，只得加鞭逃命。那曉山路崎嶇，不好行走。追到一派大海，只見波浪滔天，沒有旱路走處。那時朕心慌張，縱下海灘，四蹄陷在沙泥，口叫「救駕」。那曉後面又來了一人，頭上粉白將巾，中身白綾戰襖，坐下白馬，手提方天戟，叫道：「陛下，不必驚慌，我來救駕了！」追得過來，與這青面漢鬥不上四五合，卻被穿白的一戟刺死，扯了寡人起來。朕心歡悅，就問：「小王兄英雄，未知姓甚名誰？救得寡人，隨朕回營，加封厚爵。」他就說：「臣家內有事，不敢就來隨駕，改日還要保駕南征北討，臣去也！」朕連忙扯住說：「快留個姓名！家住何處？好改日差使臣來召到京師封官受爵。」他說：「名姓不便留，有四句詩在此，就知小臣名姓。」朕使問他什麼詩句。他說道：
>
> 　　家住遙遙一點紅，飄飄四下影無蹤。
> 　　三歲孩童千兩價，保主跨海去征東。
>
> 說完，只見海內透起一個青龍頭來，張開龍口。這個穿白的連人帶馬望龍嘴內跳了下去，就不見了。（第十五回）

徐茂功替唐太宗解夢，得知這位白袍小將，就是家住山西龍門縣的薛仁貴，是「天命」指定將來要平定遼東亂事的主將。同時，夢境中也顯示了未來引發遼東戰爭的番將，其主要形象爲「青面獠牙」。

接著，小說寫唐太宗爲了得到應夢賢臣，於是向天下招兵。在絳州龍門縣，還特別由三十六路都總管、七十二路大先鋒張士貴負責。果然，絳州龍門縣有個薛仁貴，應夢賢臣與唐太宗的會面似乎指日可待了。不料，這位深得唐太宗信任的大先鋒卻是個「只爲家族利益，而不顧國家利益」的奸險小人。原來張士貴聽聞唐太宗的夢境後，即先安排由其女婿何宗憲冒認爲「應夢賢臣」；遭點破後，他一計不成再生一計，於是主動請旨前去山西絳州招兵，目的是爲了阻礙眞正的應夢賢臣與唐太宗相見。因此，當薛仁貴二度前來投軍時，皆遭到他的斥逐；第三度再來時，雖因有魯國公程咬金的令牌而不得不允其投軍，但機巧的張士貴卻又歪曲事實，欺騙薛仁貴說：

> 你兩次投軍，非我不用。這是一片惻隱之心，救你性命。你有大罪，朝廷正要尋你處決……只因前日天子掃北歸師，得其一兆，見一白袍用戟的小將，拿住朝廷，逼寫降表。又有詩四句道：「家住遙遙一點紅，飄飄四下影無蹤。三歲孩童千兩價，生心必奪做金龍。」……末句言「此薛仁貴要奪天下」的意思。留此人在世，後必爲患……你不知死活，鑽入網來。我有好生之德，故托言犯諱犯忌，拿去開刀。使你不敢再來，絕此投軍之念，豈不救了你性命？（第二十二回）

張士貴編此謊言有多方效益：一是爲之前拒收薛仁貴投軍找到好藉口；二是騙得薛仁貴心懷感恩之念，使其日後甘心聽命效力；三是使薛仁貴因此而不敢暴露眞實身分。綜合以上，足以構成讓自己女婿何宗憲日後冒功的最佳環境。相對的，有了張士貴的從中阻礙，唐太宗和薛仁貴這對君臣想要相見就難上加難了。那麼，唐太宗要如何才能見到「應夢賢臣」呢？張士貴的「人力」眞能夠阻止「天命」的運行嗎？這些都是閱聽者所好奇而充滿興趣的追問。而作者也就由此再去安排小說情節的發展。

由於「眞命天子」唐太宗相信「天命」的存在，相信「應夢賢臣」的存在，於是在「白袍將巧擺龍門陣」的情節中，唐太宗第一次見到薛仁貴：遠遠望去，「分明與夢內一般，面貌活像。」（第二十五回）而後薛仁貴鳳凰山救駕、大戰蓋蘇文，事後唐太宗要見薛仁貴，元帥尉遲恭邀見時，薛仁貴卻

因張士貴之前的謊言而嚇得逃跑，袍幅被尉遲恭扯下一塊，於是有「何宗憲袍幅冒功勞」（第三十四回），救駕之功又被何宗憲冒領。

接著，小說寫「尉遲恭犒賞查賢士」（第三十五回），心有不甘的尉遲恭為了趕快找出薛仁貴，自荐要親赴軍中點將。因程咬金賭他會喝酒誤事，遂又主動要求太宗：「寫一塊御旨戒牌，帶在臣頸內，就不敢吃了。若再飲酒，就算大逆違旨，望陛下以正國法。」到了軍中，他還對張士貴聲明在先：「我奉旨戒酒，你休將葷酒迷惑我心。」然張士貴卻故意將美酒置於上風處，尉遲恭聞得酒香，「喉中酥癢，眼珠倒不看了點將，旁首看他把酒倒東過西。」張士貴知奸計成功，就在酒中放茶葉獻上，騙說是茶。尉遲恭一聞酒香沖鼻，「猶如性命一般，拿來一飲而盡」，還稱讚張士貴「倒是個好人」，又高呼：「再拿茶來。」當尉遲寶慶怒責他「沒志氣」時，他「性氣頃刻面泛鐵青，眼珠翻轉」，罵道：「為父飲酒，人不知，鬼不覺。你這畜生，焉敢管著為父的響叫飲酒！我如今不戒酒了。」遂把戒酒牌拿下，傳令張士貴備筵，「本帥偏要吃酒，吃個爽快。」酒醒後大驚，他還怒責兒子為何沒阻止他。於是，本來應該可以讓「應夢賢臣」的事真相大白，不料張士貴的陰險加上尉遲恭好酒的天性，剛好湊成一場笑鬧劇。而後，尉遲恭醉醒後，祭起打王鞭，欲打張士貴逼他吐露真情。張士貴情急下設計火燒天仙谷，試圖殺害應夢賢臣。於是，一波三折，唐太宗和尉遲恭最終還是沒有見到薛仁貴。

因為薛仁貴是「天命」英雄，因此九天玄女於天仙谷救了薛仁貴。而後，當唐太宗在海灘遇難之際，薛仁貴「應天命」即時出現救駕，並且殺退了蓋蘇文，一切與唐太宗的夢境相同。明君賢臣終於會面，薛仁貴與張士貴對質公堂。面對唐太宗的責問，張士貴百般狡賴。為了徹底揭露張士貴父子，徐茂功讓張士貴和薛仁貴分奪高麗兩座城池，以證明確有實力足以立下先前的功勞。然張士貴因不敢挑戰摩天嶺，遂陰謀反叛，偷偷回兵長安、謀奪王位；薛仁貴不但攻下摩天嶺，還連夜渡海趕回長安，掃平叛逆、逮捕奸臣。最後，唐太宗封薛仁貴為平遼大元帥，在「天命」的先決條件下，「白虎星」薛仁貴殺敗「青龍星」蓋蘇文，「英雄」主導了唐軍勝利的「歷史」。

（二）伏筆預告續書

在《說唐後傳》中就已預告續書的影子，書中留下多處伏筆，如：

1.第十一回「羅仁禍陷飛刀陣，公主喜訂三生約」：寫屠爐公主強逼羅通接受陣前招親，羅通假意應允後，公主惟恐羅通「口是心非」，遂要他「發下

一個千斤重誓」。於是羅通發誓說：「本帥若有口是心非，哄騙娘娘，後來死在七八十歲一個槍尖上。」

2.第四十一回「孝子大破飛刀陣，唐王路遇舊仇星」：寫唐太宗一時高興，要去出獵，徐茂公勸阻，理由是「將會遇見應夢賢臣薛仁貴」。唐太宗巴不得趕快遇到應夢賢臣，聽後立即降旨備馬。徐茂功即點明因果，原來這應夢賢臣「福分未到，早見不得我主，還有三年福薄」，若是太宗堅持提前見他，「只怕有三年牢獄之災。」唐太宗笑說：「這牢獄之災，只有寡人作主，那個敢將他監在牢中？」徐茂公見無法勸阻，即先討赦：「後來薛仁貴有什麼違條犯法之事，陛下多要赦他的。」唐太宗欣然答應說：「這個自然赦他。」

3.第四十六回「猩猩膽飛砧傷唐將，紅幔幔中戟失摩天」：寫薛仁貴取穿雲箭往猩猩膽的咽喉射去，猩猩膽「左翅一遮，傷了膊子」，喊道：「是什麼箭傷得本帥？憑你上好神箭，除了咽喉要道，餘外箭頭射不中的，今日反被大唐蠻子射傷我左膊，摩天嶺上料不能成事，本帥去也！」於是猩猩膽「帶了這枝穿雲箭，望正西上拍翅就飛。」作者接著寫道：「此人少不得征西裡邊，還要出戰。」

4.第五十三回「唐天子班師回朝，張士貴欺君正罪」：寫唐太宗因張士貴犯欺君之罪，欲將之全家盡滅。王叔李道宗奏求「放他一子投生，好接張門後代」，於是太宗降旨：「將張環第四子（張志豹）放綁，發配邊外爲民，餘者盡依誅戮。」作者接著寫道：「後來子孫在武則天朝中爲首相，與薛氏子孫作對，此言不及細表。」

5.第五十三回「唐天子班師回朝，張士貴欺君正罪」：寫薛仁貴功封平遼王，回家省親時，蓋蘇文的魂靈青龍星爲報兵敗自盡之仇，化身爲妖怪使薛仁貴誤殺其子薛丁山。這時，雲夢山水連洞王敖老祖，「忽有心血來潮，便掐指一算，知其金童星有難，被白虎星所傷；但他陽壽正長，還要與唐朝幹功立業，還有父子相逢之日。」於是命黑虎駕起仙風，「速去將金童星馱來」。作者寫薛丁山爲王敖老祖救醒後，「拜老祖爲師，教習槍法；後來征西，父子相會，白虎山誤傷仁貴之命，此是後話慢表。」

6.第五十五回「王敖祖救活世子，薛仁貴雙美團圓」：作者在全書回末，公開預告云：「此回書單講羅通定北奇功，薛仁貴跨海征東，平定大唐天下，四海升平，滿門榮貴團圓。還有薛丁山征西傳，唐書再講。」

針對以上這些伏筆，在後來的續書中我們都可以找到相呼應的地方。如

在《說唐三傳》中，由於張家與薛家的冤仇，李道宗設計害薛仁貴，使得薛仁貴經歷了三年牢獄之災，後來徐茂公即提醒唐太宗當年應允「自然赦他」，而使薛仁貴得以無罪開釋；猩猩膽在征西時也再度出現，終難逃被消滅之命運；薛仁貴之子薛丁山成為二路元帥，父子重逢共建功；後薛仁貴在白虎山顯現白虎原形，遭薛丁山射死，實現「一報還一報」的預言。而在《反唐演義》中，張家子孫已成長起來，張士貴之孫、張志豹之子張天左、張天右在武則天朝分別被封為左相、右相，專與薛家作對，薛家終被滿門抄斬，除薛剛、薛強外全家三百八十餘口慘遭屠戮。至於羅通發誓，小說寫他與界牌關九十歲的老將王不超大戰，遭王不超以槍刺破肚皮，羅通雖然最後殺死王不超，但他也因此戰死。

三、繼承發展

《說唐後傳》接續《說唐》的結局，展開「羅通掃北」與「薛仁貴征東」故事，而後順著薛仁貴故事的發展，再衍生出《說唐三傳》、《反唐演義》等敷演薛家後代的續書，形成完整的薛家將故事。爾後，又有《粉妝樓》敷演羅家後代故事，形成羅家將故事。因此，在考察「說唐續書」的繼承和發展，除了相關系列小說外，亦須注意故事本身的流傳演變。

（一）在「羅家將」故事方面

這方面的故事包含《說唐後傳》中的「羅通掃北」和《粉妝樓》的故事：

「羅通掃北」中，除了唐太宗、秦瓊、尉遲恭、程咬金、蘇定方等在《說唐》中出現過的人物是史有其人外，主要人物羅通及其故事情節皆純屬虛構。《說唐》把《隋史遺文》、《隋唐演義》裡的羅公子與羅士信合為一人，塑造了一個不見史傳的英雄羅成，再進而虛構出羅成的兒子羅通。至於反面人物蘇定方，在歷史上他是興唐名將之一，官至左武衛大將軍；但是《大唐秦王詞話》、《說唐》卻都把他寫成是殺害羅成的凶手。《說唐後傳》既以羅通為主角，於是蘇定方就順理成章地成為反面人物。小說為了加強「忠奸對立」的二元結構，寫羅通因羅成託夢，得知蘇定方是殺父仇人，於是在出征途中就藉故殺害蘇定方之子蘇麟；而後蘇定方為報子仇，又藉故不開城門，逼使羅通打遍四門，企圖將他累死。於是，蘇定方因私怨而影響救駕，名正言順成為「奸臣」。

此外，在「羅通掃北」中出現一批小英雄，除羅通外，還有秦瓊之子秦

懷玉、程咬金之子程鐵牛、尉遲恭之子尉遲寶林、段志遠之子段林、單雄信之子單天常，以及反面人物蘇定方之子蘇麟、蘇鳳等。這些英雄後代不但外貌酷肖其父，脾氣也幾乎一模一樣；甚至連人品、個性亦由父輩遺傳，忠臣之子是必是英雄豪傑，奸臣之子必是奸險狡詐。小說中這類少年英雄的敘寫，可說是上承《說唐》中的李元霸、裴元慶、羅成；下開薛丁山、薛剛、羅燦、羅焜等，使「小將、少年英雄」這類人物在隋唐演義系列小說中，成爲充滿生氣並引人注目的人物類型。

至於《粉妝樓》，故事情節純屬虛構，年號任意移用，人物的安排較其他隋唐演義系列小說差距太遠，整體情節雖延用「羅家將」名號，但已有「才子佳人化」的趨勢，算是系列小說的餘緒。其在敘寫忠奸抗爭之餘，最精彩的部分反而是幾對青年男女屢遭波折的愛情故事，這也是這本小說流傳甚廣的主因。

（二）在「薛家將」故事方面

如第二章所述，薛仁貴是歷史上的眞實人物，「薛仁貴故事」在民間流傳廣泛，有其自己的故事體系。話本《薛仁貴征遼事略》敘寫薛仁貴家住山西絳州龍門縣，以田爲生。朝廷征兵時，薛仁貴孝服在身，其妻柳氏勸其趁機投軍，並勉曰：「夫孝始於事親，終於事君。」以上敘寫大致與史相符。至於寫薛仁貴投軍後其戰功爲張士貴、劉君昂冒領，以及事發後張士貴流亡、劉君昂受戮等，則皆虛構。同時，話本中也有「唐太宗夢白袍將」的情節，但直接由薛仁貴說出：「臣乃絳州龍門縣人也。」以上皆爲《說唐後傳》所吸收而更加敷演之。

在元明戲劇中，《飛刀對箭》側重於對薛仁貴武藝才能的描述，《衣錦還鄉》著重描寫薛仁貴「發跡變泰」的主題，《龍門隱秀》則寫柳氏賢達鼓勵薛仁貴投軍博取功名。後來薛仁貴「妻子」的角色因此受到重視，如《說唐後傳》、《說唐三傳》皆有「薛仁貴妻子柳金花」的相關情節，逐漸表現出家族的主題。《金貂記》首先虛構出薛仁貴之子「薛丁山」，並敷演薛丁山爲君父解圍的故事，此爲民間傳說之附會，《說唐三傳》更加發揮成「薛丁山征西」的情節。〔註8〕

〔註8〕史載薛仁貴有子二人：薛訥、薛楚玉。其中薛訥爲唐代名將，曾於武則天時代任幽州都督，兼安東都護，「久當邊鎮之任，累有戰功」；玄宗時，拜其爲「左羽林軍大將軍，復封平陽郡公」。而薛楚玉於開元中，「爲幽州大都督府

　　《隋唐志傳》中與薛仁貴有關的章節爲第八十四回「薛仁貴降服火龍」、第八十六回「薛仁貴五箭取榆林萬」、第八十八回「白岩城紅袍戰白袍」、第八十九回「薛仁貴箭射飛刀」、第九十回「高麗王輿櫬出降」、第九十三回「仁貴三箭定天山」。其中「榆林城」、「白岩城」的情節來自《薛仁貴征遼事略》，而寫高麗王降服則爲虛構情節。雖然薛仁貴在這部小說中的形象只是一名勇士，然小說以薛仁貴抗遼是天命所在，並以「降服火龍」爲證，如此與《說唐後傳》的「以天命寫英雄」的思想可謂一脈相承。

　　《唐書志傳》與薛仁貴有關的章節爲第七十七節「薛仁貴洛陽投軍」、第八十節「薛仁貴斬將立功」、第八十三節「薛仁貴智取黃龍坡」、第八十四節「薛仁貴奪圍救主將」、第八十八節「白袍將百步穿楊，唐太宗獨契英雄」、第八十九節「薛仁貴三箭定天山」等。歷史上在唐太宗征高麗時期，與薛仁貴相關的戰爭僅有安市之戰，然作者爲了豐富故事，增寫了許多薛仁貴參戰的描寫，並將「三箭定天山」也納入征遼情節中。值得注意的是，小說寫薛仁貴投軍時，張士貴拜他爲帳前先鋒，並沒有冒功情事；而唐軍也沒有征服高麗。如此皆較符合歷史真實，然因「按鑑演義」的風格，使得內容拘泥史實，未能具體凸顯出薛仁貴的英雄形象。

　　薛仁貴故事發展到《說唐後傳》時，有二點特別值得注意：一是改變了薛仁貴的出身：小說寫薛仁貴本是白虎星下凡，羅成轉世，投生於富商薛英家中。十五歲時，父母雙亡，薛仁貴蕩盡家財，淪爲乞丐。小說通過對薛仁貴落魄生活的描寫，反映了小民百姓生活的艱辛與無奈。二是神魔描寫的增加：小說延續《說唐》「青龍、白虎」相鬥的星宿傳說，寫白虎星薛仁貴與青龍星蓋蘇文對抗，然春薛仁貴是「天命英雄」，因此每遇到困厄，自有九天玄女、香山老祖等神仙出面營救。此類描寫已可見英雄傳奇與神魔小說合流的趨勢。

　　《說唐三傳》一開首即重複敘寫《說唐後傳》的結局，可見兩書先後銜接的關係。然《說唐三傳》已將英雄傳奇和神魔小說充分融合，小說中主要人物皆有仙師傳授法術、法寶，戰爭場面也大都以神魔鬥法的方式呈現，人物和情節內容多爲虛構，雖然小說敘寫的重點是「薛丁山征西」，但特別凸顯出「女將」的份量，特別是具有「移山倒海」能力的樊梨花，她是薛家將中

　　　　長史，以不稱職見代而卒」。詳參《舊唐書・薛訥傳》（列傳四十三）如此，戲曲小說中的「薛丁山」雖爲虛構人物，但其歷史原型可能來自於薛訥。

最亮眼的女明星。《反唐演義》與《說唐三傳》最後部分之「薛剛反唐」情節類似，但小說中的神魔已大爲減少，如主角薛剛雖是「九醜星楊藩」投胎轉世，但在小說中他只有「力大無窮」的本事，危急時刻全賴其他英雄好漢前來救援。

第三節　恃德者昌：英雄家族的世代延續

　　由《說唐》延伸到「說唐續書」，秦瓊、尉遲恭、程咬金等開唐英雄都以「老將」的形象登場，繼之而起的是一群充滿青春活力的「小將」。這群小將主要是開唐英雄的後代，他們的繼之而起，主要是爲了完成世代交替，並且承接其父輩英雄所未竟的事業，特別是要將英雄家族的生命與榮耀給延續下去。如此，小說展現出一種「有德者昌」的文化情懷，這是「說唐續書」的敘事焦點，同時也是重要主題。以下，分由「老將與小將的世代交替」、「榮耀與生命的家族延續」兩方面加以論述之：

一、老將與小將的世代交替

　　「說唐續書」既是接續《說唐》的故事內容，因此對於老將與小將的世代交替，勢必成爲作者衍續故事情節中無從迴避的課題。以下分從「年邁英雄不復勇」、「少年英雄本事高」兩方面論述之：

（一）年邁英雄不復勇

　　《說唐後傳》前半部敘寫唐軍掃北，小說一開始即指出：跟隨唐太宗掃北的這群開唐英雄「多有五六旬之外，盡是鬢髮蒼蒼年老的了」。（第一回）相對地，開唐英雄的第二代，卻都是「年紀只好十六七歲」的小英雄。這種老少的對比差距，一旦上了戰場就具體展現出來了：以秦瓊掛帥，尉遲恭任先鋒的老將軍團，出征不久即遭敵番圍困，只能仰賴以羅通、秦懷玉、程鐵牛等年輕小將所組成的二路援軍前來解圍。對此情形，作者還引詩贊曰：「小將如雲下北番，威風大戰白良關。」（第八回）同樣的，《說唐三傳》寫老將薛仁貴征西遭困，只得等待二路元帥薛丁山前來救援。而《粉妝樓》寫老將羅增奉命征討北番遭困，最後也是要靠羅燦、羅焜等小將前來破敵解圍。

　　《說唐後傳》後半部敘寫唐軍征東，對於老將不復當年勇的情形，敘寫得頗爲深刻。唐軍征東前，作者先寫唐太宗爲了選帥而大傷腦筋地說：「寡人

看這秦王兄年高老邁，哪裡掌得這個兵權？……朕看來倒是尉遲王兄能幹些……。」秦瓊當下表達不滿：「爲什麼尉遲老將軍就掌得兵權？他與臣年紀彷彿。」唐太宗只好讓兩人扛舉千斤重的金獅以決定人選。尉遲恭有自知之明：「當初拿得起，走得動，如今來不得了。」小說寫其扛舉金獅的情形：

> 右手柱腰，左手拿住獅子，腳掙一掙，動也動不得一動，怎樣九轉三回起來？想來要走動，料想來不得的，只好把腳力掙起來的。緩緩把腳鬆一鬆，跨得一步，滿面掙得通紅，勉強在殿上繞得一圈。腳要軟倒來了，只得放下金獅子，說：某家來不得。金獅子重的很，只怕老千歲拿不起！（第十六回）

「動也不動一動」、「腳要軟倒來了」，十分貼切地呈現出尉遲恭的年老體衰。相較之下，秦瓊顯得缺乏自知之明，當他目睹尉遲恭出醜時，猶且「嘿嘿冷笑」地說：「尉遲老將軍無能，這不多重東西就不能夠繞三回。秦瓊年紀雖高，今日駕前繞三回九轉與你們看看。」接著，小說寫秦瓊扛舉金獅的情景：

> 把袍袖一捽，也是這樣拿法，動也不動，連自己也不信起來，說：「什麼東西？我少年本事那裡去了？」猶恐出醜，只得用盡平生之力舉了起來，要走三回，哪裡走得動！眼前火星直冒，頭暈凌凌，腳步鬆了一鬆，眼前烏黑的了。到第二步，血朝上來，忍不住張開口鮮血一噴，迎面一跤，跌倒在地，嗚呼哀哉！（第十六回）

想當年，秦瓊與尉遲恭「三鞭換兩鐧」，〔註9〕是草澤英雄的代表，如今的表現竟是如此不堪！對此，作者跳出來解釋說：因爲秦瓊「昔日正在壯年，忍得住。如今有年紀了，舊病復發」。〔註10〕這句「有年紀了」，可謂一針見血地點出英雄無可避免的無奈與結局。果然，扛重比試後，年邁體衰的秦瓊只能遺憾地臥病在床，最後由尉遲恭掛帥出征。

　　但是，尉遲恭既與秦瓊並爲開唐英雄，且爲同輩，那麼其年高老邁較之秦瓊自是相差不遠。如秦瓊之子秦懷玉兩度爲報父怨而怒打尉遲恭：第一次，少年氣盛的秦懷玉「只一掌」，就讓老邁的尉遲恭「一個鷂子翻身，跌在那邊

〔註9〕《說唐》寫秦瓊「年二十五歲、相貌雄偉」，手持兩鐧共重一百八十斤；而尉遲恭所持之鞭重八十一斤。兩人交戰時，以「三鞭換兩鐧」打成平手。（第二十三回、第四十六回）。

〔註10〕《說唐》寫秦瓊年邁吐血，於史有據。《舊唐書・秦瓊傳》載秦瓊老年多病，因謂人曰：「吾少長戎馬，所經二百餘陣，屢中重瘡。計吾前後出血亦數斛矣，安得不病乎？」（列傳第十八）。

去了」。第二次，秦懷玉雙手一扳，輕易地將尉遲恭連人帶椅翻倒在地，「把腳踹在胸前，提拳就打」。回顧《說唐》所塑造的尉遲恭：「好像煙燻太歲，火燒金剛，身長一丈，腰闊數圍」（第四十四回），是戰場上人人畏懼的黑煞星，何以此時竟讓秦懷玉這個少年人打得毫無招架之力？正如作者所強調：「尉遲恭年紀大了！」（第十六回）

征東途中，唐太宗要遊鳳凰山，軍師徐茂公預言：「老將有難。」果然，先是馬三保遭番將砍去四肢、丟於路邊（第二十九回），接著元帥尉遲恭爲番將所擒（第三十回）。而後，當段志遠與蓋蘇文交戰時，他還倚老賣老自誇槍法利害，隨即突刺一槍，然年壯的蓋蘇文不慌不忙執起青銅刀：

> 「噶啷」一聲架開，回轉刀來喝聲：「去罷！」綽一刀砍過來，段志遠看見刀法來得沉重，那裡架得住？喊一聲：「我命休矣！」躲閃也來不及，貼正一個青鋒過嶺，頭往那邊去了，身子跌下馬來。（第三十一回）

對此結局，作者忍不住感嘆：「一員老將，可憐死於非命。」眼見多年的老兄弟居然一招之內身首異處，殷開山、劉洪基一邊哭喊，一邊提斧衝向蓋蘇文，齊聲揚言「老將來報仇」。結果一交戰：

> （蓋蘇文）又是一刀，望開山頂上剁來，開山手中雙斧那裡招架得住？閃避也來不及，怎經得蓋蘇文力大刀重，把殷開山頂梁上一直劈到屁股頭，分爲兩段，五臟肝花坍了滿地，也喪黃泉去了。劉洪基一見砍劈了殷開山，又要哭又要戰，忽手一鬆，刀落在地，卻被蓋蘇文攔腰一刀，身爲兩段，嗚呼哀哉。（第三十一回）

三位開唐老將軍，都讓年壯的蓋蘇文一刀就解決了。不僅唐太宗「龍目中紛紛掉淚」，老邁的尉遲恭更是嚇得「目定口呆」。接著，齊國遠也遭蓋蘇文二刀斬爲四塊。老將軍團眼見歃血兄弟慘死，放聲大哭之餘，二十六家總兵紛紛衝下山欲爲老友報仇。這時，蓋蘇文祭起飛刀輕鬆應戰：

> 有幾家著刀的，已經砍爲肉醬。有一大半刀雖不曾著身，青光多透身的了，拼命的跑上山來，墜馬而死不計其數。賈閏甫、柳周臣才上山，也跌落馬就死了。唐萬仁、尤俊達到得天子駕前，也是墜馬而亡。（第三十一回）

結果，這二十六名老將盡皆身喪。〔註 11〕身爲元帥的尉遲恭意欲出戰，竟遭

〔註11〕在說唐故事中，蓋蘇文前世爲單雄信。《說唐》寫單雄信寧死不肯降唐，臨刑

蓋蘇文嘲笑：「看你年高老邁，諒你一人怎保得唐王脫離災難！」（第三十一回）。後來，唐軍再度受困於越虎城，當蓋蘇文前來叫戰時，「鬍鬚都是花白」的程咬金意欲出戰卻遭唐太宗喝住：「你年高老邁，若是下去，哪裡是他對手？」（第三十八回）這句「年高老邁」，不但具體點出唐軍屢屢戰敗的主因，更充分可見世代交替的迫切性。

　　類此年邁英雄不復當年勇的情節，亦見於《說唐三傳》。小說寫唐軍征西時，唐太宗與老將軍團再度遭困於鎖陽城，徐茂公奏請比照征東時的危機處理模式，仍由程咬金突圍回京請領救兵。這時，程咬金頗有自知之明地說：「臣年有八旬，不比壯年掃北征東之時，如今疾病多端……。」（第十五回）一句「不比壯年」，道盡英雄的年邁與無奈。可見，英雄出少年，當英雄老邁時就再也難逞其當年勇了。

　　相同的，在敵對陣營亦是如此。如《說唐後傳》寫劉國禎與尉遲恭交戰，戰到十餘合後，即遭尉遲恭一鞭打到吐血。其子劉寶林為父報恨，出戰單挑尉遲恭，兩人戰到百十餘合，不見輸贏。事後，劉寶林即對劉國禎說解：「英雄所以出於少年之名。如今爹爹年邁了，自然戰不過這狗蠻子了。」（第二回）又《說唐三傳》寫界牌關守將王不超「年九十八歲，身長一丈面如銀盆，五綹長鬚，一條條好似銀絲，斗米十肉方可一餐，使一枝丈八蛇矛，重百二十斤，有萬夫不當之勇，四海聞名」。（第十九回）在戰場上，王不超自稱「西涼老將」，見羅通上陣，還戲謔稱他「我的兒」。交戰時，雖然羅通已遭王不超刺傷，但他奮勇「盤腸大戰」，把見識多廣的王不超「嚇得魂不附體」，「西涼老將」最後仍為「我的兒」所殺。（第二十回）

　　在「說唐續書」中，無論是掃北、征東、征西，作者每當寫到這群老將出場時，都會先刻意強調其年高老邁，再由其戰敗、遭困、被殺等結局，以見老將們的不復當年勇，只能期待年輕小將們前來救援解圍。小說如此敘寫其來有自，考察史實，唐太宗曾對薛仁貴說：「朕舊將並老，不堪受閫外之寄，每欲抽擢驍雄，莫如卿者。」〔註12〕這是唐太宗對年輕小將的期勉，同時也

前程咬金向其敬酒時說：「願你來生做一個有本事的好漢，來報今日之仇。」又「願你來世將這些沒情的朋友，一刀一刀慢慢地剮他。」（第五十八回）《說唐後傳》延續此情節，寫蓋蘇文祭起飛刀將這群前世「沒情的朋友」盡皆斬殺。

〔註12〕《舊唐書》載：「仁貴自恃驍勇，欲立奇功，乃異其服色，著白衣，握戟，腰鞬張弓，大呼先入，所向無前，賊盡披靡卻走。大軍乘之，賊乃大潰……及

是對其帳下兵將皆已年邁的感嘆。再就相關故事的發展來看，元代雜劇有「功臣宴敬德不服老」的劇目，既是老將不服老，那就表示在故事發展的過程中，已注意到開唐英雄年高老邁的現象，作者因此將之敷演成年邁英雄不復勇的情節。由於這群開唐英雄皆已年邁，在征東戰場上屢屢受驚、遭困、慘死，因此當白袍小將薛仁貴的身分大白後，尉遲恭即向唐太宗啓奏：「臣年邁無能，不堪執掌兵權，願把帥印託小將軍掌管。」他還向薛仁貴強調：「我心情願交付與你，安然在小將軍標下聽用。」（第四十四回）昔日，尉遲恭爲了與秦瓊爭奪帥印而互不相讓，如今他深切體會到年老力衰的不可避免，畢竟再怎麼樣的大英雄，終究都要面對老邁退場的事實，因此他心甘情願地交棒給年輕小將。如此，具體展現出「說唐續書」世代交替的主題。

（二）少年英雄本事高

「說唐續書」以英雄家族的世代功業爲敘寫內容，因此作者必得塑造出一批英雄後代以爲接班人。然而，小說中這群少年英雄，幾乎皆於史無據，爲小說家所虛構生發。

《說唐後傳》一開始即強調英雄出少年。小說寫掃北戰爭時，劉寶林（即尉遲寶林）在不知自己身世時，得知尉遲恭這個「老蠻子」傷了劉國禎，即思上戰場爲爹報仇。劉國禎以「你年輕力小」爲由阻之，他則強調說：「從來將門之子，未及十歲就要與皇家出力。況且孩兒年紀算不得小，正在壯年……。」（第二回）

後來，寶林與尉遲恭父子相認後，小說寫他槍挑金靈川守將伍國龍，少年英雄立大功。自此之後，掃北戰陣皆由尉遲寶林先出場，取代其父尉遲恭的先鋒地位，形成實質上的「子代父職」。

爾後唐軍遭困，程咬金奉命突圍討救，途中遇到喝醉的段林，「身長八尺，年紀只好十六七歲」，只見他用力一掙，就拿起「長有六尺，厚有三尺，足有千斤餘」的大石頭。對這個年輕人的本事，不僅程咬金大讚：「好英雄！」作者亦於回末預告：「出林猛虎小英雄，個個威風要立功。」（第五回）正因年輕人具有這種出林猛虎的氣勢，以及英雄後代想爲家族爭光的精神，使得二路援軍的選帥比武顯得朝氣勃勃：「英雄自古誇年少，演武場中獨逞能。」（第六回作者引詩）演武場上，先是程鐵牛敗給蘇鳳，蘇鳳對接續上場的段林說：

軍還，太宗謂曰：『朕舊將並老，不堪受閫外之寄，每欲抽擢驍雄，莫如卿者。朕不喜得遼東，喜得卿也。』」（列傳第三十三）。

「你年紀還輕，槍法未精，休想來奪元帥印。」結果蘇鳳敗給段林。蘇麟接續上場，亦喝：「你還年輕，休奪爲兄帥印。」段林回應：「英雄出在少年，什麼叫年輕！」段林雖敗下，緊接著秦懷玉趕上，又殺敗蘇麟。最後，當羅通趕往教場欲與秦懷玉比試時，秦懷玉笑道：「兄弟，爲兄年長，應該爲帥。你尚年輕，曉得什麼來？」羅通回道：「兄弟雖則年紀輕，槍法比你利害些。就是點三軍，分隊伍，掌兵權，用兵之法，兄弟皆通，自然讓我爲帥。」結果更年輕的羅通最後勝出。（第六、七回）在這場比武爭帥的過程中，「英雄出少年」是每個小英雄爭相標榜的豪語，他們之所以奮勇爭先的上場，不但要展現他們自己的年輕本事，更重要的是要承繼其英雄家族的世代榮譽。同時，小說中的少年英雄也分成秦黨和蘇黨，前者由秦瓊之子秦懷玉、程咬金之子程鐵牛、段志遠之子段林、羅成之子羅通等組成；後者則由蘇定方之子蘇麟、蘇鳳爲主。如此，小說中這類少年英雄結黨的敘寫，與其上一代的結義頗有異曲同工之妙。〔註13〕

　　此外，羅府過繼的二公子羅仁，「年方九歲，力大無窮」，「有兩柄銀鎚，到使得來神出鬼沒，人盡道他是裴元慶轉世」。〔註14〕羅母惟恐他出門闖禍，將之禁鎖書房。然而，當羅仁聽聞哥哥羅通掛帥出征，大喜說：「我最喜殺番狗的。」隨即把頸項的鐵鏈裂斷，拿了鎚就往外走。結果，小羅仁出門就迷路，逢人便問：「我要去殺番狗，你們可是番狗麼？吃我一鎚。」眾人咋舌道：「北番的番人路遠哩，你小小年紀，怎生去得？」（第七回）如此，作者既據實寫出九歲孩童的幼稚天真，又高度讚揚少年英雄的熱情勇敢。果然，羅仁一到戰場，恰逢羅通正遭番將以銅人追殺，他當下奮勇攔下，番將見他是個身高不及三尺的小孩，不禁哈哈大笑，要其閃開以免被馬腳踹死。勇猛的小羅仁不但大聲斥喝「該死的番狗」，還誇言「快來祭你二爺這兩柄鎚」。兩人交鋒時，羅仁因身子小，舉鎚只能打到其坐騎，結果馬頭粉碎、番將跌落，他又一鎚將番將「打得肉醬一般」。（第十回）如此，就勇氣和力氣來看，羅

〔註13〕此外，《說唐三傳》寫薛丁山之子薛剛，結交開唐英雄的後代，如秦夢之子秦紅，尉遲景、羅昌、王宗立、程月虎等，人云「五虎一太歲」。（第七十回）而《反唐演義》寫薛剛結交的是越王羅章，胡國公秦海並程統、程飛虎、尉遲青山、尉遲高嶺這一般好動的人。（第六回）以上兩書敘寫少年英雄結黨，其旨皆與瓦崗英雄結義類似。

〔註14〕《說唐》寫裴元慶是隋朝第三條好漢：「只得十多歲，他用的兩柄鎚有五升斗大，重三百觔，從未相遇敵手。」（第三十一回）。

仁都不愧是「隋朝第三條好漢」裴元慶的翻版。

　　而在征東的戰場上，由尉遲恭掛帥的老將軍團遭困於越虎城，面對年壯力猛的蓋蘇文，這群年邁的老將們幾遭殺害殆盡。幸好秦懷玉奉父遺命帶領羅通、程鐵牛、尉遲號懷等小將前來救駕。小說寫這批少年英雄一到戰場，其表現是：

> 懷玉乃是少年英雄，開了殺戒，碰著槍就死，重重營帳挑開……蓋蘇文提刀就砍羅通，羅通急架相迎，敵住蘇文。懷玉把數十員番將盡皆殺散，也有刺中咽喉，也有挑傷面門，也有搗在心前，殺得番兵棄甲曳盔在馬上拼命的逃遁了。（第四十一回）

對此，作者引詩贊道：「年少英雄本事高，槍刀堆裡立功勞。爵主戰鼓番兵喪，西道紛爭番將逃。」因爲有這群少年英雄的加入，使得戰場的形勢爲之轉變，原本唐軍遭困的局勢，一變而爲「零零落落番人散」、「可憐番卒化爲泥」。

　　若再細究小說寫少年英雄的出場，亦頗見深意。如《說唐後傳》中羅夫人因羅家「只靠得羅通這點骨肉以接宗嗣」，故設下暗房之計百般阻止其前去比武。不料羅通聽見鼓炮之聲即心慌意亂，當下拆了門，「也不包巾扎額，禿了這個頭，也不洗臉」，催馬望教場奔去。（第七回）再如《說唐三傳》寫當薛丁山要去揭榜救父時，柳氏無法勸退他，只好一同前去，「免得牽腸掛肚」。（第十七回）作者透過這種「母親反對／小將堅持」的對比寫法，意在凸顯少年英雄報國救父的熱情，其中尚有移孝作忠之意味。如此，這類少年英雄一出場，立刻就被賦予熱血青年的形象。而爲了讓這群未經世面的英雄後代們，具有足夠的能力或條件以合理解救君父，作者大都會刻意鋪排，藉以宣告其爲天命英雄。如《說唐三傳》薛丁山則適逢天命下山救父，故其形象爲：

> 頭上戴頂鬧龍束髮太歲盔、身披一領索子天王甲、外罩暗龍白花朱雀袍、背插四面描金星龍旗、足穿利水雲鞋、上節裝成烏緞描鳳象戰靴、手端畫杆方天戟、腰間掛下玄武鞭、左邊懸下寶雕弓、右邊袋衣插下三丈穿雲箭、坐下一匹駕霧騰雲龍駒馬，後面扯一面大纛旗，書著「征西二路大元帥薛」，那丁山好不威風！（第十八回）

薛丁山全身的法寶正是王敖老祖賜予他征西救父用的，單看這身隆重的造型，就知道二路元帥非他莫屬。至於《說唐後傳》中的羅通雖然沒有受到神仙的眷顧，但小說在羅通出場前，就連續敘述幾段「老將不如小將、英雄自古誇少年」等情節，再寫少年英雄們陸續出場、生機勃勃地展現各家武藝，

最後羅通勝出被封爲「二路定北大元帥」。（第七回）作者透過一連串對比烘托的手法，其意圖正是爲了凸顯羅通少年英雄的形象。

在「說唐續書」中，羅通可說是少年英雄中表現得最爲傑出的一位。《說唐後傳》寫他先後二次掛帥救駕，[註15]《說唐三傳》則寫他以先鋒身分大戰番將而死：

> （羅通）被王不超一槍直刺過來……登時透進鐵甲，直入皮膚五十深，肋骨傷斷三根，五臟肝腸都帶出來了，血流不止。主帥營前看見，吩咐大小三軍快上前去相救。只見羅通飛馬來到營前，叫一聲：「主帥，不必驚慌，吩咐眾將助鼓。羅通若不擒此老狗，死也不能瞑目。」說罷拔出腰刀，將旗角一幅割下，就將流出五臟肝腸包好，將腸盤在腰間。扎來停當，帶戰馬衝出陣前，開言大叫：「老狗，俺羅通將軍再來與你決一死戰。」那王不超睜睛一看，唬得魂不附體……不想羅通來得惡，把手中長槍向前心一刺……羅通跳下馬來，割了首級，上馬加鞭來到營中，獻其首級。一交跌下馬來，眾將扶起。羅通大叫一聲：「好痛呀！」一命歸陰去了。（第二十回）

在「說唐續書」中，這場作戰可算是最精彩的武打戲。雖然小說詮釋羅通的死是因他背棄婚約所導致的報應，[註16]然而這幕血淋淋的盤腸大戰，確實已將羅通英勇剛烈的少年英雄之形象，表現得淋漓盡致。

至於更晚刊刻的「說唐續書」，爲了改變前人形塑少年英雄的模式，於是將敘寫的重點置於「忠奸抗爭」的情節。如寫薛家、羅家之後代，則都因奸相之子強搶民女而將之打死或打傷，導致因此得罪奸相、全家遭禍。如《反唐演義》中的薛剛因爲打死張保、驚死高宗，張天左即趁機要求武后抄滅薛家。《粉妝樓》中的羅焜、羅燦因爲打傷沈廷芳，奸相沈謙即趁羅增兵敗遭困時誣其投敵，唆使天子抄滅羅家。這類英雄後代出場的情節模式，雖然凸顯了年輕小將血氣方剛的衝動，甚至表現出「不守禮法，膽大妄爲」的負面形象，但作者敘事的重點，顯然是欲藉由「忠奸抗爭」以彰顯英雄後代具有除

〔註15〕在《說唐後傳》中，羅通第一次掛帥是唐太宗君臣掃北時困於木陽城（第六回），第二次掛帥是太宗君臣征東時困於越虎城（第三十九回）。

〔註16〕《說唐後傳》寫羅通假意允親，爐屠公主要羅通發重誓。羅通發誓若口是心非「後來死在七八十歲一個槍尖上」。（第十一回）《說唐三傳》接續此情節，塑造界牌關守將王不超高齡九十八歲，使一根丈八蛇矛，把羅通刺得肚破腸流而死。（第十九回）。

暴安良的性格。類此,《說唐三傳》寫薛仁貴遭成親王李道宗陷害囚於天牢,秦懷玉之子秦夢才八歲,就集結了羅通之子羅章、尉遲寶林之子尉遲青山、程鐵牛之子程千忠等,「都是八九歲」,「年紀雖小力大無窮」,一起大鬧天牢。秦夢雖小,卻能將李道宗「當胸一把扭住,面上巴掌亂打鬍鬚扯去一半,小拳頭將皇叔滿身打壞,跌倒在地,只叫饒命。」(第三回)如此,可見這群小小英雄,無論是俠義性格或「力大無窮」,都證明其足爲英雄世家的後代。

二、榮耀與生命的家族延續

　　社會學者從文化生態學的觀點指出:中國人的家族主義有其特殊內涵與作用,是中國人的一套主要的本土心理與行爲,更是中國人之社會取向的首要成分。〔註17〕由於家族主義普及並深入於傳統社會之中,形成中國人重要的文化思維和生活規範。在「說唐續書」世代交替的表層敘事中,可以發掘其深層敘事中富含家族延續的觀念。以下從通過子承父志以延續家族榮耀、通過陣前招親以延續家族生命兩方面論述之:

(一)通過子承父志以延續家族榮耀

　　「說唐續書」爲了凸顯其英雄世家,常從人物的相貌和個性著手,具體呈現出父子傳承的家族關係。如《說唐》寫尉遲恭的相貌是「好像煙燻太歲,火燒金剛」。(第四十四回)而《說唐後傳》寫劉寶林(即尉遲寶林)前來叫戰時,程咬金見其「鐵盔鐵血,鍋底臉,懸鞭提槍,單少鬍鬚,不然是小尉遲無二」,便對尉遲恭說:「老黑,這個小番兒到像你的兒子。」(第二回)再如《說唐》寫單雄信:「生得面如藍靛,髮賽朱砂,性同烈火,聲若巨雷。使一根金釘棗陽槊,有萬夫不當之勇。」(第五回)而《說唐後傳》寫單天常「青皮臉,朱砂眉,一雙怪眼。口似血盆,獠牙四個露出。頷下無鬚,也還少年……手中端一根金釘槊。」程咬金眼見當下即思:「這個強盜單少了一臉紅鬚,不然與那個單雄信一般了。這個面貌果然無二。」(第八回)如《說唐》寫程咬金遇大赦被釋放,回家即對老母喊說:「我餓得狠了,有飯拿些來我吃。」(第二十回)而《說唐後傳》寫程咬金之子程鐵牛,「生來形相與老子一樣」,一進家門即呼叫:「母親拿夜膳來吃!」(第六回)可見父子有著相同的粗魯性格。

〔註17〕詳參楊國樞:〈中國人的社會取向:社會互動觀點〉,收入楊國樞編:《中國人的心理與行爲》(台北:桂冠圖書公司,1993年),頁87~142。

　　由於小說中家族榮耀的建立靠的是戰功，因此作者也會刻意強調英雄們有著「家傳」的武器或武藝。在隋唐演義系列小說中，武器和武藝常常是各路英雄的家傳標記。這點在《說唐》中早有強調：

　　　　在大隋朝原有幾家兵器，是天下聞名的，如李家錘，宇文家的钂，
　　　　羅家槍，秦家的鐧，多是家傳的，其中奧妙無窮，並沒有外人曉得。
　　　　（第八回）

因此，《說唐》寫秦彝對夫人託孤時強調：「將金裝鐧留下，以爲日後存念，秦氏一脈，賴你保全。」（第一回）果然，其子秦瓊長大後以使鐧聞名。《說唐後傳》寫秦瓊病故後，其子秦懷玉出戰的武器爲「家傳的黃金鐧」（第四十一回），而秦家後代秦紅亦使金鐧（第七十回）。《粉妝樓》寫秦環手執金裝鐧（第六十九回）。再如《說唐》寫唐高祖賜鞭予尉遲恭，以「單鞭撐住李乾坤」宣揚其開唐功績。「說唐續書」據以擴大敷演，如《說唐後傳》寫尉遲恭投軍前其妻身懷六甲，故將雌雄鞭兩條，刻「敬德」字者自爲兵器，刻「寶林」字者留予妻子，交代云：「倘得生男，就取名尉遲寶林。日後長大成人，叫他拿此鞭來認父。」（第二回）〔註18〕果然，十多年後父子因此而得以在戰場上相認。而《說唐三傳》寫其子尉遲寶林、尉遲寶慶出戰時，所持武器是「竹節鋼鞭」。（第十一回）而第三代的尉遲青山殺番將，亦是「提起鋼鞭照頂打來」。（第二十一回）如此，可見秦家鐧、尉遲鞭世代傳承，堪稱是兩家英雄在戰場上的註冊商標。

　　再看程咬金家族，《說唐》寫程咬金的「八卦宣花斧」乃尤俊達所贈，後夢中得神仙傳授六十四路斧法，然因尤俊達的喝采，一驚之下忘了大半，只學得三十六路。（第二十一回）爾後，程咬金的功夫愈落愈多，人與其交鋒「知他三斧厲害，第四斧就無用了」。（第三十六回）接續的《說唐後傳》寫程咬金教其子程鐵牛練斧，鐵牛自誇他已練得「斧法精通」。隔日，眾家小將皆往教場比武爭帥，程咬金見兒子鐵牛一時獲勝，即忍不住向一旁的魏徵炫耀：「這些斧法，多是我親傳的。」然而，其子的斧法如同其父，愈到後來斧法愈亂，眼見即將敗下陣來，魏徵就向程咬金開玩笑說：「這些斧法，也是你親傳的？」（第六回）。《說唐三傳》寫程鐵牛之子程千忠，與敵交鋒時，亦是「舞動大斧，殺到番營亂砍亂殺」。（第二十一回）再如《說唐三傳》寫程家後代程月

〔註18〕《說唐後傳》這段留鞭認子的情節，在《說唐》中亦有敘寫，並且預告：「直
　　　　到尉遲恭掃平北番，雙鞭會合，父子團圓。後話不表。」（第四十四回）。

虎，亦說其所用的武器是「抱月金斧」。（第七十一回）《粉妝樓》寫程佩「生得莽撞」，作戰時「掄動人斧，不論好歹，砍遍八營，只顧沖殺，勢不可當」。（第七十四回）可見程家英雄慣用的武器都是「斧」，而其斧法大致也是一個「亂」字了得。

羅家將傳承的武器是槍，在《隋史遺文》中已交代羅家槍法厲害，《說唐》中則頻頻宣揚羅家槍厲害，《說唐後傳》寫羅通最後奪得帥印正因善使羅家槍。或許正因羅家槍太過出名，因此小說寫羅通戰場與番將交鋒時，多次詐敗想使出回馬槍，但卻遭到識破。誠如番將鐵雷八寶所說：

> 魔家知道你，當年羅藝、羅成前來掃北，把回馬槍傷去了我邦大將
> 數員，魔也曉得你們羅家有回馬三槍利害。（第十回）

接著，《說唐三傳》寫羅通戰死後，其子羅章「手提梅花槍」，繼承先鋒職位。（第二十回）又寫羅章之子羅昌使「梅花槍」。（第七十一回）而《粉妝樓》寫羅家後代羅增的裝扮是「白馬銀槍」，其子羅燦「手執點銅槍」、羅焜「掄槍」作戰。〔註19〕

至於薛家則以箭射開口雁聞名，《說唐後傳》寫薛仁貴的奇射是「用這毛竹的弓箭」射「開口雁」：「雁鵝叫一聲就要射一箭上去，則中下瓣咽喉。豈不是這雁叫口開還不曾閉，這箭又傷不傷痛，口就合不攏，跌下來便是開口雁了。」（第十九回）小說又寫薛丁山年紀十多歲時，「拾上弓，對著飛雁一箭。只聽得『呀』的一聲，跌將下來，口是閉不攏的。一連數隻，一般如此，名為開口雁。」連不認得親身兒子的薛仁貴，看了也不禁喝采：「此子本事高強，與本帥少年一樣。」（第五十三回）又如在《說唐三傳》中，先寫二路元帥薛丁山「手端畫杆方天戟」（第十八回），後寫薛仁貴戰蘇寶同時，也是「手持畫杆方天戟」。可見，父子上戰場的主要武器也是一致的。

以上，可知「說唐續書」有意透過武器和武藝的傳承，藉以凸顯英雄家族的標誌和特色。此舉固然是作者為了便於庶民讀者的辨識，但無形中亦加強了英雄家族父子傳承的形象。由此進而探究，可知「說唐續書」敘寫世代交替，集中於父與子的互動與接續，如薛家世代：白虎星轉世的薛仁貴一開口便剋死父母，在孤苦貧寒下，經好友周青勸導而投軍，終於成為征東元帥。薛丁山成年後竟在戰場上誤殺父親，而後在妻子樊梨花的帶領下征西立功。薛剛因驚死高宗導致薛家遭到滅族，而後反周興唐恢復薛家榮耀。再看羅家，

〔註19〕參見《粉妝樓》第七十六回、第六十九回、第七十五回。

羅通三歲時父親羅成即戰死，掃北之際父祖託夢傳授家族絕技以協助破關。
至於秦家亦同，秦瓊病死，其子秦懷玉戴孝出征，錯拿哭喪棒卻反而大破飛
刀陣，其關鍵在於秦瓊陰魂相助。以上，可見小說是以父死子繼來串演其英
雄家族的世代交替。

透過父死，使少年英雄在子承父志的情感下，更有必須回復或延續家族
榮耀的強烈使命感。誠如《說唐》寫秦瓊幼年早孤，其一生志向為：「我屢
代將門，若得志，斬將搴旗，開疆展土，也得耀祖榮宗。」（第三回）因此，
《說唐後傳》寫羅通不顧母親「羅門之後誰人承接」的勸阻，仍然搶著掛帥
掃北，為得是要爭取救駕之功以榮耀家族。（第七回）後來羅通雖然掃北救
駕有功，卻因逼死屠爐公主而遭唐太宗貶為庶民，事後秦瓊即指責他：「不
孝畜生！為人不能出仕於皇家，以顯父母，替祖上爭氣……。」（第十五回）
秦瓊的指責，主要也是期待羅通能夠做出一番功業以榮耀其羅家。因此，當
秦瓊後來因舉金獅吐血，自知臨終之時，還不忘把各府小爵主召來床前，一
個一個教訓說：

> 我當初幼年間，視死如歸，槍刀內過日，不惜辛苦，才做到一家公
> 位。汝等正在青年少壯，當幹功立業，不可偷懶安享在家。我死之
> 後，須當領兵前去保駕立功。我兒過來……為父倘有三長兩短，功
> 名事大，祭葬事小，或三朝五日將來殯殮了，也不必守孝。單人獨
> 騎前往東遼，戴孝立功，為國盡忠，方為孝子，為父死在九泉，自
> 當保護你立功揚名後世，孩兒盡孝，天下人知。若忘我今日臨終之
> 言，算為逆子了。（第三十九回）

秦瓊這段臨終遺訓，除了可見其公忠體國的忠臣情懷外，最重要的是要勉勵
眾家小英雄趁著少年為家族爭取榮耀。因此他特別交待兒子戴孝立功，求個
揚名後世。秦瓊的臨終訓勉，正是傳統家族文化的展現：即個人必須努力光
耀門楣，以達到維護與增進家族榮譽的目的。〔註20〕再如《反唐演義》寫薛
強夫妻子女十二人，捨棄在大宛國的太平生活，四處奔波相助李旦即位。（第
九十九回）《粉妝樓》寫羅增明知與韃靼作戰吉少凶多，仍然以盡忠報國自許。

〔註20〕由於中國人重視家族的榮譽與富足，故有強烈之為家奮鬥的行為傾向。強調
家族的利益重於個人的利益，個人必須為追求家族整體的榮譽及富足而盡心
盡力，努力奮鬥。參見楊懋春：〈中國的家族主義與國民性格〉，收入李亦園、
楊國樞編：《中國人的性格》（台北：桂冠出版社，1991 年），頁 182。

（第二回）這些英雄家族的後代，之所以願意做出這樣的付出和犧牲，其因正是爲了回復或延續其父祖輩所累積的家族聲望與英雄榮譽。

由於中國人經常以具有特殊功名、德行或是令譽美名的祖先爲認同對象。因此，若是祖先有功名，或有德行，那麼透過對祖先的認同，也會使個人覺得同享榮耀。相對的，自己有功名、德性或令譽，不但家人會引以爲榮，祖先也同沾光采。〔註 21〕故小說寫後代英雄出場時都會得意洋洋自報家門，引用父祖榮耀爲自己增光。如《反唐演義》寫薛強說：

> 我是中國山西絳州龍門人氏。說起來料貴邦也必知道，我祖乃先皇
> 太宗駕前官拜平東安西開國兩遼王、天保白袍大將軍，姓薛，名仁
> 貴；我父征西大元帥、世襲兩遼王名薛丁山。（第十四回）

《說唐後傳》寫羅通說：「（我）乃越國公蔭襲小爵主。」（第十回）《粉妝樓》寫羅燦說：「在下乃世襲興唐越國公羅門之後，家父現做邊關元帥。」（第三回）這種個人與祖先的密切認同，究其因在於家族延續觀念的發揮。在儒家文化的陶冶下，中國人所要延續的不光只是生物性的生命而已，還有更重要的社會、文化、道義等高級生命。〔註 22〕所以小說中的後代英雄，其充滿建功立業的熱誠，正是希望日後能博得家人和祖先的引以爲榮。

此外，在「說唐續書」中常常透過敷演祭拜祖先的情節，用以彰顯英雄繼承祖先、效法祖先的行爲，如《說唐三傳》、《反唐演義》都有「三祭鐵丘墳」的情節。《粉妝樓》在英雄除奸滅番後，即寫英雄後代重修祖墳的情節（第八十回）。《說唐後傳》則寫羅通救駕立功後，用羅家的仇人蘇定方來活祭父祖（第十三回）。同時，在「祭」與「繼」這種家族延續的觀念下，子女若能實現父母或祖先一生無法達成的某些特殊願望，或補足他們某些重大而特殊的遺憾，可謂孝行的極致。如《說唐三傳》寫薛仁貴征西戰死，樊梨花、薛丁山繼之平西。《反唐演義》薛丁山的兒子薛剛雖大鬧花燈，導致薛家一族遭到武氏滅門，但他含冤奮勇，最後反周興唐，不僅光復了李唐天下，彌補了他自己的遺憾，也贏回了家族的榮耀。再如《粉妝樓》寫羅增爲番兵所困時，竟遭奸相誣爲叛國，昏君又下令抄滅全族。爲了家族血脈的延續，羅焜、羅燦兄弟選擇逃亡，而爲了洗刷家族冤屈，這些後代英雄甚至不惜借調番兵、

〔註21〕同前註，頁 164～166。

〔註22〕所謂「高級生命」包含生命之社會意義、文化意義、道義意義。說明詳參同
　　　　前註，頁 143。

包圍皇城進行兵諫。後來羅家父子聯手平番除奸後，天子還讚揚羅增「忠心不改」、羅燦「忠孝雙全」、羅焜「孝勇可嘉」，回復羅家將的世代榮耀。小說如此書寫，可謂充分流露出重視家族榮譽與「家族至上」〔註23〕的價值取向。

（二）通過陣前姻緣以延續家族生命

中國人傳統的家族文化之主要內涵，是以孝為中心，其中又以延續家族的生命為孝之基本涵義。〔註24〕在傳統中國的社會裡，繁衍子孫是結婚的主要目的。中國人有繁衍子孫的強烈意願，因為「在中國人的心目中，個人的生命是祖宗生命的延續，個人的生命不過是家族生命傳承的一個環節」。〔註25〕《說唐》以「秦彝託孤寧夫人」為全書的開篇，小說寫秦旭、秦彝父子為北齊將領，北周來犯時秦旭力戰死節，秦彝以死報國前特別交待夫人：「我今託孤與你，切勿輕生。可將金裝鐧留下，以為日後存念秦氏一脈，我死亦瞑目矣！」（第一回）「託孤」的重要性，在於延續忠臣家族的生命，這正是家族文化在《說唐》及其續書中的具體展現。此外，吾人又可從小說中人物塑造的角色功能來看，如程咬金在系列小說中除了作為滑稽英雄外，其另外一個重要的角色功能即是扮演熱心的媒人。在《說唐》中他媒合尉遲恭和黑、白夫人。在《說唐後傳》中他先後媒合羅通與屠爐公主、史大奈女兒等二段姻緣。在《說唐三傳》中他更是熱心媒合薛丁山和其三位老婆（竇仙童、陳金定、樊梨花）的陣前姻緣。此外，程咬金的後代也延續了程咬金作媒的角色功能，如《說唐三傳》寫年高七旬的程千忠，媒合薛孝與盛蘭英。（第八十五回）《粉妝樓》中寫程鳳促成羅焜與程玉梅的姻緣。（第二十回）如此，說唐系列小說既以英雄作戰為敘寫的主要內容，卻又樂於頻頻穿插戰場姻緣，這其中頗有值得深思之處。

細究之下，戰場姻緣之所以作為「說唐續書」中的普遍情節，一個重要因素就是作者意欲通過陣前招親的情節，以合理化英雄家族生命的延續。因此，小說中作為英雄後代的小將們必是「貌似潘安」，在戰場上常常令敵方最厲害的女將神魂顛倒，進而主動提出「招親、獻關」的要求。小將剛開始都

〔註23〕 家族至上是一種根深柢固的價值觀，所謂家族利益高於其他利益，親族關係重於其他關係，家族至上常是導引家族成員思想、感情和行為的最高準則。楊知勇：《家族主義與中國文化》（昆明：雲南大學出版社，2002 年），頁 114。

〔註24〕 徐揚杰：《宋明家族制度史論》（北京：中華書局，1995 年），頁 62～69。

〔註25〕 葉明華、楊國樞：〈中國人的家族主義：概念分析與實徵衡鑑〉，《中央研究院民族學研究所集刊》第 83 期（1998 年 6 月），頁 174。

會堅持身分，嚴詞拒絕。女將則因遭到拒絕而惱羞成怒，強勢逼婚得逞。然而，由於小將都是英雄後代，爲了保持英雄世家的顏面，作者只好讓女將擁有仙師、法寶，以保證她們在戰場的絕對優勢。最後，小將會在解救君父的大義下應允招親，結果不但扭轉戰局劣勢，還大大增強唐軍的作戰實力。類此陣前招親的模式化敘寫，是家將小説的情節特色。〔註26〕由於「説唐續書」同時也是家將小説的一部分，因此陣前招親情節在這類小説中敷演甚多。如下表所列：

「説唐續書」陣前招親之人物一覽表

書　　名	小　將	女　　將	女將的出身背景
説唐後傳	羅　通	屠爐公主	西番丞相之女，能使兩口飛刀。
説唐三傳	薛丁山	竇仙童	棋盤山寨主，黃花聖母之徒，有綑仙繩法寶。
	薛丁山	陳金定	隋朝總兵陳雲之女，武當聖母之徒
	薛丁山	樊梨花	寒江關守將之女，黎山老母之徒，能移山倒海。
	劉　瑞	金桃公主	天竺國公主。
	劉　仁	銀杏公主	開山國王御妹。
	薛　孝	盛蘭英	潼關守將之女，金刀聖母之徒，有仙圈法寶。
反唐演義	薛　雲	飛鏡公主	潼關守將之女，元妙仙姑之徒，有廿四面寶鏡。
	薛　蛟	尙姣英	潼關總兵之女，素珠老母傳授陰陽彈、如意鉤。

　　「説唐續書」這種通過陣前招親以延續家族生命的敘寫，其中又以《説唐後傳》中的「羅通和屠爐公主」、《説唐三傳》中的「薛丁山和樊梨花」表現得最爲典型。以下即以此二例述論之：
　　首先，就羅通和屠爐公主的陣前招親之敘寫來看：《説唐後傳》寫屠爐公主在戰場上見羅通相貌美、槍法精，主動提出招親要求，不料竟遭羅通怒罵不知羞恥。屠爐公主怒而祭起飛刀，將羅通嚇出一身冷汗後，威脅他説：
　　　你若執意要報仇，娘娘斬了你，死而無名。仇不能報，駕不能救，
　　　況又絕了羅門之後，算你是一個眞正大罪人也！（第十一回）
斷絕家族生命的延續，這是何等的重罪！羅通迫於無奈，只能先圖保命，再圖救駕、報仇，於是他假意允親。屠爐公主逼迫羅通發下重誓後，即反戈投誠，

〔註26〕參見張清發：《明清家將小説研究》第四章第三節「陣前招親的情節類型」，
　　　　頁 235～261。

暗助羅通破番解圍。班師回朝後，當程咬金要「奏知陛下，爲你作伐」時，羅通竟以「這賤婢傷我兄弟」爲由嚴拒之。然而，唐太宗肯定屠爐公主的救駕之功，主張親仇應置於國家安危之下。〔註27〕雖然羅通最後迫於君命不得不照辦，然因他始終無法忘懷弟弟羅仁被殺之恨，故成親時再三羞辱屠爐公主，導致公主懷恨自盡。事發後，唐太宗盛怒之下欲斬羅通，幸程咬金以「羅氏一門爲國捐軀，只傳一脈。倘有差遲，羅氏絕嗣」之理相救，唐太宗遂斷絕和羅通的「父子關係」〔註28〕，並罰其「削去官職，到老不許娶妻」。（第十五回）

小說的情節發展至此，照理講，羅通陣前招親的故事應該已經結束。然因這段未竟成功的姻緣無法達成「延續家族生命」的目的。因此，作者不得不接續此情節，再行補充後續發展。小說接著寫秦瓊先指責羅通：「不孝畜牲！爲人不能出仕皇家，以顯父母，替祖上爭氣……。」後又私下教他：「如今朝廷不容娶討，只好暗裡偷情。」（第十五回）秦瓊以世伯的身分，一方面既痛惜羅通不能發揚其家族榮譽，另一方面又指點羅通不惜逆旨娶討以延續其家族生命。由此，隱約可見傳統家族至上的價值觀。然而，爲了不損及英雄世家的形象，作者寫羅通拒絕「暗裡偷情」的權宜之計，而另外安排「羅通配醜婦」的情節。小說寫史大奈有一個女兒又醜又瘋，機靈的程咬金遂以「羅門絕後」的嚴重性，求請唐太宗應允將此「生來妖怪一般，更犯瘋病」的醜女作親給羅通以爲懲罰。唐太宗准許後，程咬金立即媒合這段姻緣。沒想到這位醜婦嫁給羅通後，「形狀都變了，臉上泛了白，面貌卻也正當齊整了些。與羅通最和睦，孝順婆婆」。對此令人不可思議的轉變，作者評曰：「羅門有幸，五百年結下姻緣。」（第十六回）這句「羅門有幸」是後果，作者意在肯定「羅氏一門爲國捐軀」的前因，從中宣揚了忠臣英雄理當世代綿延的文化信念。同時，因爲羅通的婚事最後有了著落，小說的作者們也才可以合情合理地在《說唐三傳》、《粉妝樓》中衍續出更多羅家將的後代故事。由此可見，小說敘寫陣前招親的情節，有其延續家族生命的重要內涵。然萬一陣前招親未能順利達成延續家族生命的目的，作者只得由此再行洐生相關情節以爲變通，藉此強調家族生命延續的重要性。

〔註27〕 唐太宗告誡羅通云：「她既把終身託你，暗保我邦，大獲全勝，也有一番莫大的功勞與寡人……就是傷了二御任，也算爲國家出力，兩國相爭，各爲其主，乃爲誤傷而已。」參見《說唐後傳》第十四回。

〔註28〕 《說唐》第六十二回，敘唐代開國之初，羅成戰死留下孤兒寡母，當時羅通年僅三歲，秦王李世民爲了表示不忘羅成忠心，遂將羅通過繼爲子。

其次，就薛丁山和樊梨花陣前招親之敘寫來看：《說唐三傳》寫樊梨花在戰場上見薛丁山長得「美如宋玉、貌若潘安」即主動示好招親，但卻遭來「無恥賤人」的辱罵。樊梨花怒而以移山倒海之術，將薛丁山三擒三放、整得死去活來之後，再逼其賭咒允婚。當薛丁山接受樊梨花的招親後，其父帥薛仁貴因「成親、破關」的國家利益而大喜，當下委託程咬金作媒。（第三十回）然樊洪卻因氣憤女兒「貪欲忘君親」而爆發父女衝突，導致樊梨花「無心弒父，有意殺兄」，樊母只能痛哭：「樊門不幸，生出這不孝女兒。」（第三十一回）日後，薛丁山即以樊梨花「弒父殺兄」為由再三拒婚，薛仁貴怒而聲明：若不依父言成親，將軍法處置。（第三十三回）在家族父權的壓力下，身為兒子的薛丁山無從選擇。〔註29〕雖然薛丁山被迫和樊梨花三度成親，但他三度藉故將其休棄，樊梨花只得悲傷地回寒江關「怨命修行」。（第三十七回）後來，薛丁山因誤殺其父薛仁貴被削職為民，不久又因番邦侵擾而奉皇命三上寒江關求請樊梨花為國出征，經過一番折騰後，結局是「樊梨花登臺拜帥，薛丁山奉旨完婚」。（第四十五回）

薛丁山與樊梨花這段陣前招親的情節，學界關注的焦點大都集中在性別、心理等相關議題。〔註30〕然而，若從兩人「奉旨完婚」後再行追蹤後續情節，即可發現作者隱含其中的家族文化。小說寫兩人成親後共赴征西戰場時，即敷演一回「梨花大破金光陣，產麒麟沖散飛刀」，敘寫大腹便便的樊梨花臨危之際產下一子，薛家新生命的誕生竟是戰場上破陣解危的絕對關鍵。（第五十三回）若再擴大來看，《說唐三傳》寫薛丁山於征西戰途中先後與三位女將（竇仙童、陳金定、樊梨花）成親，又於征途中先後得到四個兒子（長子薛勇、次子薛猛、三子薛剛、四子薛強）以為家族生命的傳承。如此，皆可見作者有意透過陣前招親的情節，以合理化延續英雄家族的生命。

在「說唐續書」中，除了以上所述論的陣前招親情節外，尚有不少較為簡單的婚配情節，如比武招親、家長許配、欽賜成婚等。〔註31〕在小說中，

〔註29〕傳統社會在父系原則的影響下，家族中握有權力的是父親，他有絕對的權威懲罰犯錯的子女，而子女受懲卻不敢疾怨。參見葉明華、楊國樞：〈中國人的家族主義：概念分析與實徵衡鑑〉，頁174～177。

〔註30〕這方面的論述頗多，其中王溢嘉：〈從薛仁貴父子傳奇看伊底帕斯情結在中國〉一文從精神分析的觀點詳加剖析樊梨花與薛丁山種種交錯複雜的心理關係，值得參考。收入王溢嘉：《古典今看——從孔明到潘金蓮》（台北：野鵝出版社，1996年），頁173～178。

〔註31〕此類情節在《反唐演義》、《粉妝樓》中出現的頗為頻繁。

這類結親婚配的情節屢屢出現，甚至成爲英雄小將們的必要經歷。細究之，作者之所以不厭其煩的重複這類書寫，其用意正是爲了替英雄家族繁衍後代，藉以延續英雄家族的生命與榮耀。

第四節　主題思想與藝術特色

一、主題思想

　　「說唐續書」在主題思想方面，主要還是延續自《說唐》並發展之。特別是從《說唐後傳》所安排的「明君、賢臣」之追尋情節中，可知奸臣張士貴的阻礙是推動情節發展的一個重要因素，由此構成「忠奸抗爭」的敘事主線。同時，張士貴阻撓應夢賢臣的出現，意圖由女婿何宗憲冒認、冒功的行徑，也彰顯出「說唐續書」一個很重要的主題，即「家族文化」的思想。從薛仁貴的從軍到衣錦還鄉，到張士貴維護自家「四子一婿」的用心，都是傳統家族文化的彰顯，這是「說唐續書」發展成薛家將故事、羅家將故事的一個很重要的內在意蘊。因此，以下即從「忠奸抗爭關乎國運」、「保家衛國家族至上」、「結義精神傳承延伸」等三方面加以論述：

（一）忠奸抗爭關乎國運

　　在「說唐續書」小說中，羅家、薛家代表忠臣家族，而張家、武家則爲奸臣家族。作品鞭撻了張士貴、李道宗、張天左、武三思等奸臣的依仗權勢、迫害忠良。對遭害的忠良則表示極大的同情，因此家族恩怨與忠奸抗爭常是一體兩面。正面的忠臣家族歷經磨難，最終戰勝了奸臣家族，從而拯救了國家。以下，分從三方面來看「說唐續書」中的忠奸抗爭思想：

1. 編撰小說的教化意圖

　　「忠奸抗爭」的思想主題，在小說中一再地被重複聲明著，如鴛湖漁叟《說唐後傳・序》曰：

> 古今良史多矣，學者宜博觀遠覽，以悉治亂興亡之故。既以開廣其
> 心胸，而亦增長其識力，所裨良不淺也。即世有稗官野史，闕而不
> 全，其中疑信參半，亦可采撮殘編，以俟後之深考，好古者猶有取
> 焉。而欲鐫成一編，以流傳人口，何也？吾謂天下之深足慮者，淫
> 哇新聲，蕩人心志，其書方竣，而人稱道之。若搬演古今人物，謬

作一代興亡逸史，此特以侵閭里談笑之資，且以當優孟之劇，偃師之戲。大雅君子，寧必遽置勿道也哉！爰是為序，而付諸梓。

又如蓮居士《反唐演義‧序》曰：

> 吾嘗讀唐史，至太宗、高宗之際，不禁廢書而嘆也。夫以太宗之雄才偉略，果敢英明，身致太平，三代而下，未易多觀。僅一傳而有武氏之禍，移唐家之七廟。殺李氏之子孫，天下之大，四海之廣，智謀勇略之士皆伏處而不敢動，此誠亙古所未有者也。昔女媧氏煉石補天，以其有旋乾轉坤之手，武氏以一婦人，具不世之才略，鼓舞賢能，顛倒英雄，朝委裘而不亂，誠有旋乾轉坤之手。第宮闈淫亂，穢德昭彰，難以言述。傳奇之家，又復數演成文，曲加描寫。用人行政、帷薄不修之處，幾有不堪寓目者。然天運循環，無往不復，狄梁公奪邪謀於平日，張柬之等伸大義於臨時，十九年深根固蒂之周朝，一旦反為唐室，休哉！何功勞之隆歟！後之人覽中興全傳，識盛衰之始末，其間忠奸邪正，亦足以懲勸於興起，其有裨於治道人心匪淺矣。

恂莊主人《重刻征西傳敘》也云：《西征》一書：「立意奇特，其間兵法之精善，忠奸邪正之別白，善惡之報應，層層變幻，無不具備，可以醒人耳目，啟人智慧。」竹溪山人在《粉妝樓‧序》中也強調：「秦羅諸舊族乃能世篤忠貞，服勞王家，繼起象賢，無忝乃祖乃父。」

再看《反唐演義》開首引詩曰：「開卷遺篇演大唐，忠良奸佞詐和賢。巍巍薛氏留青史，幹藝皇家取後綿。」《粉妝樓》更是開宗明義大發議論說：

> 從來國家治亂，只有忠佞兩途。盡忠的為公忘私，為國忘家，常存個致君的念頭，那富貴功名總置之度外。及至勢阻時艱，仍能守經行權，把別人弄壞的局面從新整頓一番，依舊是喜起明良，家齊國治。這才是報國的良臣，克家的令子。（第一回）

《粉妝樓》結尾作者評論：「可見忠佞兩途，關乎國運。前半部就如冥府幽司，後半部何等光天化日，這豈非親賢遠佞之明效大驗哉！」如此，都指出了「忠奸抗爭」模式對人們的教育作用，寓含了作家文人的教化職責。

2. 忠臣與奸臣的差異

在「說唐續書」中，無論是羅家將或薛家將，書中的主人公多為替朝廷效命的忠臣良將。作者意之所向，即在頌揚他們忠於李唐王朝的忠君愛國行

爲。尤其是對薛仁貴、薛丁山、樊梨花、薛剛等祖孫三代人忠君品質的歌頌。如《說唐後傳》寫薛仁貴征東立功、受封爲王，接續的《說唐三傳》即寫薛仁貴遭成親王陷害，以致「三年囚禁、三入法場」。故當哈迷國來犯時，唐太宗雖恩赦薛仁貴立功贖罪，然薛仁貴卻因深感冤屈，「也不謝恩，也不受旨，情願受死。」唐太宗再增賞賜，他仍堅持「冤情不雪，寧願受死」，直到程咬金保證會助其殺成親王報仇時，他才應允掛帥。（第六回）

　　小說寫薛仁貴勇於以實際的行動來抗拒君命，主要是爲了更加凸顯出「忠奸抗爭」的敘述形態，使忠與奸在某些方面得以達到抗衡。因此，在情節發展上特別強調了程咬金這類「懲奸揚忠」角色的重要性。然而，爲了不使傳統的英雄形象受到太多的破壞，因此薛仁貴最後還是會挺身而出，義無反顧地奔赴戰場。薛仁貴最終爲國殉職於白虎山，繼之而起的是他的兒子薛丁山，薛丁山和樊梨花夫婦英勇善戰，破關取勝，歷盡艱辛；薛丁山的兒子薛剛雖大鬧花燈，導致薛家一族遭到武氏滅門，但他含冤奮勇，最後反周興唐，不僅光復了李唐天下，也贏回了家族的榮耀。這種忠君愛國的思想，正是貫穿於「說唐續書」的重要主題。而羅成、羅通，乃至於《粉妝樓》中的羅增，及羅燦和羅焜兄弟，他們身爲世代忠良也無庸置疑，羅家將後代的反朝廷也只是反奸臣，一旦奸臣斬除，他們照樣效命沙場，爲國爭光。

　　相對的，《說唐後傳》中的蘇定方，他是殺死羅藝、羅成的兇手，而羅通爲報父祖之仇就殺他兒子蘇麟。當二路援軍抵達時，蘇定方疑心羅通已殺其子報冤，故意不開城門，反叫羅通衝殺四門，欲「借刀殺人，把一個公報私仇。」若非屠爐公主相救，羅通早就死於番將刀斧之下，而遭困的大唐君臣也無回朝之日。（第十二回）再如張士貴，爲了讓女婿何宗憲冒作「應夢賢臣」，他阻止薛仁貴投軍不成，就詐騙其埋名於火頭軍。每逢惡戰，皆派薛仁貴出戰，再由何宗憲冒功。而惟恐奸計敗露，他先暗殺前來求援的駙馬薛萬徹，再設計將薛仁貴兄弟活活燒死，可見其只圖冒功而不顧國家安危之可惡行徑。因此，當奸情敗露後，張士貴乾脆一不做二不休，趁軍權在握，興兵造反。（第四十三回）

　　若就史實考證來看：張士貴、蘇定方皆爲唐代名將，一生備受榮寵。〔註32〕

〔註32〕史載張士貴「善騎射，膂力過人」，曾聚眾爲盜，後降李淵。作戰時「親當矢石，爲士卒先」，備受太宗賞識。後累遷左領軍大將軍，封虢國公。高宗顯慶初卒，贈荊州都督，陪葬昭陵。而史載蘇定方「驍悍多力，膽氣絕倫」。十餘歲即隨父討捕，英勇非常，後從征突厥、賀魯，「前後滅三國，皆生擒其主」，功封邢國公。享榮而死，高宗聞而傷惜，封蔭其子。（《舊唐書》列傳三十三）。

特別是張士貴所處之時代較薛仁貴爲早，當薛仁貴投軍時，他早已顯達爲名將，應不必再與薛仁貴爭功；甚至在安地戰役後，他還曾向太宗舉荐薛仁貴。如此，張士貴不僅不是嫉賢妒能之輩，相反的還是提拔英雄的伯樂。〔註33〕然而，在通俗文學中他們三人卻是典型的奸臣。後世文人對此抱以不平，認爲：「顛倒賢奸，蓋皆不識字所爲。」〔註34〕同時，焦循卻以爲或持之有故，其云：「張士貴、潘美皆一代勳臣，史官爲之粉飾，未必不有，則傳奇之事，故老相傳，或轉有如洛中隱士趙逸者耶。」〔註35〕

　　一般而言，民間流傳之故事，眞假虛實莫定，其目的皆不外使內容更富懸疑。而忠奸對立之敘事，尤易引發衝突，提高故事的緊張氣氛。但是若干情節中，或許隱藏有鮮爲人知之故實。如蘇定方，高宗顯慶五年（660），命其率軍征討百濟。百濟傾國迎戰，蘇定方大破之，殺萬餘人。城破，百濟王族已降，蘇定方繫之後，還「縱兵劫掠，壯者多死」。〔註36〕歷史上蘇定方這種殘忍好殺的行徑，在《隋史遺文》第五十六回中有著類似的情節，小說寫羅士信用計賺開千金堡後，不分軍民男女老弱，殺個一空。作者忍不住譴責羅士信的殘忍好殺云：「雖然成忠義之名，卻不免身首異處，也是一報。」（詳參第三章）由此可見，傳說故事不必皆無原委。蘇定方、張士貴這些歷史名將在通俗文學中之所以落入「奸臣」之列，或許其中隱含有某些民間批判的觀點。

3. 昏君與奸臣的一體

　　當然，奸臣之所以能放肆其奸，主要是因爲得到昏君的支持。所以儘管歷史上的唐太宗是個知人善任的明君，但在「說唐續書」中仍然透過羅家將和薛家將的故事，形塑唐太宗「不辨忠奸、決斷昏庸」之形象。

〔註33〕　參見劉冬梅：〈被冤枉的一代名將–張士貴〉《滄桑》（2003.2），頁 6～9。

〔註34〕　《小棲霞說稗》云：「伶人演劇扮用古事，然多顛倒賢奸，蓋皆不識字所爲，如唐傳之張士貴，楊家將之潘仁美，平西傳之龐籍，率與史傳不合……持雅堂詩集有觀劇五古一篇：『莊列愛荒唐，寓言者十九。傳奇祖奇意，顛倒賢與否。蔡邕孝廉人，琵琶遭擊掊。借以諷王四，於義猶有取。俗人不知書，逞肌造烏有。桓桓張士貴，功出仁貴右，無端目爲奸，毅魄遂含垢，楊業雖健將，潘美亦其偶。不制王侁兵，天馬變家狗。勸懲義何在，妖言惑黔首。』可爲正人吐氣。」參見張忠良：〈薛仁貴故事研究〉《國文研究所集刊》27 號（1983.6），頁 946。

〔註35〕　焦循：《筆記三編劇說》卷二（台北：廣文書局，1970.12），頁 29。

〔註36〕　參見三軍大學：《中國戰爭史》第八冊（台北：黎明文化公司，1976.10），頁 310。

如《說唐演義》寫羅藝、羅成先後遭蘇定方殺害。就在羅成屈死後，李世民前往祭奠，當時只有三、四歲的羅通滿身穿白，對他說：「皇帝老子，我家爹爹爲你死了，要你償命！」李世民抱起羅通，強調「孤家永不忘你父親一片忠心！」（第六十二回）結果李世民即位爲唐太宗後，竟然封賜蘇定方爲銀國公。《說唐後傳》延續此段情節，先寫羅夫人抱怨：「今日皇上反把仇人封了公位，但見帝主忘臣之恩也。」（第六回）再寫羅通知情後，怒責：「父王！你好忘臣子之功也。」（第九回）救駕成功後，羅通更是當著太宗的面，假藉父祖顯靈告誡於他：「你不思與祖父、父親報仇，反替不義之君出力！」唐太宗竟然還迷糊地問這不義之君是誰？羅通就說蘇定方要陷害他命喪番將之手，故父祖責他：「朝廷不與功臣雪恨，反把仇人封妻蔭子。你若要與皇家出力，倘後身亡，那時羅門三代冤仇誰人得報？」如此就把昏君、奸臣都點明了。唐太宗聽後隨即大罵蘇定方：「心向番王，把寡人的龍駕戲弄，眞正是一個大奸大惡的國賊了！」（第十三回）同樣的，張士貴奸計敗露後，唐太宗怒責他：「父子翁婿多受王封……欺朕逆旨，將應夢賢臣埋沒營中。竟把何宗憲搪塞，迷惑朕心……。」最後以「背叛寡人」之罪，命人將張士貴父子「躧爲肉醬」。（第五十三回）

在小說中，蘇定方和張士貴都是唐太宗所倚重之臣，但卻是冤屈羅家將和薛仁貴之奸臣，結果奸臣蔭子封妻、忠臣沙場命危。可見唐太宗不辨忠奸、識人不明的形象。然而，唐太宗卻把自己忠奸不分、賞罰不公的罪責，巧妙的都歸究於是遭「國賊戲弄」、「迷惑朕心」。

同樣的，征東凱旋後，唐太宗再三宣告「薛王兄功勞浩大。」（《說唐後傳》第五十三回）結果，在《說唐三傳》中，當成親王李道宗誣害薛仁貴私進長安、打死公主時，唐太宗卻怒罵薛仁貴「逆賊」，要「立刻處斬」。（第二回）儘管尉遲恭強調薛仁貴有「十大功勞、高麗血戰十一載、海灘上有救駕之功」。然唐太宗堅決要處死薛仁貴，最後「有功之臣心冷了」，尉遲恭請出打王鞭，要「與昏君性命相搏」，結果鞭斷人亡，尉遲恭撞死止禁門。（第五回）後來爲了征西，唐太宗才恩赦薛仁貴。然薛仁貴要奸王受懲才肯出征，唐太宗卻只殺成親王的手下和王妃了事。由唐太宗對功臣的無情無義，相較於對奸王的百般維護，可見其昏庸之形象。不過，爲了避免讓讀者覺得唐太宗對薛仁貴的態度轉變得太突兀，作者高明地運用天命因果的情節，減輕唐太宗在處理此事時的「昏庸」形象。〔註37〕

─────────────

〔註37〕《說唐後傳》第四十一回，寫唐太宗想要出獵，徐茂公以「將會遇見應夢賢

（二）保家衛國家族至上

中國傳統社會之重心在於家族，因此個人對家族的效忠是社會所公認的價值標準。然而，由於人民對自己家族的過分認同，有時會導致對國家認同的忽略。〔註 38〕特別是當家族利益和國家利益發生衝突時，儘管有「移孝作忠」的倫理規範可供依循，但是「家族至上」畢竟是一種根深柢固的價值觀念，所謂家族利益高於其他利益，親族關係重於其他關係，「家族至上」常是導引家族成員思想、感情和行爲的最高準則。〔註39〕

如《說唐後傳》寫羅通奪得二路元帥的帥印，威威武武的回到家中，沒想到卻遭母親怒罵：「好不孝的畜牲！」後來聽母親含糊略說祖父、父親慘死事，羅通即向母親保證說：

> 爲人子者，理當與父報仇，母親說與孩兒知道，此番領兵前去，先
> 報父仇，後去救駕。（第七回）

「父仇」與「救駕」，前者是家事，後者是國事。羅通的直覺是「爲人子者理當與父報仇」，因此在「私領域的家」與「公領域的國」之排序上，即有「先報父仇，後去救駕」之優先次序，這是「家族至上」觀念的直接顯現。而後，在掃北救駕的征途上，羅通好幾次向程咬金探問父祖之仇，然程咬金都勸他說：「你今第一遭爲帥出兵，萬事盡要丟開，必須尋些快樂才好，若如此煩惱悲傷，恐出兵不利。」（第七回）雖然程咬金基於其「救駕任務」而期勉羅通要以「國家大局」爲重，但是冤死的羅藝、羅成卻主動來入夢訓誡。小說寫正當羅通於帳中午睡時，夢見父祖前來教訓道：

> 好個不孝畜牲！你不思祖父、父親天大冤仇未曾報雪，又不聽母訓，

臣薛仁貴」爲由阻之。因爲應夢賢臣「福分未到，早見不到我主，還有三年福薄」，若是唐太宗堅持要提前見他，「只怕有三年牢獄之災。」如此，作者以天命因果預先埋下伏筆。《說唐三傳》由此接續，敷演成親王陷害薛仁貴，導致薛仁貴遭囚三年。

〔註38〕 一個典型的例子是：當中國與外國發生戰爭時，要人民奮起與敵人作戰，必須要使人民相信，敵人的侵害會嚴重危害我們的家族。換言之，「衛國」的口號前必須加上「保家」，才能激起人民同仇敵愾的心理。楊懋春：〈中國的家族主義與國民性格〉，頁 145。

〔註39〕 各個家族都有自己的家族至上的價值觀，都在發揮本家族的內向功能和外向功能，其功能作用的對象不是自然，而是社會（主要是其他家族）和政府，這就使得家族與家族之間，家族與政府之間產生極其複雜的關係，「一人得道，雞犬升天」和「一人犯法，夷滅三族」便是其中最凸出的一種關係。楊知勇：《家族主義與中國文化》（昆明：雲南大學出版社，2002.12），頁 114。

反到這裡稱什麼英雄！剿什麼番邦！與國家出什麼力！（第九回）

「家仇不報非英雄」這樣的訓誡，讓人直接聯想到為了家兄之仇誓死不肯降唐的單雄信。可見，「說唐續書」中這種「家族至上的文化」在隋唐演義系列小說中實有其脈絡可尋。因此，當羅通驚醒後，即迫不及待地向程咬金追問真相。而程咬金因難以推諉，只好拿出收藏的一百零七個箭頭，言明當年羅藝、羅成遭蘇定方殘殺的原委。羅通聽後暴跳如雷，聲言：

> 我把蘇定方這賊子碎屍萬段，方雪我恨。哎！父王！父王！你好忘臣子之功也。我羅氏三代盡忠報國，就是這一座江山，虧我父之功，怎麼反把仇人蔭子封妻？我羅通不取這賊子之心，誓不立於人世也！（第九回）

羅通的憤恨較之單雄信、伍雲召單純地申報家仇更為激烈，因為他所效忠的父王竟然「反把仇人蔭子封妻」。恰巧這時蘇定方之子蘇麟大敗進營，報仇心切的羅通，遂藉機怒斬蘇麟，「方出胸中一忿之氣」。（第九回）

再看《說唐後傳》後半部的征東故事：張士貴隱匿應夢賢臣，將薛仁貴的戰功全由自己的女婿何宗憲冒領，將征東的國家大事，視為是用來成就其自家「四子一婿」的家族事業，其心態可謂置「國家」興亡於不顧，而專注於自身「家族」的榮華富貴。因此，當張士貴瞞隱應夢賢臣、又屢屢冒功的奸情暴露後，他竟然膽大包天，直接舉兵反上長安，想把「國」變成「家」，意圖將自家的利益放到最大。結果謀國不成，全家反遭殺戮。

而在《說唐三傳》中，唐太宗因「王叔」李道宗舉告薛仁貴私進長安、害死郡主，盛怒之下欲斬薛仁貴。不管其他大臣如何保奏薛仁貴對國家有十大功勞，唐太宗仍然執意殺之。儘管小說以天命因果來詮釋唐太宗這段「反常行為」，然細究其因，仍可見君臣關係終究比不上血緣關係，畢竟薛仁貴害死的人是「御妹」，此行徑可謂嚴重損害了唐太宗之「家族成員的利益」。而後，薛仁貴冤屈昭雪，聲言必殺奸王李道宗洩恨才願出征。唐太宗就明白告訴程咬金：「君王怎能下旨殺王叔？」還要薛仁貴看君王的面子，饒了「王叔」。可見唐太宗處處維護其「家族成員」之用心。〔註40〕

〔註40〕唐太宗維護李道宗的情節，《隋唐演義》早有敘寫：唐太宗一日置酒未央宮，命眾臣自皇族以下，各依品級而坐。尉遲恭因任城王李道宗坐在其上，怒詢：「汝有何功，卻坐在我上？」任城王不理他，他伸拳便將李道宗左目打得「青腫幾眇」。針對此事，唐高祖不悅地強調：「任城王道宗，是朕宗支，不要說有功無功……。」唐太宗亦於視朝時評論此事說：「敬德有失人臣之禮，朕甚不

這種「家族至上」的觀念，也反映在后妃維護其娘家的用心。如《說唐三傳》寫張士貴的女兒是李道宗的愛妃，張妃爲報父仇，遂慫恿李道宗設計陷害薛仁貴。再如《反唐演義》敘寫武則天以武氏家族排擠李氏家族，如程咬金所嘆：「諸武盡掌大兵，只怕唐氏江山歸於別姓矣。」（第十八回）

而在《反唐演義》和《粉妝樓》中，當英雄家族遭到奸臣構陷、昏君又下令抄滅全族時，爲了家族血脈的延續，少年英雄或自動、或被動的選擇逃亡；而後更因「功勛子弟、英雄後代」之身分，而得聯合草莽、佔據山林、對抗朝廷；甚至借調番兵，包圍皇城進行兵諫。這種種作爲，在專制時代皆屬大逆不道，實與造反無異。然而在小說中，最後妥協的都是朝廷，昏君會在最後關頭「發現」奸臣之惡，進而斬殺奸臣，加封功勛子弟，回復英雄家族的榮耀。

典型的敘寫如《粉妝樓》寫羅家將興兵包圍皇城，天子驚嚇之餘怒責曰：「爾等久沐洪恩，不思報國，掃滅外荒，今日提兵至此，意欲何爲？非反而何？」定國公馬成龍即回奏說：「沈謙欺君謊奏，先斬羅增全家，後又鏟了微臣的祖墓，臣等無處伸冤，只得親自來京對理伸冤。」並且強調其目的在於「爲國家除奸去惡」、「爲祖宗報仇」。（第七十一回）事後，天子詔見羅家後代，宣稱「朕一時不明，聽信奸賊」、「爾等聚義山東，皆沈謙所逼」，並大罵沈謙「萬惡滔天」。（第七十三回）待羅家將平番除奸後，天子還下詔稱揚羅增「忠心不改」、羅燦「忠孝雙全」、羅焜「孝勇可嘉」，至於帶頭領軍包圍皇城的馬成龍則是「忠勇可嘉」。（第七十八回）由這種「逃亡→聚義→反朝廷」的描寫，可見英雄後代們和其父輩英雄最大的不同處，就在其「反抗性格」。一旦遭受奸臣迫害時，他們可以聚義山寨、抗擊王師，甚至兵圍王城以驚醒昏君、訴明家族冤屈，充分流露出重視「家族榮譽」與「家族至上」的價值取向。

（三）結義精神傳承延伸

1. 世代傳承的結義精神

在《說唐後傳》中，雖然昔日的瓦崗英雄都已年邁，但小說接續其在《說唐》中的「江湖結義」，強調他們是結義兄弟，彼此義氣相挺。如征東戰場上

樂。況任城王實朕之親族……。」（第六十八回）《隋唐演義》敘寫這段尉遲恭和李道宗衝突的情節，在《舊唐書·尉遲敬德傳》有類似記載，後來元雜劇《功臣宴敬德不服老》據以敷演，而《說唐》亦由於敷演尉遲恭佯瘋隱居的故事。不過，《隋唐演義》的敘寫重點並不同於元雜劇和《說唐》，而在於據史凸顯出尉遲恭的個性，以及「是朕宗支」、「實朕之親族」這種家族觀念。

齊國遠慘死，眾家兄弟不顧一切挺身而出：

> 山上有二十六家總兵，見齊國遠身遭慘死，大家放聲大哭說：「兄弟，哥哥們方才傷了三員老將，乃是一殿之臣，所以也不十分著惱。今齊兄弟是我們歃血弟兄，生死之交，豈可坐視國遠身亡？我等二十六家好友，不與他報仇，更待何時？」（第三十一回）

所謂「歃血弟兄，生死之交」指的即是《說唐》中的「賈柳店歃血結義」。（詳參第五章）在「說唐續書」中，除了寫這群年邁英雄延續開唐時的結義關係外，又寫少年英雄們也延續前代恩怨，而有分別以秦懷玉、蘇麟各自為首的「秦黨」和「蘇黨」（第六回）。因此，在二路元帥的比武會場上，程咬金雖然表現出一副公正為國的模樣，可是內心卻不忘當年忠奸抗爭的仇怨（即羅成遭蘇定方射殺事），時時想著「最怪蘇家之後，不願把帥印交他。」因此，當蘇鳳戰勝程鐵牛欲求帥印時，程咬金心頗不甘；後來段林上場擊敗蘇鳳，程咬金才又放心開懷。（第六回）

　　《說唐後傳》寫薛仁貴故事，對於英雄之間的結義精神更有發揮。小說寫薛仁貴落魄之際，王茂生加以資助，兩人結義為兄弟；從軍後，薛仁貴的主要形象是「白袍小將」，作者即強調其「白袍」為結義兄弟周青所贈；〔註41〕爾後薛仁貴征遼立功，跟隨他一起打遍番兵番將的人，正是他的八名結義兄弟。《說唐三傳》寫薛丁山征西時，與他同行征戰的也都是結義老將的下一代。到了《反唐演義》寫薛剛兄弟、《粉妝樓》寫羅燦兄弟，其在逃亡、復仇的過程中更是仰賴與江湖好漢的「結義」，才得順利功成。這方面《粉妝樓》有一段典型敘寫，小說寫胡奎得知結義兄弟羅焜被毛守備冤陷入獄，急得暴躁如雷，當夜即殺了毛守備夫婦，並帶回這兩顆人頭。隔天，滿城驚動，「俱說毛守備的頭不見了」，淮安知府急得懸賞抓盜。另一方面，胡奎思及羅焜病在牢中，就是劫獄也無內應，為了混入獄中，於是設局賣人頭：

> （胡奎）帶了個人頭進城，來到府門口，只見那些人三五成群，都說的偷頭的事，胡奎走到鬧市裡，把一個血淋淋的人頭朝街上一擲，大叫道：「賣頭！賣頭！」嚇得眾人一齊喊道：「不好了！偷頭的人

〔註41〕《薛仁貴征遼事略》故事開頭交待「白袍」的由來是：當薛仁貴即將從軍之際，其妻柳氏謂：「公若臨軍，披此汗衫，其功必建，蓋孝感身。」白袍在此是父母留下的衣物，其意涵在於民間的孝道思維。參見李佩蓉：〈衣錦還「家」——薛仁貴故事「家元素」的續衍闡釋〉《國立臺北教育大學語文集刊》14期（2008.7），頁156。

來賣頭了！」一聲喊叫，早有七、個捕快兵丁擁來，正是毛守備的
首級，一把揪住胡奎來稟知府，知府大驚道：「好奇怪！那有殺人的
人還把頭拿了來賣的道理？」忙忙傳鼓升堂審問。（第二十六回）

當知府審案時，胡奎故意裝瘋搞呆，使知府陷入難以審明的情況。又因胡奎
只拿出一個頭，還有另一個頭不知在哪？故知府又不得不審，遂厲聲喝道：
「從實招來，免受刑法。」面對知府的恫嚇，胡奎卻笑道：「一兩個人頭，要
甚麼大緊。想你們這些貪官污吏，平日盡不知害了多少人的性命，倒來怪俺
了。」胡奎裝瘋賣傻，借機痛斥貪官污吏。此舉惹得知府大怒，直問頭在哪
裡，還喝令刑求，然胡奎只當不知，冷冷說：「那個頭是俺吃了。你待我老爺
好些，俺變顆頭來還你；你若行刑，今夜連你的頭都叫人來偷了去，看你怎
樣！」這幾句看似瘋話，卻將知府嚇得不敢再審。然因另一個人頭下落不明
無法結案，只得先將他關起來。如此，正好符合胡奎要進牢裡做內應的目的。
這段敘寫，不但直接展現胡奎的人物性格，也間接可見其重視結義的精神。

總之，「說唐續書」對結義精神的肯定與讚揚，正如《說唐後傳》寫薛仁
貴榮封「平遼王」時，鄉中族人紛紛送金送禮拜上，其結義兄長王茂生因家
中貧困，只好「以水代酒」佯爲賀禮。沒想到薛仁貴當場要飲義兄送來的酒，
得知原來是水後，他哈哈大笑說道：「取大碗來，本藩立飲三碗，這叫做人生
情義重，吃水也清涼。」（第五十五回）這句「人生情義重」，正是小說所要
表彰的結義精神。

2. 仗義捨身的志士精神

從結義精神延伸，「說唐續書」中特別讚揚仗義捨身的志士。如在《說唐
後傳》中，當唐太宗因屠爐公主自盡而欲斬羅通時，滿朝文武獨有咬金敢冒
死保救。爲了不使羅氏絕嗣，他還說服唐太宗將「到老不許娶妻」的罰責改
成「羅通配醜婦」。〔註42〕而在《說唐三傳》中，當唐太宗聽信李道宗奸謀而
欲斬薛仁貴時，也幸有程咬金冒死保救才得暫押天牢。後薛仁貴因冤屈未雪
而不肯平西、唐太宗卻因道宗是王叔而不加罪責，這時也是靠程咬金設計燒
死李道宗後，才順利化解其君臣之間的心結。〔註43〕而在薛剛反唐的故事中，

〔註42〕參見《說唐後傳》第九、十六回。

〔註43〕程咬金以「不罰李道宗，元帥征西不用心」爲由，騙唐太宗說只要將李道宗
　　　　放入甕中，「今日起了兵，明日差人放他出來」。結果，程咬金命人將李道宗
　　　　置於鐘內活活燒死後，假稱「忽天降一塊火來，將殿宇燒壞，王叔竟燒死在
　　　　內。」唐太宗明知咬金搞鬼，然爲了征西，只能「無可奈何！」參見《說唐

程咬金更是處處護衛薛家後代，甚至劫法場救薛剛，不惜再度落草，最後他「活了一百二十八歲」，大笑而死。〔註44〕

尉遲恭重情義的個性，表現在他營救薛仁貴的情節。《說唐三傳》寫尉遲恭原本奉旨在眞定府鑄佛，當他得知薛仁貴遭陷時，「不分星夜」趕回長安，先怒打李道宗，再請出「打王鞭」求唐太宗赦免薛仁貴。結果唐太宗不予理會，逕入「止禁門」。尉遲恭在門外再三苦求，訴說薛仁貴有「十大功勞、救駕之功」，若不赦他，則「有功之臣心冷」。然唐太宗堅決不赦，尉遲恭自思「善求不如惡求」，遂怒罵：「昏君聽了奸王，當眞不赦！」決心「打進宮門，與昏君性命相賭，必要救仁貴性命」。於是，他憤怒地往止禁門打一鞭，結果打王鞭斷爲十八段。尉遲恭大驚，思及「鞭在人在，鞭亡人亡」的預言，對著止禁門拜了二十四拜後，撞門自盡。（第五回）〔註45〕

此外，作者亦表揚一些非親非故，無權無勢的小人物，他們在薛家罹難時，勇於伸出援手，甚至不惜仗義捨身。如《反唐演義》寫武則天下令將薛家滅門時，告老在家的徐賢，爲存薛氏一脈，以自己三歲的親生兒子徐青調換薛丁山之孫薛蛟；而天牢獄官俞元亦存同心，又以親子俞榮換下假薛蛟。他們這種仗義捨身、解危赴難的行爲，表面上是爲了延續忠臣血脈，骨子裡是爲了堅持忠良美善的道德。因此，像雄霸、伍雄、羅昌等一類的綠林豪傑，他們在薛剛遭官兵通緝、走頭無路時，皆願意熱情接待，並主動與之結義，甚至共同反周興唐。再如《粉妝樓》讚揚「義僕親身替主」，寫羅府忠僕章宏之妻章大娘，不忍見羅夫人罹難，自願假扮羅夫人爲朝廷拘捕。在皇殿上，章大娘大罵道奸相沈謙道：「我把你這害忠賢的老賊，日日冤屈好人，我恨不得食汝之肉！」說罷，還從裙腰內掣出一把尖刀，向著沈謙一刀刺去。見刺不死奸臣，即自刎殉節。（第十二回）如此，「說唐續書」寫這群小人物，雖然他們不是大英雄，沒有所謂的英雄結義，可是他們爲了維護英雄家族的血脈延續，都願意仗義而出、捨身取義，展現出志士仁人的作爲。這種精神，

三傳》第七回。

〔註44〕參見《說唐三傳》第八十八回、《反唐演義》第九十六回。

〔註45〕小說寫尉遲恭的死純屬虛構，事實上唐高宗即帝時，尉遲恭還活著，且死後備受尊榮。如《舊唐書・尉遲敬德傳》載：「顯慶三年，高宗以敬德功，追贈其父爲幽州都督。其年薨，年七十四。高宗爲之舉哀，廢朝三日，令京官五品以上及朝集使赴宅哭，冊贈司徒、幷州都督，謚曰忠武，賜東園祕器，陪葬於昭陵。」（列傳十八）。

可以說是隋唐演義系列小說一貫主張的「義」之延伸。

二、藝術特色

「說唐續書」承接《說唐》的故事，在藝術表現上同樣具有「戲謔美學、語言質樸、風格粗獷」等風格，然從隋唐演義系列小說的發展來看，這批「說唐續書」最大的藝術特色有二：一是「女將」這類人物的塑造；二是運用「天命因果」將小說中的內容與主題進行有機的串連。以下論述之：

（一）女將角色的發展型塑

女子從軍，自古有之。〔註46〕然女將出現在小說中，主要還是爲了滿足讀者的閱讀心理。當男性的廝殺、鬥智已經成爲戰爭書寫的常套後，爲了避免讀者的厭倦，小說家必得思考如何加入新的角色以變化情節、營造出新奇的效果。〔註47〕於是，生活於元末明初的作家施耐庵，便在《水滸傳》中塑造了顧大嫂、孫二娘、扈三娘等三位著名的女英雄。儘管這些女英雄的形象頗有「男性化的女人」之意味〔註48〕，然而不失予人耳目一新之感。爾後，《北宋志傳》、《楊家府演義》等刊刻，則使「楊門女將」成爲塑造女將形象的重要參照。於是，隨著明清家將小說的陸續刊刻，楊令婆、木桂英、梁紅玉、屠爐公主、樊梨花、八寶公主、段紅玉等著名的女將逐一被塑造出來，足以構成一條英雄傳奇小說中女將形象發展的脈絡。

若再就隋唐演義系列小說的發展來看，早期的《隋唐志傳》、《唐書志傳》和《大唐秦王詞話》等，皆未有「女將」形象的塑造，其主因是史書不載，而作者又是「按鑑演義」，故小說中的女性多爲略帶一提的附庸人物，典型者

〔註46〕 早在先秦時代，即有女子參戰事，如商王武丁的妻子婦好，就是一位戰功彪炳的女將軍。《墨子》在論列城守時，已明白標示出女子的行伍編制。《商君書》更以「壯女」爲「三軍」之一，強調「彊國」須知「壯男壯女之數」。《史記》載即墨之戰，田單使「妻妾編於行伍之間……使老弱女子乘城」；而楚漢滎陽之戰，亦有女子「被甲二千人」。相關論述詳參王子今：《中國女子從軍史》（北京：軍事誼文出版社，1998.7）。

〔註47〕 夏志清說：「當我們體會到每個戰爭小說作者一面要承繼前人的成規，一面又要推陳出新來吸引讀者，女將之所以逐漸重要就顯得不可避免。」〈戰爭小說初論〉《愛情、社會、小說》（台北：純文學出版社，1981.12），頁128。

〔註48〕 《水滸傳》所塑造的三個女英雄，除了扈三娘（一丈青）有些姿色外，顧大嫂號稱「母大蟲」、孫二娘號稱「母夜叉」，兩人的形象都是面目猙獰、個性男性化。詳細討論參見唐波：〈從《水滸傳》女英雄形象看女性角色意識的覺醒和轉型〉《牡丹江師範學院學報‧哲社版》（2007第2期），頁28～30。

如帝王的后妃。而後，《隋煬帝豔史》、《隋史遺文》雖有較多創作上的自由，但前者既以隋煬帝的風流豔事為主，故所著墨的女性仍是后妃寵妾之類；後者以「草澤英雄」為主角，為了成就英雄「孝」的性格內涵，亦只是增列了英雄的母親。直到《隋唐演義》才有女子武藝的敘寫，特別是作者虛構出竇線娘這個人物，並將其和少年英雄羅成共同敷演出「陣前招親」的故事。然而，這只是褚人穫提倡「女子有才」思想的具體化，其「女將」塑造尚不足以形成系列小說發展過程中的藝術特色。至於《說唐》以「十八條好漢」為主要敘寫對象，亦不見「女將」塑造。然「說唐續書」卻大大地型塑了「女將」角色，此應是受到「家將小說」風格的影響，畢竟「說唐續書」所寫為羅家將、薛家將的故事，其作品可算是「隋唐演義系列小說」和「明清家將小說」各自發展下的重疊之處。

「說唐續書」中的女將，主要有《說唐後傳》的屠爐公主；《說唐三傳》和《反唐演義》中的樊梨花；其他女將軍團的成員則有竇仙童、陳金定、薛金蓮、刁月娥、盛蘭英、金桃、銀杏、尚姣英、飛鏡公主等。以下，先就「女將」的普遍形象加以概觀，再就具代表性的屠爐公主、樊梨花做個別論述：

1. 女將的總體形象概觀

小說中的這些「女將」，有著許多共同的特點，如他們的出身大多是番邦女子或邊關守將之女；他們的外型大多貌美絕倫，正值芳齡，常常讓小將們在戰場廝殺之際有驚豔之感，如《說唐三傳》寫薛丁山看見樊梨花，即心想：「我夫人仙童雖然齊正，不及他一二，我妹子金蓮萬不及一。」（第二十九回）劉瑞兄弟眼中的金桃、銀杏兩位女將，則是「多有絕色」。（第五十二回）再如《反唐演義》，薛雲看見飛鏡公主：「生得形容窈窕，體態嬌媚，心中十分愛慕。」（第九十一回）薛蛟眼中的尚姣英則是：「面如桃花，眉似柳葉。」（第九十二回）

由於這群女將大都皆曾拜女仙學藝，並且身懷法寶、法術。（見本章第三節列表）因此，在戰場上她們的表現總是非常傑出，典型代表即是《說唐三傳》中以樊梨花為主的征西女將軍團，樊梨花於後詳述，其餘女將的表現如：竇仙童捆仙繩曾驚得蘇寶同「化道長虹而去」（第二十二回）；陳金定空手打死番后蘇錦蓮（第二十七回）；薛金蓮「將六個紙團一拋，都變做三丈四尺長的金甲神人」，砍殺敵兵許多（第二十二回）；刁月娥未降之前，曾令唐營「高掛免戰牌」（第三十九回）。這四員女將是樊梨花不可缺少的作戰伙伴，故其

掛帥西征時，將男將分別遣爲先鋒（羅章）、左右翼（秦漢、竇一虎）、運糧（尉遲青山、秦夢），而作戰主力的大隊人馬則由其和四員女將率領。（第四十五回）再如攻「五龍陣」時，樊梨花出兵「不點男將，卻點女將」，以「月娥爲頭陣，金蓮爲二陣，金定第三陣，仙童第四陣，元帥領大兵爲五陣。」（第六十二回），可見女將軍團對征西的影響力絕非只是陪襯、裝飾的情節，而是具有實質的關鍵作用。

此外，「說唐續書」中的女將，其形象主要還是透過「陣前招親」的情節來展現。在敵對的戰場，這群女將們常常使用軟硬兼施的手段，逼迫小將們要接受其招親。如《說唐後傳》寫屠爐公主對羅通祭起飛刀，先威脅他說：「小蠻子！看頂上飛刀，要取你之命了！」趁羅通嚇得「魂不附體」時，接著又曉以大義勸說：「你今允了俺家姻事不打緊，陛下龍駕與眾位臣子就可回朝了。你若執意要報仇，娘娘斬了你，死而無名。」（第十一回）再如《說唐三傳》寫竇仙童取出仙繩，「望空中一拋，照前一樣將丁山綑住」，而後對薛丁山說：「今日依我成就親事，我就勸哥哥歸順大唐，同往西涼，你若執迷不悟，如今就要斬了。」（第十八回）而樊梨花則是先向薛丁山開出條件：「你若肯從結爲夫婦，我當告知父母一同歸降，共助西征。」遭拒後，怒而施展「移山倒海」的法術將薛丁山三擒三放後，再逼其賭咒允婚。（第三十回）金桃、銀杏也以「若肯順從於我，同你歸唐，若還不從，立刻斬首。」勸說劉瑞兄弟（第五十二回）又盛蘭英祭起寶圈後，對驚嚇不已的薛孝說：「你若允了，奴家與父兄商議，獻此潼關。若還不允，我把指頭取出，寶圈就要取你性命了。」（第八十五回）《反唐演義》也寫尚姣英用「如意鉤」的紫光捆住薛蛟後，再行逼婚：「你若從我，我就與你同歸大唐；你若不從，叫你碎尸萬段！」。（第九十二回）

從以上的敘寫中，可見作者有意將女將的個性塑造成主動、強悍，並且帶有處事智慧的形象。

2. 女將的典型代表論析

（1）屠爐公主

在《說唐後傳》前半的「羅通掃北」中，屠爐公主不但是唯一的女將，也是所有重要環節的關鍵人物。小說中她的身分是「黃龍嶺守將、屠封丞相之女、狼主寵愛繼爲公主」，又說她「能知三略法，會提兵調將，善識八卦陣，兵書、戰冊盡皆通透。力氣又狠，武藝又精，才又高，貌又美」。（第四回）

　　作者並藉由典型事件的描寫，以具體塑造其形象。如屠爐公主見唐軍攻來即布下空城計，又恐唐軍識破，再設計由番帥祖車輪趁三更時由外火攻，逼唐軍進城遭困。（第四回）而後，羅通帥二路援軍前來，屠爐公主以飛刀陣先將「力大無窮、裴元慶轉世」的羅仁斬爲肉泥，再降服羅通逼其接受陣前招親。（第十一回）當羅通遭蘇定方陷害、幾爲祖車輪所殺時，屠爐公主爲向羅通表明「一片眞心爲他」，遂騙狼主說要去助元帥一臂之力，結果反而砍倒祖車輪，使羅通得以輕易殺之；再擒拿蘇定方，交給羅通報仇；最後還假藉「保駕斷後」之名，引領羅通率軍衝散番營，斬殺自家番兵無數，使羅通得以立下救駕大功。（第十三回）如此，唐軍征討北番的過程中，「遭困」與「解圍」情節之關鍵，皆在屠爐公主一人。而其在戰場上殺羅仁、敗羅通、傷祖車輪、擒蘇定方，更可見其智勇無敵的形象。

　　然而，作者給屠爐公主安排一個悲慘的下場。爲了成就與羅通的陣前招親，屠爐公主不惜出賣自己的宗主國。雖然她很機巧的騙過狼主和父親，使其「賣主叛國」的行逕反被誤爲「救駕有功」，可是羅通卻永遠忘不了她將羅仁斬爲肉泥的事實。於是洞房夜時，羅通怒責她「私自對親」爲不孝、「暗爲國賊」爲不忠，更羞辱她說：「我邦絕色才子卻也甚多，經不得你看中了一個，也爲內應，這座江山送在你手裡了。」屠爐公主遂自刎而死。對此，作者感嘆的說：「可惜一員情義女將，一命歸天去了。」（第十四回）

　　（2）樊梨花

　　《說唐三傳》書中的主要戰爭，幾乎全是由樊梨花及其征西女將包辦。其中，樊梨花是全書塑造最力的人物，故小說又稱爲《樊梨花全傳》。樊梨花堪稱是隋唐演義系列小說中，姿色最美豔、本領最高強，行逕最可議的女將。她背叛未婚夫、弒父殺兄、而且認了一個年齡與自己相若的義子，是薛丁山眼中的「美女」，口中的「賤婢」，心中的「淫婦」。〔註49〕以下，分從戰場表現和個性表現兩方面來看：

　　首先，就戰場表現來看：樊梨花一出場，就用神鞭打走「力大無窮」的陳金定；再施展移山倒海之術，三擒三縱薛丁山。薛仁貴震驚之餘，不得不承認：「唐營諸將，非她敵手。」（第三十回）爲了征西大業，薛仁貴不顧兒

───────────

〔註49〕王溢嘉〈從薛仁貴父子傳奇看伊底帕斯情結在中國〉一文，從精神分析的觀點詳加剖析樊梨花與薛丁山種種交錯複雜的心理關係，非常值得參考。收入《古典今看──從孔明到潘金蓮》（台北：野鵝出版社，1996.2），頁173～178。

子的反對，立遣程咬金爲媒，表明樂意接受招親。果然，青龍關朱頂仙擺下烈焰陣、朱雀關扭頭祖師設下洪水陣，皆賴樊梨花才得以救出遭困險境的薛丁山。而當破陣救人時，「樊梨花登壇點將」，已然成爲實質的統帥，她的威風早已超越薛家父子。〔註50〕故在薛丁山三拜寒江關後，聖旨曰：

> 梨花英雄無敵，智勇兼全，恩封征西大元帥⋯⋯薛丁山暫赦前罪，
> 封帥府參將，帳前聽用，就此完婚。（第四十五回）

女將恩封爲「大元帥」，而男將卻只能「帳前聽用」，這在傳統以男性英雄爲主的傳奇小説中，恐怕是頭一遭。由此亦可見「説唐續書」在隋唐演義系列小説中的最大的藝術特色正是女將的塑造。樊梨花正式掛帥後，率領她那支以女將爲主的作戰團隊，一路破白虎關斬楊藩、破沙江關斬二怪、陣前產子破金光陣，甚至與妖仙大戰，最後終得凱旋班師。〔註51〕如此豐碩的戰功，使樊梨花成爲征西軍中最爲勇猛無敵的將領。

其次，就個性表現來看：作者將樊梨花塑造成一個前所未見的「強悍女性」。爲了逼迫薛丁山應允成親，她施展移山倒海將薛丁山作弄得「魂不附體」、「大哭起來」。（第三十回）爲了婚事，她與父親發生爭執導致「無意弒父、有意殺兄」。這種行爲令薛丁山感到憤怒與害怕，故兩度將其休棄，罵她：「少不得我的性命，也遭汝手」、「見我俊秀，就把父兄殺死，招我爲夫，是一個愛風流的賤婢。」（第三十四回）而後，薛丁山因誤殺父親削職爲民、奉旨「徒步」上寒江關請樊梨花征西。這時，樊梨花爲了報復三次休棄之恥，就設計三次羞辱薛丁山：

第一次，當薛丁山「徒步」上寒江關時，樊梨花命女兵將他吊在旗杆上鞭打，任憑薛丁山痛苦哀嚎「下次不敢了」也全然不睬，直到將他打得「死去還魂」後，才命人背他回宋營。

第二次，當薛丁山「七步一拜」再上寒江關時，樊梨花卻裝死，待薛丁山邊哭邊拜進入靈堂時，「一班女將手執皮鞭打將來了」，嚇得薛丁山趕忙逃走，回去後難以覆命，結果被唐高宗下旨吊起來毒打一番。

第三次，薛丁山「三步一拜」再上寒江關，「六月炎天，拜得汗流如雨」。

〔註50〕 依序參見《説唐三傳》第三十二、三十五、三十三回，回目如下：「烈焰陣火陷丁山」、「薛丁山身陷洪水陣」、「樊梨花登壇點將」。

〔註51〕 依序參見《説唐三傳》第四十六、四十七、五十三、六十六回，回目如下：「梨花大破白虎關」、「梨花破關除二聖」、「梨花大破金光陣」、「妖仙大戰樊梨花」。

他在樊梨花的靈前痛哭整夜，終於將她「哭活了」。醒來後她還直罵薛丁山是「負心賊」，揚言：「把你這冤家萬剮千刀，方雪我恨。」在樊母勸說下，樊梨花終與薛丁山合好。〔註52〕

　　由樊梨花三次羞辱薛丁山的情節，可知作者有意運用「對襯」的技巧，透過薛丁山的「軟弱」以凸顯樊梨花的「強悍」，如此造就出一個令人印象深刻的「女強人」。然而，樊梨花這種強悍的形象，在《反唐演義》中得到緩解。她從在第一線衝鋒破陣的「征西大元帥」，退而成為薛家將身後的「保護神」。儘管在這部小說中，她的戰力仍是「技壓群雄」，但掌握將帥大權的是她的兒子薛剛。只有當薛家將遇到如「騾頭太子、鐵板道人」這類妖魔時，她才會「奉天命」臨陣破敵。〔註53〕

（二）天命因果的內部串連

　　「說唐續書」主要以薛家將故事為主，為了能夠上承《說唐》，並合理建構出薛家世代的故事，作者除了運用「伏筆」以預告後續情節外，更必須在故事發展的主線中，安排一種內部的因果連結。以薛家將故事主要三本小說來看，每本皆有其主要的仙話情節，並以薛家三代做為內容的接續。如《說唐後傳》主要寫「白虎星」薛仁貴和「青龍星」蓋蘇文的爭戰，《說唐三傳》主要寫「金童星」薛丁山三休三棄「玉女星」樊梨花的因果，《反唐演義》則是「九醜星」楊藩懷恨投胎為薛剛的報冤延續。這其中又有許多縱橫交錯的人事糾結，使作者不得不運用天命因果加以串連並詮釋。如：

1. 薛仁貴和父母的關係

　　薛仁貴既是出生來做英雄，為何竟然會剋死父母、敗盡家產？因為他是「白虎星」下凡，正是：「白虎當頭坐，無災必有禍」、「白虎開了口，無有不死。」（《說唐後傳》十六回）作者除了引用民間「白虎凶神」、「白虎乃重喪之煞」之信仰外，〔註54〕還特別說明薛仁貴之所以到了十五歲才能開口，那

〔註52〕　參見《說唐三傳》第四十三～四十四回。

〔註53〕　《說唐三傳》第九十三回寫樊梨花破騾頭太子妖法、第九十四回寫樊梨花施法除鐵板道人。

〔註54〕　「白虎」乃四靈星君之一，為西方七宿，總名主兵事外，民間還認為「白虎」乃歲中之凶神，如風俗中有二月二日白虎生日，江南俗禳解白虎。而《欽定協紀辨方書》卷三義例一中載有「白虎主喪服之事」；《流年都天賦》亦載：「白虎乃重喪之煞。」參見范勝雄：〈星宿的民間信仰〉「四靈星君」《台南文化》新45期（1998.6），頁72～73。

是因爲「羅成死了」，意指薛仁貴是由羅成所轉世的「白虎星」。然在小說敘述中，並未就此轉世之說有所敷演，作者如此附會，應是爲了承續小說前半部的羅家將故事。

2. 薛仁貴和蓋蘇文的關係

在《說唐》中已寫單雄信死後將投胎爲高麗國的蓋蘇文，日後再與唐朝爲敵。而《說唐後傳》也因應如此的規畫，將在《說唐》中擒、殺單雄信的羅成，作爲薛仁貴的前身。如此，「青龍／白虎」、「單雄信／羅成」、「蓋蘇文／薛仁貴」就構成一組三代輪迴的關係。

因此，《說唐後傳》寫征東戰事前，即花了不少篇幅敘述薛仁貴是白虎星下凡的故事，而後再敘青龍星誘使薛仁貴將其放走。如此，白虎星應天命下凡，然青龍星卻是私自下凡。故當九天玄女算知青龍將轉世爲蓋蘇文時，即贈予薛仁貴專剋蓋蘇文飛刀之穿雲箭、專打青龍星之白虎鞭，而天書中更有專滅番軍之龍門陣。如此，薛、蓋兩人日後的成敗，早已爲「天命」所定。然而，蓋蘇文卻敗得不甘心，自刎後冤恨難消，遂陷害薛仁貴誤殺己兒（射死薛丁山）。同時，作者又寫王敖老祖算知「金童星有難、被白虎星所傷」，再度宣告這一切都是「天命註定」。因此，《說唐三傳》延續兩人的恩怨情節，在地獄冥報進行最終審判時，蓋蘇文的罪名是「逆天行事」，雖是青龍星下凡，仍得在地府受罪，待「罪孽完備，方可上天歸位。」

3. 薛仁貴和薛丁山的關係

薛丁山遭父親薛仁貴誤殺，表面上是「青龍星」報冤陷害「白虎星」所致，然實際上卻是「金童星」合該爲「白虎星」所傷。相對的，薛仁貴遭兒子薛丁山誤殺，表面上是「九醜星」欲殺害「白虎星」引發，然實際上卻是「一報還一報」（白虎星欠金童星的命債），加上「白虎星合該命絕」，故小說先敘薛仁貴孽鏡台觀因果，再寫唐太宗夢白虎星歸位。如此，薛仁貴父子「彼此誤殺」的慘絕關係，透過王敖、閻君等先知的解讀，不過是一場「命中註定」的因果罷了。「青龍星」和「九醜星」在這場因果報應中，只是助成天命的「推手」，而非「凶手」。

4. 薛丁山和樊梨花的關係

薛丁山和樊梨花的故事，可說是典型的「謫譴仙話〔註55〕」。小說中分別

〔註55〕道教結合流行民間的善惡報應和佛教輪迴，再加其本身清淨無欲，飛昇不死

以梨山老母（《說唐三傳》）和竇青老祖（《反唐演義》）做爲先知，解說「金童玉女思凡謫譴」的因果。企圖將薛丁山對樊梨花「三休三棄」之錯綜複雜的心理關係，如薛氏父子的衝突、樊梨花挫折薛丁山的男性尊嚴、薛丁山無法見容樊梨花弒父殺兄、薛丁山懷疑樊梨花和乾兒子薛應龍有私情等，一概皆以「天命因果」涵括之。這種宿命論的詮釋雖然粗糙，但卻是最能符合庶民讀者的認知與興趣。

因此，當武后下令抄斬薛家一門時，薛丁山必得受死，原因是「金童星合該歸位」；而樊梨花獲救不死，則因「未該脫此凡胎」，必須日後再助薛家反周興唐，才算「災退難滿」，這就是被謫譴者的修煉。如此，金童星比玉女星較早歸位，實符合其謫譴罪過的輕重。

5. 薛丁山和薛剛的關係

在天界，金童星誤會玉女星勾搭九醜星，而九醜星亦誤會玉女星有意於他。在人間，九醜星下凡的楊藩卻不知天命，自以爲薛丁山娶樊梨花是橫刀奪愛的行爲，故怒而對付薛家父子。爾後，楊藩更因「陷害薛丁山誤殺薛仁貴」之冤仇，成爲薛丁山的眼中釘。而當樊梨花打敗楊藩欲放其生路時，卻又偏逢薛丁山在後督軍。此三人交會之場景，猶如在天界三星誤會之重映。由於一切皆因玉女星而起，是玉女星無心造的孽。故當楊藩被殺後，一股冤氣轉而投胎爲薛剛，日後將害薛家滿門抄斬以爲報復。

而在薛家滿門抄斬這場災難中，金童星得以歸位，因他的因果已了。而玉女星必須留待人間再贖罪，以待日後助薛剛反周興唐、重振薛家。因此在刑場上，梨山老母應天命適時出現，她一方面阻止樊梨花運用法術救人；一方面則將樊梨花帶回修道。由於「英雄家族」竟遭滅族的「歷史」乃是「天命」註定的因果，故當最後開啓鐵丘墳時，作者刻意書寫：「薛剛對著薛丁山的屍身悔過大哭。」這個結局的圓滿性，在於玉女星幫助九醜星化解了其和金童星的冤仇，一切因因果果、冤冤相報至此宣告完結。

6. 薛家和張家的關係

薛張兩家的關係是典型的「忠奸抗爭」，薛家將小說是透過世代交替來持

的信仰，建構出得道仙人因罪罰謫譴人間，歷經修行考驗後，再重新回歸上界。如此形成一種道德化的救罰與解脫，是民間宿命論的歷史觀。詳參李豐楙：〈罪罰與解救：《鏡花緣》的謫仙結構研究〉《中國文哲研究集刊》7 期（1995.9），頁 107～156。

－279－

續這種忠奸抗爭結構的發展。如《說唐後傳》寫薛仁貴和張士貴的抗爭，後張士貴失敗被斬。《說唐三傳》寫張士貴女兒要夫婿成親王陷害薛仁貴報仇，後失敗被殺。《說唐三傳》後部和《反唐演義》寫薛仁貴之孫薛剛打死張士貴曾孫張保，張保之父叔張天左、張天右乘機報仇，促使薛家滅門。最後薛剛率子侄興唐，再殺張天左兄弟報仇。

　　小說中以薛張兩家的世代冤仇和因果報應，作爲三本薛家將小說敘事主線（忠奸抗爭）的串連，而以天命統攝之。故薛仁貴先遭張士貴之欺，後遭李道宗之害，皆因「命定福薄」見不得皇帝。然因唐太宗執意要見「應夢賢臣」，導致薛仁貴日後有「命定的三年牢獄之災」。而張天左兄弟挾怨奏請抄滅薛家，亦因有薛剛敗家的定數在先（楊藩轉世投胎報冤的因果），故其奸計才能順利得逞。

第七章 結論——隋唐演義系列小說的文化意涵

　　根據前文各章的成果，本章將歸納隋唐演義系列小說發展演變中的「變」與「不變」：前者意在明確各代表作在系列小說發展階段中的地位；後者意在整合系列小說中「普遍而通行的精神文化」，揭舉其中「歷史、英雄、天命」三者共構的文化意涵。最後，再以這批系列小說為一個整體，定位其在小說史上的價值。

　　本論文第二章論述「隋唐演義系列小說的發展與興盛」，在故事源流和發展階段的探討方面：可知隋唐故事從唐代就開始流傳，並且通過史傳、傳說、平話、戲劇、傳奇、小說等各種文學類型的傳播，最後定型於明清章回小說，並且從中又可以再細分出「歷史演義、英雄傳奇、集大成、說唐續書」等四個發展階段。其中，許多著名的人物形象或情節單元，都是經過長期演變，不斷添枝加葉、調整重塑而成。這期間，促使故事內容或人物形象改變的因素，除了作家視野、文學潮流等變異外，主要還是為了反映當時的社會局勢和環境需求。因此，在探討造成系列小說的「興盛因素」時，即揭舉出「嚮往隋唐盛世的民族情緒、期待英雄人物的社會心理、追隨商品經濟的發展潮流」等三個面向加以論述。以上成果，是進一步探究隋唐演義系列小說發展過程中「變」與「不變」的基礎。

　　以下即就「變：各階段代表作在系列小說發展演變中的地位」和「不變：歷史、英雄、天命三者共構的文化意涵」兩方面做出歸納說明：

一、各階段代表作在系列小說發展演變中的地位

就敘事學的觀點來看：描寫中心的轉移，足以改變一部作品的敘事形態。由此反觀隋唐演義系列小說的發展，可知《隋史遺文》、《隋唐演義》、《說唐演義全傳》（以下簡稱《說唐》）、「說唐續書」等，足爲此系列小說發展演變階段的代表作。雖然在其彼此之間，無論是題材運用、情節安排或人物塑造等，大都有著繼承、發展的關係，但是由於各代表作品敘事形態的不同，使得後出的作品並不能完全取代前作。以下，即就本論文第三章到第六章的成果，歸納其要義，以明確各代表作在系列小說發展演變階段中的地位：

（一）《隋史遺文》：草澤英雄傳

《隋史遺文》的出現是隋唐演義系列小說從「歷史演義」到「英雄傳奇」的轉變過程中，第一部具有代表性的作品。作者袁于令將《隋史遺文》的敘事模式，由傳統以帝王爲主的按鑑演義，改成以草澤英雄爲主，並且從史書不載的英雄之「微時光景」著手，透過「英雄的形象、英雄的歷程、英雄的性格」等，全面且集中地將秦瓊塑造成爲一個民間英雄人物的基型。如此，小說既展現出民間式的「英雄史觀」，又藉由隋末亂世以見官逼民反的歷史省思。而這樣的省思正是生活於明末亂世的袁于令，對於帝王失德、政治腐敗的深刻感受。同時，袁于令善於以失意文人的敏感去體會落難英雄的心情，因此其在小說中充分運用細節描寫、心理描寫和個性化的語言等，多方面地塑造出英雄人物的形象，使《隋史遺文》成爲一部無可取代的「草澤英雄傳」。

（二）《隋唐演義》：歷史小帳簿

《隋唐演義》以「歷史演義」爲主，雜以「英雄傳奇」和「才子佳人」的體例。小說中除了大量採用《隋史遺文》和《隋煬帝豔史》的內容外，還把相關的隋唐故事，特別是富有「奇趣雅韻」之事，皆廣爲吸收、加以敷演，可說是集前代隋唐演義系列小說之大成。爲了將隋煬帝荒淫史、唐朝開國史、草澤英雄發跡史這三部分的內容加以貫串整合，作者褚人穫在敘事時不但善用伏筆，還處處留意情節和人物的發展，更重要的是在結構上運用了再世因緣的模式，以「因果輪迴」作爲詮釋隋唐兩代歷史興衰的主因，展現出宿命論的「天命史觀」。同時，在對歷史興衰的觀照上，褚人穫所關注的並非是影響歷史關鍵的大事，而是「男女猖狂」的情感。因此，小說以「有情有義」作爲評價英雄的標準，並以女性對歷史的影響爲重要主題，既讚揚女子的智

慧見識，又斥責女子的恃才妄作。如此，可見小說受到才子佳人小說寫作風氣的影響，同時亦見作者身為失意文人之心理投射。因此，在褚人穫的編撰下，《隋唐演義》確實堪稱為「歷史小帳簿」。

（三）《說唐》：亂世英雄譜

《說唐》的刊刻，標誌著隋唐演義系列小說已脫離傳統「按鑑演義」的敘事模式，完全是以亂世英雄的故事為主體。從系列小說的發展史來看，若《隋唐演義》是「歷史演義」類型的集大成，那麼《說唐》就是「英雄傳奇」類型的集大成。然而，《說唐》作者的身分大概只是為書坊編書的下層文人，並非像是袁于令、褚人穫這種有名氣、有才華的文人。因此，小說主要的成書方式，應是彙整自民間說書演藝所用的故事底本，所以在敘述藝術上頗有戲謔、粗獷等民間風格，呈現出忠奸抗爭、江湖結義等主題思想，並且具體展現在滑稽英雄的形象上。重要的是，作者善於運用榜的結構，以十八條好漢的活動做為隋唐歷史發展的主體；又以「恃力與恃德」為標準安排英雄好漢的天命歸屬，展現出強烈的「道德史觀」。如此，都使《說唐》成為一部可歌可泣的「亂世英雄譜」。

（四）「說唐續書」：英雄家族史

「說唐續書」的陸續刊刻，直接原因是來自於《說唐》的暢銷和盛行，在有利可圖的大前提下，書坊紛紛趁熱推出續衍作品，然其內容已非隋亡唐興的歷史，而是接續開唐後的拓邊戰事，形成以薛仁貴為主的薛家將故事和以羅通為主的羅家將故事。與《說唐》相同，由於這批續書主要來自書坊的編撰，所以在藝術風格上表現出較多的庶民趣味。而為了將英雄家族的世代功業加以串連，並且合理建構《說唐》、《說唐後傳》、《說唐三傳》等衍續關係，作者善於運用天命因果的庶民文化，將之做為故事情節和人事恩怨的內部邏輯。此外，若從明清小說的發展來看，這批「說唐續書」既是隋唐演義系列小說的　部分，同時也是家將小說的主要作品。因此，這批小說既延續了《說唐》「恃德者昌」的文化意涵，同時又受到家將小說世代交替敘事的影響，所以在英雄人物的塑造上，其特別處在於女將、小將的虛構生發，以合理成就英雄家族的生命與榮耀之延續，並且著重展現出忠奸抗爭和家族至上的主題思想。換言之，在「英雄史觀」的延伸思考下，「說唐續書」積極建構了「英雄家族史」。

二、「歷史、英雄、天命」三者共構的文化意涵

隋唐演義系列小說經過世代累積而成書，在其發展演變的過程中，必有某些相對穩定的觀念留存下來，成為作者、作品和讀者之間共通的審美價值，亦即「小說價值學」所強調的「普遍而通行的精神文化」。

若從虛實的角度來看小說和歷史的關係，可知小說在詮釋歷史的過程中，常常會以英雄人物為敘寫中心，建構出庶民樂於接受的「英雄史觀」。同時，透過歷史興衰的演述、英雄命運的解讀，小說家在「惟周勸懲」（《水滸全書・發凡》）的教化意圖下，經常會以「道德」來論斷歷史成敗之原由。一旦遇到「不可知、不可解」的人事糾葛，或是違反「道德」常理的歷史結局時，就會將之歸於「紛紛世事無窮盡，天數茫茫不可逃」（《三國演義》結語），以萬事由天不由人為歷史循環的不變規律。如此，既有期待「道德史觀」的理想傾向，又充滿「天命史觀」的高遠情懷。本論文通過隋唐演義系列小說發展演變的考察，可知其中特別具有「歷史、英雄、天命」三者共構的文化意涵。以下，即就各章的研究成果，統整歸納說明之：

（一）歷史：英雄的大舞台

由隋唐演義系列小說的成書過程，可知在「歷史演義」階段的作品，如《隋唐兩朝志傳》、《唐書志傳通俗演義》都是以按鑑演義為標榜；而《大唐秦王詞話》、《隋煬帝豔史》雖然分別以李世民、隋煬帝為敘事中心，但整體而言仍然是以帝王紀事為歷史發展的進程。爾後，陸續發展的《隋史遺文》、《說唐》、「說唐續書」等皆不受史實束縛，而以英雄活動為歷史發展的重心，從而建構出庶民樂於接受的「英雄史觀」。

這樣的發展現象，主因來自於作家書寫視野的轉移。如袁于令在創作《隋史遺文》時，即提出他對歷史發展的看法，而在小說第一回大加議論：在歷史上起重要作用的「止有草澤英雄」。因此，《隋史遺文》從楊堅建立隋朝開始，一直寫到李世民即位後功封群臣為止。全書雖然以歷史事件的發展為敘事主體，但真正貫串其中的敘事主線，卻是秦瓊的英雄歷程。如「路救李淵、潞州賣馬、病倒東嶽、順義村打擂、幽州比武、燒毀批文、征遼任先鋒、義釋李密、逼上瓦崗寨、出使唐營、力戰四降、棄鄭歸唐、美良川之戰」等，小說通過這一系列的典型事件講述了秦瓊的生平遭遇，同時也把眾多英雄串聯起來。如此，展開了一幅隋末唐初的歷史畫卷。

再看《隋唐演義》，雖然褚人穫在〈序〉中已表明其所要寫歷史故事是「古

今大帳簿」之外的「小帳簿」，且重點放在「更探當時奇趣雅韻之事」。但是其在小說第一回的開場詩中，卻又強調：「時危俊傑姑埋跡，運啓英雄早致君。」並且照抄了袁于令「止有草澤英雄」的議論，同時也因襲《隋史遺文》的寫法，將秦瓊塑造成爲「代天濟弱扶危」的英雄，認爲秦瓊的現世，正是「國步悲艱阻，仗英雄將天補」。爾後，又因李世民是眞命天子，故在敷演「玄武門兄弟相殘」這段歷史時，即特別強調作爲英雄的尉遲恭如何護衛眞主，以開創日後的大唐盛世。

　　《說唐》的成書與民間說書密切相關，因而作者在演述其歷史故事時，更是充滿民間的認知和喜好。小說並非是按照歷史發展的順序來敘述故事，而是與《水滸傳》一樣，把一個接一個的英雄傳記連在一起。更特別的是以十八條好漢的活動取代了眞實歷史的發展，使得整部《說唐》成爲一部「亂世英雄譜」，而隋亡唐興的歷史，不過就是英雄們的交遊與較量的結果。

　　「說唐續書」延續《說唐》的「英雄史觀」。雖然這批續書所敘寫的歷史，已非隋末唐初那種充滿亂世英雄的時代，但是透過「掃北、征東、征西」各種拓邊戰爭，可知作者眞正所要表達的講史重點，並非是戰爭的歷史，而是戰爭中的英雄。因此，讀者從「掃北」戰爭中看到的是羅家將的英雄事蹟，從「征東」戰爭中看到的是薛仁貴的英雄發跡史，從「征西」戰爭中看到的是薛家將世代英雄的故事。而這些英雄對於歷史的作用，正如《粉妝樓·序》中所強調的：「從來國家治亂，只有忠佞兩途。盡忠的爲公忘私，爲國忘家，常存個致君的念頭，那富貴功名總置之度外。及至勢阻時艱，仍能守經行權，把別人弄壞的局面從新整頓一番……。」這番議論，足以代表「說唐續書」的精神，同時也和袁于令「止有草澤英雄」的觀點一致。

　　由以上可知，隋唐演義系列小說對歷史發展的詮釋，就是以「歷史爲英雄的大舞台」，顯現出一種民間式的「英雄史觀」。而小說中這種「英雄史觀」的心態，除了來自於民族文化的長期積澱外，如第二章所論，在明末清初的時代背景下，民眾嚮往隋唐盛世的民族情緒，以及期待英雄人物的社會心理都是促成、或呼應小說展現如此精神文化的要素。

（二）英雄：天命的執行者

　　如前所述，隋唐演義系列小說是以英雄活動爲歷史發展的主線，就小說的敘事表層來看，這是以人物爲敘寫中心的必然結果。然而，若是進一步就小說的敘事深層來看，就不可避免地要加以追問：「何以是英雄？又英雄何以

能夠領導歷史的發展？」

事實上，袁于令在《隋史遺文》中對於這類問題早已做出答覆，小說寫秦瓊在巧合的機緣下於檀樹崗救唐公，乃因「上天既要興唐滅隋，自藏下一干亡楊廣的殺手，輔李淵的功臣」，所以表面上秦瓊救李淵是無心遇合，其實背後自有更高的天命。因此，作者強調草澤英雄的現世，其因正是天地間要「借一個補天的手段，代天濟弱扶危」。換言之，天命才是眞正主導興唐滅隋歷史發展的力量。而在天命的最高指導下，英雄在歷史中所要扮演的角色，就是天命的執行者。因此在小說結尾處，袁于令特別針對隋末眾多英雄的下場，提出其看法：認爲李密、王伯當、單雄信等人，要是都能夠像秦瓊般「相天心，歸眞主」，必定也可以「蔭子封妻」，並以「總之天生豪傑，必定有用他處，卻也要善識天意」做爲他觀照這段隋唐歷史的心得。

如此，又可以再加以追問：「爲何英雄會被選擇做爲天命的執行者呢？」對此，傳統儒家早有形象化的詮釋：「天將降大任於斯人也，必先苦其心志，勞其筋骨，餓其體膚，空乏其身，行拂亂其所爲，所以動心忍性，增益其所不能。」（《孟子‧告子》）這樣的文化觀念不僅爲袁于令這類傳統文人所深信，同時也爲庶民百姓所認可。因此，《隋史遺文》創造性地敷演了秦瓊的「微時光景」，刻意鋪寫其做爲一個英雄所必須遭受的磨難，從中凸顯出「天將降大任於斯人也」的文化意涵。而褚人穫在《隋唐演義》中，對於秦瓊「一番黜陟」的遭遇，也強調這是「天公巧於播弄英豪」，意在「全其品志」，以爲日後成就功名的基本。《說唐》也是這般強調秦瓊的落難，而「說唐續書」寫薛仁貴的少年時期亦是運用如此的敘事模式。

同時，袁于令也深知「道德英雄」是中國根深柢固的文化思惟，只有集「忠孝節義」於一身的英雄，才能符合民間百姓的審美理想，也才有資格成爲「天命的執行者」。因此，《隋史遺文》特別虛構情節以圓滿秦瓊的忠、孝、節；處處張揚秦瓊的俠義、恩義、仁義。影響所及，後出的系列小說，莫不皆以如此的標準來塑造其英雄。因此，若從宏觀的角度來看隋唐演義系列小說之發展，可以看出不管是哪個階段，哪部小說，其所塑造出來的英雄形象，都具有一個明顯的共通性，即：個個講義氣、重然諾，扶危濟弱、捨身取義。換言之，在這批系列小說中非常強調一個「義」字，並且把「義」視爲是人與人之間最高的道德準則，呈現出「道德史觀」的傾向。所以，在四部階段代表作中，都可見「義」是其重要的主題思想，如《隋史遺文》強調「英雄

道義」，小說極力敷演單雄信和秦瓊的英雄相惜、恩義相挺；對於程咬金自招為盜，既不拖累秦瓊又要成全尤俊達的英雄行徑，作者即以「叔寶肯捨己徇人已難，咬金寧殺身便友更難」大加讚揚之。

而《隋唐演義》則大力敷演人間情義，如李密因為「不義」而敗，這在《隋史遺文》中已有所點染，褚人穫一方面對李密的「不義」做深刻的批評；一方面又寫李密身邊的賈潤甫、王伯當、魏徵、徐世勣等卻個個都有情有義。由此，褚人穫既肯定瓦崗起義的精神，也表達了他對瓦崗起義失敗這段「歷史」的看法。由此「道德史觀」加以延伸，更可見褚人穫對於隋唐歷史興衰的省思：小說將隋煬帝與唐玄宗之間百餘年的歷史貫穿起來，其共通點在於作為帝王，兩人的特質都是「占了情場，弛了朝綱」，皆因沉溺情愛而導致國家敗亡。而這樣的歷史規律，在開唐聖主中亦可見，因此小說寫李淵年輕時英雄好漢，創國立唐，待年紀高大也免不了受寵妃「鶯言燕語」的影響，由此導出兄弟相殘的玄武門之變。而唐太宗「是個天挺豪傑，並不留情於色慾」，可是自武媚娘入宮後，即「色慾太深」、「日夜荒淫」，終於導致武后專權、以周代唐。類此女禍的主題，小說表面上將之歸咎於「最恨小人女子，每接踵比肩而起，攪亂天家父子意。」（第一百回引詞）然深究之下，可知帝王的失德才是真正的主因。如此，方可見小說中「道德史觀」的寓意。

《說唐》則特別重視「江湖結義」。小說在傳統英雄道義的基礎上，進一步創造出之前小說中所沒有的情節，即「賈柳店三十九人歃血結義」。因此，小說中既寫了眾好漢為「義」而發難，又以「義」來檢驗每一個好漢，並由此對其作出最終的評價。於是，小說以十八條好漢的活動為隋唐歷史發展之主體，又以「恃力與恃德」的標準來完結十八條好漢之下場，從而展現「道德史觀」下的天命歸屬。典型的代表就是第一條好漢李元霸，李元霸排名第一，自是天下無人能敵，可是最後竟然因為違反師父的叮囑而死於自己的鐵錘之下。小說除了凸顯其人世間天命不可違的最高原則外，還由此傳達出恃德者昌、恃力者亡的道德評價，以「道德」才是決定天命、影響天命的主要動力。此外，與《隋唐演義》相同，小說也指出帝王失德才是歷史的亂源，因此當程咬金聽到隋煬帝「不忠不孝、不仁不義」的罪惡時，即主張「另叫別人來做皇帝」；而天下大亂、十八家反王紛紛興起，其因正是昏君的種種罪惡，導致「萬姓怨苦」。

「說唐續書」承續《說唐》，在英雄家族功業的傳承的敘寫中，特別強調

英雄後代亦有其父輩英雄的結義精神。換言之,「說唐續書」寫英雄家族的意義,正是接續《說唐》「恃德者昌」的主題,透過道德英雄的世代交替,展現道德興家的文化情懷。誠如《粉妝樓‧序》中所云:「世祿之家鮮克由禮,而秦羅諸舊族乃能世篤貞忠,服勞王家,繼起象賢,無忝乃祖乃父。」因此在小說中,後代英雄出場時,每每都會得意洋洋的自報家門,引用父祖的榮耀來爲自己增添光采。這種「老子英雄兒好漢」的傳承,正是爲了凸顯英雄家族的道德相傳,如此的「英雄家族史」,在彰顯家族文化之餘,亦流露出濃厚的「道德史觀」。

(三)天命:歷史的支配力

隋唐演義系列小說以隋唐歷史爲小說創作的主要題材,勢必要面對的就是「歷史和小說」之間的虛實問題,如何拿捏?除了考量當時的文學潮流外,作家個人的創作意圖亦是決定因素。因此,在這一系列小說發展的歷史階段中,由於小說的編撰是以書坊爲主導,所以紛紛強調按鑑演義,意欲藉由「依史、重實」的號召來提高小說的價值和地位。而後,隨著文學潮流的演變,袁于令在《隋史遺文‧序》中提出「傳奇者貴幻」的主張,並將這樣的主張具體落實於在歷史上起重要作用的「草澤英雄」,透過創造英雄「微時光景」的情節,從而展現出一種「道德爲首、事實爲次」的虛實論述。

同時,在以英雄爲主體的歷史故事中,作家也常常受到傳統庶民文化的影響,而在小說中將歷史力量與歷史問題加以簡化,自覺或不自覺地肯定天命才是歷史的支配力。因此,若從隋唐演義系列小說整體來看,可以發現每本小說的作者在敘寫亂世英雄所興起的歷史風雲中,皆會堅持並且強調「恃德者昌、恃力者亡」的主題思想。這種以天命來維護道德的正義,凸顯出來的正是一種「天命史觀」的高遠情懷。

從通俗小說家的立場來看歷史,無論是朝代更替、治亂興衰、君王賢昏等,無不與天命相關。因此,在涉及改朝換代的講史小說中,總是高倡「得天命者得天下」的觀念,並且將之直接體現在開國君王乃眞命天子的身分上。因此《隋史遺文》以李世民爲眞命天子,對於竇建德起義兵敗這一嚴肅又複雜的歷史課題,遂以「天命在唐,建德來也亡,不來也亡」詮釋之。可見,小說透過隋亡唐興的歷史故事,表達出「一興一廢,自有天數」的歷史規律。

相同的,褚人穫出身仕宦家族,本身卻是科舉不遇,這使得他對天命特別有感觸,因此在創作《隋唐演義》時,即將隋煬帝、朱貴兒與唐玄宗、楊

貴妃的再世因緣作爲串連隋唐兩代歷史的主線，從而把眾多紛繁的歷史人事全數統攝在天命預設的架構中，並且在小說中處處提點評論曰：「人的功業是天公註定的，再勉強不得。」又「天下事自有定數，一飲一酌，莫非前定。」由於小說將歷史的發展置諸於天命，因此作者認爲隋朝滅亡的主因在於「隋運氣數不久長使之也」；而唐朝宮闈之亂，「亦氣數使然」。如此，種種因爲紛雜人事而導致的重大歷史變革，在小說中竟全成了「人何能爲也」的氣數使然。所以，作者在書末即以「興衰際，輪迴轉」作爲隋唐兩代歷史發展的結證。

　　這種以天命來看待歷史的觀念，在《說唐》中成爲更普遍且庶民味十足的「天命史觀」。在小說的敘事中，舉凡歷史發展的關鍵處，或是英雄歷程的轉折處，作者一概付予宿命論的天命詮釋，並且將之具體落實於英雄好漢乃「上界星宿臨凡」的人物塑造上。如秦瓊潞州落難，其因是「天蓬星失運受難來此」；而程咬金由於是上界「土福星」降凡，故有種種出入意料的好運。至於十八條好漢的前世，則有「大鵬金翅鳥」、「雷聲普化天尊」、「八臂脯哪吒」、「白虎星」、「青龍星」等。由於小說中的主要英雄幾乎都是星宿下凡，因而其在人間的所做所爲無非都是爲了執行其所背負的天命。可見，英雄只是天命的執行者，天命才是支配歷史發展的力量。同時，作者透過「榜的結構」敘寫十八條好漢，以排名次序作爲交戰成敗的定數，從而加強並深化小說所要表現的天命主題。然而，作爲主要英雄的秦瓊卻只排名第十六，由此可見「恃力」的排行榜並非是作者所要歌頌的，「恃德」才是天命史觀所蘊含的精神。

　　「說唐續書」接續《說唐》的故事，寫開唐後的拓邊戰事，並以「羅成死後轉世爲薛仁貴」做爲故事的內在連接。由於這批續書一開始就設定以天命來主導歷史發展的方向，因此《說唐後傳》主要寫「白虎星」薛仁貴和「青龍星」蓋蘇文的爭戰；《說唐三傳》主要寫「金童星」薛丁山三休三棄「玉女星」樊梨花的因果；《反唐演義》則是「九醜星」楊藩懷恨投胎爲薛剛的報冤延續。至於《粉妝樓》寫羅家後代亦皆星宿轉世，其遭遇亦皆天命有定。此外，由於「說唐續書」是以英雄家族的世代功業爲故事的重心，因此對於英雄家族間種種錯綜複雜的人事糾葛，皆以天命因果加以詮釋。如薛仁貴剋死父母，誤殺己兒薛丁山，最後又爲薛丁山所誤殺，以上皆和「白虎星」的天命有關。而薛丁山和樊梨花的夫婦因緣，則是來自於「金童玉女」思凡謫譴

的天命；其兒薛剛造成薛家滅族雖是「九醜星」的報怨，但此亦早爲天命所定。以上，皆可見小說以薛家一族的興衰來寫這段唐代的歷史，並將推動這段歷史的種種人事恩怨，盡歸之於天命。

以上，歸納了隋唐演義系列小說發展過程中的「變」與「不變」，接著將視這批系列小說爲一個整體，定位其在小說史上的價值。

若從小說發展史的角度來看，明清兩代關於隋唐故事的講史小說眾多，但是相關研究的質和量卻是有待開發。究其因，主要是和作品本身的藝術價值不高有關。儘管在隋唐演義系列小說之中，有袁于令、褚人穫等著名的小說家參與其中，但是就藝術層面來看，《隋史遺文》的情節仍有不少前後矛盾處，而《隋唐演義》亦有「浮艷在膚，沉著不足」的著名評價（魯迅《中國小說史略》）。因此，整體而言，這批系列小說仍然常常被歸類在「文意並拙」的行列之中，特別是《說唐》及其續書更是顯得無庸置疑。

然而，相對來看，這批「文意並拙」的系列小說在明清時期不斷地大量刊刻並且廣泛流傳，甚至直接、間接影響了後來的戲曲和說唱。面對這種「盛行里巷」的發展現象，使我們不得不從多元化的角度，對其「價值」給予重新的省視。畢竟一種小說類型的流行，必與當時的社會氛圍、創作水平以及讀者群的審美情趣有必然之關係。因此，在隋唐演義系列小說的「作者創作、作品形態、讀者接受」三個環節中，應有某些共通的審美價值將之串連成一個整體，否則不足以造就系列小說盛行的發展現象。

因此，本論文揭示出隋唐演義系列小說的主要價值，乃在於具有「歷史、英雄、天命」三者共構的文化意涵。通過隋唐歷史故事的敷演，小說將「歷史、英雄、天命」三者的敘事關係，巧妙結構爲：歷史是英雄的大舞台、英雄是天命的執行者、天命是歷史的支配力。如此，「歷史、英雄、天命」三者的關係遂爲一組圓形的思維。而在這種對歷史詮解的圓形思維中，小說又從中反映或增強了民間式的「英雄史觀」、「道德史觀」和「天命史觀」。重要的是，這些審美價值不但是明清時期的時代需求、社會心理，同時也是傳統文化中深層不變的思想意涵。

參考書目

一、小說文本

1. 明‧不題撰人:《隋唐兩朝志傳》(古本小說集成),上海:上海古籍出版社,1990。

2. 明‧袁于令:《隋史遺文》(古本小說集成),上海:上海古籍出版社,1990。

3. 明‧袁于令:《隋史遺文》,台北:幼獅文化公司,1977。

4. 明‧袁于令撰、宋祥瑞校:《隋史遺文》,北京:北京大學出版社,1988。

5. 明‧袁于令撰、劉文忠校:《隋史遺文》,北京:人民文學出版社,2006。

6. 明‧熊鍾谷:《唐書志傳通俗演義》(《唐書志傳》)(古本小說叢刊),北京,中華書局,1990。

7. 明‧齊東野人:《隋煬帝豔史》(古本小說集成),上海:上海古籍出版社,1990。

8. 明‧澹圃主人:《大唐秦王詞話》(古本小說集成),上海:上海古籍出版社,1990。

9. 清‧不題撰人:《粉妝樓》(古本小說集成),上海:上海古籍出版社,1990。

10. 清‧不題撰人:《混唐後傳》(古本小說集成),上海:上海古籍出版社,1990。

11. 清‧不題撰人:《異說反唐全傳》(《反唐演義》)(古本小說集成),上海:上海古籍出版社,1990。

12. 清‧不題撰人:《說唐演義全傳》(《說唐》)(古本小說集成),上海:上海古籍出版社,1990。

13. 清‧如蓮居士:《異說後唐傳三集薛丁山征西樊梨花全傳》(《說唐三傳》)(古本小說集成),上海:上海古籍出版社,1990。

14. 清‧竹溪山人編‧陳大康校注:《粉妝樓全傳》,台北:三民書局,1999。

15. 清・褚人穫：《隋唐演義》（古本小説集成），上海：上海古籍出版社，1990。

16. 清・褚人穫撰、嚴文儒校注、劉本棟校閱：《隋唐演義》，台北：三民書局，2005。

17. 清・鴛湖漁叟：《説唐演義》（陳汝衡修訂《説唐》66 回本），台北：桂冠圖書股份有限公司，1994。

18. 清・鴛湖漁叟：《説唐演義後傳》（《説唐後傳》）（古本小説集成），上海：上海古籍出版社，1990。

二、專書

1. 唐・封演：《封氏聞見記》，北京：中華書局，1985 年北京新一版。

2. 唐・段成式：《酉陽雜俎》收入《唐五代筆記小説大觀》，上海古籍出版社，2000.3。

3. 唐・劉餗：《隋唐嘉話》收入《筆記小説大觀》第 14 編，台北：新興書局，1976.8。

4. 宋・李昉：《太平廣記》，台北：西南書局，1983.1。

5. 宋・曾慥：《類説》收入《筆記小説大觀》第 31 編，台北：新興書局，1980.8。

6. 明・董含：《三岡識略》收入《四庫未收書輯刊.29》，北京：北京出版社，2000。

7. 清・趙翼：《廿二史箚記》，北京：中國書店，1987.4。

8. 清・梁紹壬：《兩般秋雨盦隨筆》收入「名人筆記叢書」，台北：新興書局，1956。

9. 清・褚人穫：《堅瓠集》收入《筆記小説大觀》第 23 編，台北：新興書局，1978.10。

10. 清・焦循：《筆記三編劇説》，台北：廣文書局，1970.12。

11. 三軍大學：《中國戰爭史》，台北：黎明文化公司，1976.10。

12. 不著撰人：《明朝史話》，台北：木鐸出版社，1987.7。

13. 不著撰人：《清朝史話》，台北：木鐸出版社，1988.9。

14. 牛建強：《明代中後期江南社會變遷研究》，台北：文津出版社，1997.8。

15. 王子今：《中國女子從軍史》，北京：軍事誼文出版社，1998.7。

16. 王小甫：《隋唐五代史》，台北：三民書局，2008.6。

17. 王平：《中國古代小説文化研究》，濟南：山東教育出版社，1996.9。

18. 王思治：《清史論稿》，四川：巴蜀書社，1987.12。

19. 王星琦：《講史小説史話》，瀋陽：遼寧教育出版社，1993。

20. 王清原、牟仁隆、韓錫鐸編纂：《小說書坊錄》，北京：北京圖書館書，2002.4。

21. 王壽南：《唐代人物與政治》，台北：文津出版社，1999。

22. 王學泰：《游民文化與中國社會》，北京：同心出版社，2007.7。

23. 石昌渝：《中國小說源流論》，北京：三聯書局，1995.10。

24. 安震：《日月雲煙——明朝興衰啓示錄》，新店：年輪文化公司，1998.8。

25. 江蘇社科院明清小說研究中心：《中國通俗小說總目提要》，北京：中國文聯出版社，1991.9。

26. 李小林、林晟文主編：《明史研究備覽》，天津：天津教育出版社，1988。

27. 李保均主編：《明清小說比較研究》，成都：四川大學出版社，1996。

28. 李春青：《文學價值學引論》，雲南：雲南人民出版社，1994.10。

29. 李修生：《古本戲曲劇目提要》，北京：文化藝術出版社，1997.12。

30. 李晶：《歷史與文本的超越——小說價值學導論》，上海：社會科學院出版社，1992.12。

31. 李豐楙：《許遜與薩守堅：鄧志謨道教小說研究》，台北：臺灣學生書局，1997.3。

32. 周英雄：《小說・歷史・心理・人物》，台北：東大圖書公司，1993.10。

33. 周啓志、羊列容、謝昕：《中國通俗小說理論綱要》，台北：文津出版社，1992.3。

34. 周寧、金元甫譯：《接受美學與接受理論》，瀋陽：遼寧人民出版社，1987。

35. 林驊、宋常立：《中國古代小說戲曲藝術心理研究》，天津古籍出版社，1996.6。

36. 金澤：《英雄崇拜與文化形態》，香港：商務印書館，1991.5。

37. 柳存仁：《倫敦所見中國小說書目提要》，台北：鳳凰出版社，1974。

38. 紀德君：《明清歷史演義小說藝術論》，北京：北京師範大學出版社，2000.11。

39. 胡士瑩：《話本小說概論》，台北：丹青圖書有限公司，1983.5。

40. 胡斌：《虛實說唐》，長沙：湖南人民出版社，2008.12。

41. 孫楷第：《中國通俗小說書目》，台北：木鐸出版社，1983.7。

42. 孫楷第：《日本東京所見小說書目》，北京：人民文學出版社，1981。

43. 徐征主編：《全元曲》，石家莊市：河北教育出版社，1998。

44. 徐洪興：《殘陽夕照——清朝興衰啓示錄》，新店：年輪文化公司，1998.8。

45. 徐揚杰：《宋明家族制度史論》，北京：中華書局，1995.6。

46. 馬以鑫：《接受美學新論》，上海：學林出版社，1995.10。

47. 馬幼垣：《中國小說史集稿》，台北：時報文化出版社，1987.3。

48. 高桂惠：《追蹤躡跡——中國小說的文化闡釋》，台北：大安出版社，2006.9。

49. 高達觀：《中國家族社會之演變》，台北：九思出版社，1978.3。

50. 張俊：《清代小說史》，杭州：浙江古籍出版社，1997.6。

51. 張清發：《明清家將小說研究》，台北：臺灣學生書局，2010.11。

52. 敏澤、黨聖元：《文學價值論》，北京：社會科學文獻出版社，1997.1。

53. 陳大康：《古代小說研究及方法》，北京：中華書局，2006.12。

54. 陳大康：《明代小說史》，上海：上海文藝出版社，2000.10。

55. 陳大康：《通俗小說的歷史軌跡》，長沙：湖南出版社，1993.1。

56. 陳昭珍：《明代書坊研究》，台北：花木蘭文化出版社，2008。

57. 陳致平：《中華通史》，台北：黎明文化事業，1986。

58. 陳學文：《明清社會經濟史研究》，台北：稻禾出版社，1991。

59. 陳穎：《中國英雄俠義小說通史》，南京：江蘇教育出版社，1998.10。

60. 費孝通：《鄉土中國 生育制度》，北京：北京大學出版社，1998.5。

61. 黃清泉、蔣松源、譚邦和：《明清小說的藝術世界》，台北：洪葉文化出版社，1995.5。

62. 黃霖、韓同文選注：《中國歷代小說論著選》，南昌：江西人民出版社，2000。

63. 楊知勇：《家族主義與中國文化》，昆明：雲南大學出版社，2002.12。

64. 楊家駱編：《明成化說唱詞話叢刊》，台北：鼎文書局，1979.6。

65. 楊義：《中國古典小說史論》，北京：人民出版社，2004.2。

66. 趙園：《明清之際士大夫研究》，北京：北京大學出版社，1999。

67. 齊裕焜：《中國古代小說演變史》，蘭州：敦煌文藝出版社，1994.12。

68. 齊裕焜：《明代小說史》，杭州：浙江古籍出版社，1997.6。

69. 齊裕焜：《隋唐演義系列小說》，瀋陽：遼寧教育出版社，2000.12。

70. 劉上生：《中國古代小說藝術史》，長沙：湖南師範大學出版社，1993。

71. 劉道超：《中國善惡報應習俗》，台北：文津出版社，1992.1。

72. 歐陽健：《明清小說采正》，台北：貫雅出版社，1992.1。

73. 蔣瑞藻：《小說考證》，台北：河洛出版社，1979.10。

74. 鄭志明《中國社會與宗教》，台北：臺灣學生書局，1986.7。

75. 魯迅：《中國小說史略》，上海：上海古籍出版社，1998.6。

76. 魯迅：《唐宋傳奇集》，濟南：齊魯書社，1997.11。

77. 龔弘：《隋唐人物》，濟南：齊魯書社，2006.6。

三、期刊論文

1. 王亞婷：〈《隋煬帝豔史》研究綜述〉《文學評論》，2008 第 9 期。

2. 王春花：〈明清時期吳門袁氏家族刻書與藏書考略〉《蘇州教育學院學報》
   25 卷 1 期，2008.3。

3. 王湘華、連丹虹：〈論古典長篇小說中的「榜」藝術〉《武漢理工大學學
   報‧社科版》19 卷 1 期，2006.2。

4. 王學泰：〈「說唐」小說系列演變中所反映的游民意識〉《文學評論》1997
   第 6 期。

5. 李佩蓉：〈衣錦還「家」——薛仁貴故事「家元素」的續衍闡釋〉《國立
   臺北教育大學語文集刊》14 期，2008.7。

6. 李豐楙：〈罪罰與解救：《鏡花緣》的謫仙結構研究〉《中國文哲研究集刊》
   7 期 1995.9。

7. 姚文放：〈期待視野與文藝接受社會學〉《天津社會科學》，1991 第 1 期。

8. 段春旭：〈論薛家將故事的演化與繁榮〉《山東理工大學學報‧社科版》
   24 卷 5 期，2008.9。

9. 孫遜、宋麗華：〈「榜」與中國古代小說結構〉《學術月刊》，1999 第 11
   期。

10. 徐朔方：〈袁于令年譜（1592～1674）〉《浙江社會科學》，2002 第 5 期。

11. 皋於厚：〈明清歷史演義小說中的平民意識〉《南京理工大學學報‧社科
    版》13 卷 2 期，2000.4。

12. 袁剛：〈暴君隋煬帝評介的論辨——關於暴君之暴的政治分析〉《南都學
    壇‧人文社會科學學報》22 卷 4 期，2002.7。

13. 常鵬、吳在慶：〈歷史敘事與文學話語的通轉——略論《說唐》人物之
    史傳原型及其演變〉《蘇州教育學院學報》25 卷 3 期，2008.9。

14. 張火慶：〈《隋唐演義》的神話結構——兩世姻緣〉《興大中文學報》，
    1993.6。

15. 張清發：〈「滑稽英雄」的塑造及演變——以明清家將小說爲考察範圍〉
    新竹教育大學《語文學報》14 期，2007.12。

16. 張清發：〈明清家將小說「陣前招親」情節之運用探析〉《國文學報》1
    期，2004.12。

17. 張清發：〈英雄家族史——「說唐續書」的世代敘寫與家族文化〉《國立
    臺中教育大學學報：人文藝術類》27 卷 1 期，2013.6。

18. 張清發：〈奇史奇女——木蘭從軍的敘事發展與典範建構〉《臺北大學中
    文學報》第 11 期，2012.3。

19. 張清發：〈亂世英雄譜──論《說唐》中的十八條好漢〉《國文學誌》23期，2011.12。

20. 張清發：〈《隋唐演義》的天命因果與再世因緣〉《玄奘人文學報》11期，2011.7。

21. 張清發：〈民間英雄的基型──從「型塑英雄」的視角析論《隋史遺文》中的秦瓊〉《新竹教育大學人文社會學報》3卷2期，2010.10。

22. 張清發：〈明清家將小說中女將形象的演變與意涵〉《人文與社會研究學報》44卷2期，2010.10。

23. 梁亞茹、胡足風：〈試論《隋唐演義》對歷史演義創作的創新〉《中國環境管理幹部學院學報》18卷2期，2008.6。

24. 陳文新：〈論《隋唐演義》的基本品格及其小說史演義〉《武漢大學學報·人科版》2003.7。

25. 陳寶良：〈明朝人的英雄豪傑觀〉《中國文化研究所學報》第10期，2001。

26. 傅才武：〈煮酒論英雄──中國古代英雄標準探微〉《歷史月刊》，2000.3。

27. 彭利芝：〈說唐小說「玄武門之變」考論〉《河南教育學院學報·社科版》，2005第1期。

28. 彭利芝：〈說唐系列小說人物考辨〉《明清小說研究》，1999第2期。

29. 彭利芝：〈說唐系列小說的產生與隋唐歷史題材優勢〉《首都師範大學學報·社科版》，1998第6期。

30. 彭知輝：〈《隋史遺文》與晚明評話及民眾心態〉《湖南第一師範學報》1卷1期，2001.10。

31. 彭知輝：〈《隋唐志傳》成書年代考〉《東南大學學報·哲社版》6卷5期，2004.9。

32. 彭知輝：〈《隋唐演義》材料來源考辨〉《明清小說研究》，2002第2期。

33. 彭知輝：〈由奸賊逆臣到綠林豪傑──論單雄信形象的演變〉《聊城大學學報·社科版》，2007第2期。

34. 彭知輝：〈論《說唐全傳》的底本〉《明清小說研究》，1999第3期。

35. 彭知輝：〈論元雜劇中的隋唐故事〉《中南大學學報·社科版》，2000.12。

36. 萬晴川：〈《說唐全傳》與天地會〉《淮陰師範學院學報·哲社版》29卷，2007.5。

37. 葉明華、楊國樞：〈中國人的家族主義：概念分析與實徵衡鑑〉《中央研究院民族學研究所集刊》83期，1998.6。

38. 雷勇：〈從蕭后形象看《隋唐演義》的創作傾向〉《陝西理工學院學報·社科版》25卷1期，2007.2。

39. 雷勇：〈《隋唐志傳》的文體探索及其小說史意義〉《陝西理工學院學報·

社科版》27 卷 1 期，2009.2。

40. 雷勇：〈失意文人的亡國記憶——關於《隋唐演義》思想傾向的思考〉《明清小說研究》，2009 第 1 期。

41. 齊裕焜：〈單雄信與羅成形象的演變〉《明清小說研究》，1993 第 4 期。

42. 劉燕萍：〈鍾馗神話的由來及其形象〉《宗教學研究》，2001 第 2 期。

43. 劉麗文〈論《左傳》「天德合一」的天命觀〉《求是學刊》5 期，2000.9。

44. 歐陽健：〈統一王朝的全史演義——論《隋唐兩朝志傳》成書及文體創新〉《福州大學學報·哲社版》，2004 第 1 期。

45. 歐陽健：〈清代三大演義定本的形成〉《長江大學學報·社科版》27 卷 1 期，2004.2。

46. 潘建國：〈明清時期通俗小說的讀者與傳播方式〉《復旦學報社科版》2001.1。

47. 蔡卿：〈《隋唐演義》的成書過程小考〉《北京化工大學學報·社科版》，2005 第 2 期。

48. 蔡美雲：〈《隋唐演義》的女性觀〉《明清小說研究》，2007 第 3 期。

49. 盧盛江：〈隋唐志傳又一明刊本〉《明清小說研究》，1998 第 4 期。

50. 魏華仙：〈近十餘年來的國內隋煬帝研究〉《湖南文理學院學報·社科版》32 卷 5 期，2007.9。

51. 羅陳霞：〈《唐書志傳》《兩朝志傳》的史傳傾向分析〉《鹽城師專學報·哲社版》，1998 第 1 期。

52. 羅陳霞：〈奇趣雅韻——論《隋唐演義》走向世俗化〉《固原師專學報·社會科學》，1999 第 5 期。

53. 蘇燾：〈論《隋唐志傳》的創作結構及對明後期歷史類小說的影響〉《內蒙古民族大學學報·社科版》，2008.5。

四、會議、論文集

1. 文崇一：〈中國人的富貴與命運〉收入《中國人：觀念與行為》，台北：巨流圖書公司，1988.7。

2. 王國良：〈論薛仁貴故事的演變〉收入《第三屆中國域外漢籍國際學術會議論文集》，1990.11。

3. 何谷里：〈隋唐演義：其時代、來源與構造〉收入《中國古典小說論集》第 2 輯，台北：幼獅文化公司，1982.5。

4. 何谷理：〈明清白話文學的讀者層辨識——個案研究〉收入《北美中國古典文學研究名家十年文選》，江蘇人民出版社，1996。

5. 林保淳：〈中國古典小說中「陣前招親」模式之分析〉收入《戰爭與中國

社會之變動》,台北:臺灣學生書局,1991.11。

6. 夏志清:〈戰爭小說初論〉收入《愛情、社會、小說》,台北:純文學出版社,1981.12。

7. 張清發:〈薛家將小說的故事演化與天命因果之運用〉收入《第十四屆所友暨第一屆研究生學術討論會會後論文集》,高雄:國立高雄師範大學國文系,2007.6。

8. 陳萬益:〈朱門與草莽──論「隋唐演義」裡的秦瓊〉收入《中國古典文學研究叢刊──小說之部(三)》,台北:巨流圖書公司,1985.5。

9. 陳鵬翔:〈主題學研究與中國文學〉收入《主題學研究論文集》,台北:東大圖書公司,1983.11。

10. 陳鵬翔:〈主題學理論與歷史證據〉收入《中國神話與傳說學術研討會論文集》,台北:漢學研究中心,1996.3。

11. 馮承基:〈論「隋唐演義」精采之處及章回小說的選錄問題〉收入《中國古典文學研究叢刊──小說之部(三)》,台北:巨流圖書公司,1985.5。

12. 黃克、劉尚榮:〈《說唐》及其來龍去脈〉收入《中國古代通俗小說閱讀提示》,江蘇人民出版社,1983.6。

13. 楊懋春:〈中國的家族主義與國民性格〉收入《中國人的性格》,台北:桂冠出版社,1991.1。

14. 廖棟樑:〈接受美學與《楚辭》學史研究〉收入《中國文學史暨文學批評學術研討會論文集》,台北:政治大學中文系,1996.12。

15. 臺靜農:〈佛教故實與中國小說〉收入《靜農論文集》,台北:聯經出版社,1989.10。

16. 鄭振鐸:〈伍子胥與伍雲召〉收入《鄭振鐸全集》第四卷,石家莊市:花山文藝出版社,1998.11。

17. 謝繼昌:〈中國家族研究的探討〉收入《社會及行為科學研究的中國化》,台北:中央研究院民族學研究所,1982。

18. 龔鵬程:〈傳統天命思想在中國小說裡的運用〉收入《中國小說史論叢》,台北:臺灣學生書局,1984.6。

五、學位論文

1. 王琦:《袁于令研究》,上海:華東師範大學文藝學博士論文,2006。

2. 王振宇:《《隋唐演義》與《說唐演義》的比較──以滅隋建唐故事為主》,新竹:玄奘大學中文所碩士論文,2007。

3. 李佩蓉:《說唐家將小說之家╱國想像及其承衍研究》,台北:政治大學中文所碩士論文,2009。

4. 李燕青:《明清小說中的秦瓊形象研究》,山東:曲阜師範大學中國古代

文學碩士論文，2007。

5. 林炎珍：《從副將到福將——論演義小說中程咬金形象》，台中：靜宜大學中文所碩士論文，2003。

6. 侯虹霞：《《大唐秦王詞話》考論》，太原：山西大學中國古代文學碩士論文，2007。

7. 胡樂飛：《薛家將故事的歷史演變》，上海：上海師範大學中國古代文學碩士論文，2005。

8. 徐正飛：《說唐演義後傳研究》，揚州：揚州大學中國古代文學碩士論文，2005。

9. 徐采杏：《秦瓊與尉遲恭故事研究》，台中：東海大學中文所碩士論文，1995。

10. 高碧蓮：《秦叔寶的形象演變及其原因》，高雄：高雄師範大學國文所碩士論文，1993。

11. 雷勇：《《隋唐演義》的文化意蘊與文學書寫》，天津：南開大學中國古代文學博士論文，2007。

12. 張忠良：《薛仁貴故事研究》，台北：臺灣師範大學國文所碩士，1981。

13. 陶臘紅：《隋唐故事的演變與古代歷史小說的文體獨立意識》，南昌：江西師範大學中國古代文學碩士論文，2002。

14. 曾軼靜：《隋唐至明末隋煬帝題材小說研究》，廣州：暨南大學中國古代文學碩士論文，2008。

15. 曾馨慧：《巾幗英雄之研究——從樊梨花出發》，台中：中興大學中文所碩士論文，2003。

16. 楊朝立：《《大唐秦王詞話》研究》，台北：文化大學中文所碩士論文，1991。

17. 榮莉：《袁于令戲曲小說研究》，廣州：暨南大學中國古代文學碩士論文，2006。

18. 鄭美蕙：《隋唐系列小說情節與人物研究——以《遺文》、《隋唐》、《說唐》為主》，台中：中興大學中文所碩士論文，1997。

19. 謝超凡：《褚人穫研究》，福州：福建師範大學中國古代文學碩士論文，2002。

20. 謝靜宜：《褚人穫《隋唐演義》研究》，台北：臺北師大國文所碩士論文，1995。

21. 蘇義穠：《傳統小說中李逵類型人物研究》，台北：政治大學中文所碩士論文，1988。

22. 黨巍：《《隋唐演義》傳播研究》，濟南：山東大學中國古代文學碩士論

文，2007。

六、電子資料庫

1. 中央研究院・漢籍電子文獻【瀚典】全文檢索系統：http://hanji.sinica.edu.tw/index.html（二十五史）

2. 故宮【寒泉】古典文獻全文檢索資料庫：http://libnt.npm.gov.tw/s25/index.htm（資治通鑑）

附表一：《隋唐演義》和《隋史遺文》回目比較

《隋唐演義》百回本前 66 回	《隋史遺文》60 回
01 隋主起兵代陳　晉王樹功奪嫡	01 圖奪嫡晉王樹功　塞亂源李淵惹恨
02 楊廣施讒謀易位　獨孤逞妒殺宮妃	02 隋主信讒廢太子　張衡造讒危李淵
03 逞雄心李靖訴西嶽　造讒語張衡危李淵	
04 齊州城豪傑奮身　植樹崗唐公遇盜	03 齊州城豪傑奮身　植樹崗唐公遇盜
05 秦叔寶途次救唐公　竇夫人寺中生世子	04 秦叔寶途次救唐公　竇夫人寺中生世子
06 五花陣柴嗣昌山寺定姻 一蹇囊秦叔寶窮途落魄	05 柴公子舞劍得姻緣　秦解頭領文吃擔閣
07 蔡太守隨時行賞罰　王小二轉面起炎涼	06 蔡太守隨時行賞罰　王小二轉面起炎涼
08 三義坊當鐧受腌臢　二賢莊賣馬識豪傑	07 三義坊當簡受腌臢　二賢莊賣馬識豪傑
09 入酒肆驀逢舊識人　還飯錢徑取回鄉路	08 入酒肆驀逢舊識人　還飯錢逡取回鄉路
10 東嶽廟英雄染痾　二賢莊知己談心	09 魏道士留住東嶽廟　單員外迎往二賢莊
11 冒風雪樊建威訪朋　乞靈丹單雄信生女	10 樊建威冒雪訪行蹤　單員外贈金貽禍水
12 皂角林財物露遭殃　順義村擂台逢敵手	11 眾捕人大鬧皂角林　好漢子縛進潞州府 12 定罪案發配幽州地　打擂台揚名順義村
13 張公謹仗義全朋友　秦叔寶帶罪見姑娘	13 張公瑾轉托二尉遲　秦叔寶解到羅帥府 14 秦夫人見姪起悲傷　羅公子瞞父觀操演
14 勇秦瓊舞鐧服三軍　賢柳氏收金獲一報	15 勇秦瓊舞簡服三軍　小羅成射鷹助一弩 16 羅元帥作書貽蔡守　秦叔寶贈金報柳氏

15 秦叔寶歸家侍母　齊國遠截路迎朋	17 單雄信促歸秦叔寶　來總管遣賀楊越公 18 齊國遠嘯聚少華山　秦叔寶引入永福寺
16 報德祠酬恩塑像　西明巷易服從夫	19 柴郡馬留寓報德祠　陶蒼頭送進光泰門 20 收禮官英雄識氣色　打毬場公子逞豪華
17 齊國遠漫興立毬場　柴郡馬挾伴遊燈市	21 齊國遠漫興立毬場　柴郡馬挾伴遊燈市
18 王婉兒觀燈起釁　宇文子貪色亡身	22 長安婦人觀燈步月　宇文公子倚勢宣淫 23 老婦人失女訴冤情　眾好漢抱憤成義舉
19 恣蒸淫賜盒結同心　逞弒逆扶王陞御座	24 恣蒸淫太子迷花　躬弒逆楊廣篡位
20 皇后假宮娥貪歡博寵 　權臣說鬼話陰報身亡	
21 借酒肆初結金蘭　通姓名自顯豪傑	27 程咬金無處賣柴扒　尤俊達有心劫銀杠 28 長葉林響馬自通名　齊州城太守請捕盜
22 馳令箭雄信傳名　屈官刑叔寶受責	29 單雄信馳送綠林箭　程咬金踹斷楊木板 30 秦叔寶回官受笞責　賈潤甫接客惹疑猜
23 酒筵供盜狀生死無辭 　燈前焚捕批古今罕見	31 程咬金酒筵供盜狀　秦叔寶燭燄燒捕批
24 豪傑慶千秋冰霜壽母 　罡星祝一夕虎豹佳兒	32 眾豪傑登堂祝鶴算　老夫人受慶飲霞觴
25 李玄邃關節全知己　柴嗣昌請託浣贓官	33 李玄邃關節來總管　柴嗣昌請託劉刺史
26 竇小姐易服走他鄉　許太監空身入虎穴	
27 窮土木煬帝逞豪華　思淨身王義得佳偶	25 新皇大逞驕奢　黔首備遭荼毒 26 二百里海山開勝景　十六院嬪御鬥豪華
28 眾嬌娃翦綵爲花　侯妃子題詩自縊	
29 隋煬帝兩院觀花　眾夫人同舟游海	
30 賭新歌寶兒博寵　觀圖畫蕭后思游	
31 薛冶兒舞劍分歡　眾夫人題詩邀寵	
32 狄去邪入深穴　皇甫君擊大鼠	
33 睢陽界觸忌被斥　齊洲城卜居迎養	34 牛家集努力除奸　睢陽城直言觸忌
34 灑桃花流水尋歡　割玉腕眞心報寵	
35 樂永夕大士奇觀　清夜游昭君淚塞	
36 觀文殿虞世南草詔　愛蓮亭袁寶兒輕生	

37 孫安祖走說竇建德　徐懋功初交秦叔寶	35 徐世勣杯酒論英雄　秦叔寶邂逅得異士 36 隋主遠征影國　郡丞下禮賢豪
38 楊義臣出師破賊　王伯當施計全交	
39 陳隋兩主說幽情　張尹二妃重貶謫	37 秦叔寶智取淇水　來護兒大戰平壤
40 汴堤上綠柳御題賜姓 　龍舟內絳仙豔色沾恩	
41 李玄邃窮途定偶　秦叔寶脫陷榮歸	38 宇文述計報冤仇　來總管力援豪傑 39 王薄倡眾亂山東　須陀一日破四賊 40 寡敵眾濰水成功　客作主祝阿奏捷
42 貪賞銀詹氣先喪命　施絕計單雄信無家	41 楊玄感復諫敗成　李玄邃輕財脫禍 44 瓦崗寨雄信重會　滎陽郡須陀死節
43 連巨真設計賺賈柳　張須陀具疏救秦瓊	42 叔寶計全密友　宇文巧陷正人
44 寧夫人路途脫陷　羅士信黑夜報仇	43 雪秦瓊須陀馳密疏　保秦母士信反山東
45 平原縣秦叔寶逃生　大海寺唐萬仞徇義	44 瓦崗寨雄信重會　滎陽郡須陀死節 45 祭須陀逢李密　戰回洛取倉城
46 殺翟讓李密負友　亂宮妃唐公起兵	46 潤甫巧說裴仁基　世勣智取黎陽倉 47 殺翟讓魏公獨霸　破世充叔寶建功 48 唐公晉陽舉義　李氏鄠縣聚兵
47 看瓊花樂盡隋終　殉死節香銷烈見	50 化及江都弒主　魏公永濟鏖兵
48 遺巧計一良友歸唐　破花容四夫人守志	
49 舟中歌詞句敵國暫許君臣 　馬上締姻緣吳越反成秦晉	
50 借寇兵義臣滅叛臣　設宮宴曹后辱蕭后	
51 真命主南牢身陷　奇女子巧計龍飛	
52 李世民感恩劫友母　寧夫人惑計走他鄉	
53 夢周公王世充絕魏　棄徐勣李玄邃歸唐	52 世充詭計敗魏公　玄邃反覆死熊耳 53 秦叔寶失主歸鄭　程知節決意降唐
54 釋前仇程咬金見母受恩 　踐死誓王伯當為友捐軀	
55 徐世勣一慟成喪禮　唐秦王親啗服軍心	
56 啖活人朱燦獸心　代從軍木蘭孝父	
57 改書柬竇公主辭姻　割袍襟單雄信斷義	
58 竇建德谷口被擒　徐懋功草廬訂約	57 秦王兵圍洛陽　鄭王求援夏主 58 秦王虎牢扼要　建德汜水就擒

59 狠英雄犴牢聚首　奇女子鳳閣沾恩	59 羽翼孤鄭王面縛　交情深叔寶割股
60 出囹圄英雄慘戮　走天涯淑女傳書	
61 花又蘭忍愛守身　竇線娘飛章弄美	
62 眾嬌娃全名全美　各公卿宜室宜家	
63 王世充忘恩復叛　秦懷玉翦寇建功	
64 小秦王宮門掛帶　宇文妃龍案解詩	
65 趙王雄踞龍虎關　周喜霸占鴛鴦鎮	
66 丹霄宮嬪妃交譖　玄武門兄弟相殘	60 二憝除秦王即眞　百戰勛秦瓊錫爵

註：《隋唐演義》前 66 回中，共有 42 回（1～19、21～25、27、33、37、39、41～47、53～55、58～60、66）源自《隋史遺文》。而《隋史遺文》全書 60 回中，爲《隋唐演義》採用者計有 55 回。

附表二：《說唐》六十八回本和六十六回本之回目比較

《說唐演義全傳》68回本	陳汝衡修訂之《說唐》66回
01 秦彝託孤寧夫人　李淵決殺張麗華	01 戰濟南秦彝託孤　破陳國李淵殺美
02 謀東宮晉王納賄　定燕山羅藝興兵	02 謀東宮晉王納賄　反燕山羅藝興兵
03 造流言李淵避禍　當馬快叔寶聽差	03 造流言李淵避禍　當馬快叔寶聽差
04 臨潼山秦瓊救駕　承福寺眞主臨凡	04 臨潼山秦瓊救駕　承福寺唐公生兒
05 潞州城秦瓊賣馬　二賢莊雄信馳名	05 奏叔寶窮途賣駿馬　單雄信交臂失知音
06 建威冒雪訪良朋　雄信揮金全義友	06 樊建威冒雪訪良朋　單雄信揮金全義友
07 打擂臺英雄聚會　解幽州姑姪相逢	07 打擂臺英雄聚會　解幽州姑姪相逢
08 叔寶神箭射雙雕　伍魁妒賢成大隙	08 叔寶神箭射雙雕　伍魁妒賢成大隙
09 奪先鋒教場比武　犯中原塞北鏖兵	09 奪先鋒教場比武　思鄉里叔寶題詩
10 秦叔寶星夜回鄉　唐節度賀壽越公	10 省老母叔寶回鄉　送禮物唐璧賀壽
11 國遠哨聚少華山　叔寶引入承福寺	11 英雄嘯聚少華山　叔寶權棲承福寺
12 李靖風鑒識英雄　公子毬場逞華麗	12 李藥師善觀氣色　柴郡馬大要行頭
13 長安女觀燈玩月　宇文子強宣淫	13 長安士女觀燈行樂　宇文公子強暴宣淫
14 恣蒸淫太子迷花　躬弑逆楊廣簒位	14 恣蒸淫太子迷花　行弑逆楊廣簒位
15 雄闊海大顯英雄　伍雲召報仇起兵	15 雄闊海打虎顯英雄　伍雲召報仇集眾將
16 司馬超敗麻叔謀　伍雲召刺何總兵	16 司馬超大敗麻叔謀　伍雲召槍刺何總兵
17 韓擒虎調兵二路　伍雲召被困南陽	17 韓擒虎調兵二路　伍雲召被困南陽

18 焦方借兵沱羅寨　　天錫救兄南陽城	18 焦芳借兵沱羅寨　　天錫救兄南陽城
19 伍雲召棄城敗走　　勇朱燦殺退師徒	19 伍天錫太行山鏖兵　　關王廟伍雲召寄子
20 韓擒虎收兵復旨　　程咬金窮賣柴扒	20 韓擒虎收兵復旨　　程咬金逢赦回家
21 俊達有心結勇漢　　知節不意得金盔	21 俊達有心結好漢　　咬金學斧鬧中宵
22 眾捕人相舉叔寶　　小孟嘗私奔登州	22 眾馬快薦舉叔寶　　小孟嘗私入登州
23 楊林欲嗣秦叔寶　　雄信暗傳綠林箭	23 楊林強嗣秦叔寶　　雄信暗傳綠林箭
24 秦叔寶劈板燒批　　賈柳店刺血為盟	24 秦叔寶劈板燒批　　賈柳店拜盟刺血
25 群賢拜壽華封祝　　二劫王杠虎被擒	25 慶壽辰羅單相爭　　劫王損咬金被捉
26 因劫牢三擋楊林　　賺潼關九戰文通	26 劫囚牢好漢反山東　　出潼關秦瓊賺令箭
27 伯當射箭救好友　　叔寶走馬取金堤	27 叔寶走馬取金　　咬金三斧定瓦崗
28 咬金三斧取瓦崗　　魔王一星探地穴	
29 茂公智退三路兵　　楊林怒打瓦崗寨	28 茂公智退兩路兵　　楊林怒擺長蛇陣
30 假行香羅成全義　　破陣圖楊林喪師	29 假行香羅成全義　　破陣圖楊林喪師
31 邱瑞中計降瓦崗　　元慶逞勇取金堤	30 降瓦崗邱瑞中計　　取金堤元慶揚威
32 裴元慶怒降瓦崗　　程咬金喜納翠雲	31 裴元慶怒投瓦崗寨　　程咬金喜納裴翠雲
33 觀瓊花指示興亡　　上揚州商議開河	32 王世充避禍畫瓊花　　麻叔謀開河擾百姓
34 袁天罡驅神造殿　　李元霸力賽成都	33 造離宮袁李費裁思　　保御駕英雄較武藝
35 眾王盟會四明山　　三將石戰宇成都	34 眾王盟會四明山　　三將合戰無敵將
36 冰打瓊花識天運　　劍誅異鬼避凶星	35 冰打瓊花昏君掃興　　劍誅異鬼楊素喪身
37 五將攻打臨陽關　　王伯當盜呼雷豹	36 眾將攻打臨陽關　　伯當偷盜呼雷豹
38 元慶禍中火陣　　尚師徒失機全節	37 叔寶戲戰尚師徒　　元慶喪身火雷陣
39 秦瓊三鐧倒銅旗　　羅成槍挑孽世雄	38 打銅旗秦瓊破陣　　挑世雄羅成立功
40 羅春保主歸金墉　　楊林設計謀反王	39 歸金墉羅春保主　　鋤反王楊林劃策
41 羅成力搶狀元魁　　闊海壓死千斤閘	40 羅成力搶狀元魁　　闊海壓死千金閘
42 高祖遣將誅化及　　眾王投降李元霸	41 甘泉關眾王聚會　　李元霸玉璽獨收
43 元霸被雷歸神位　　咬金斧劈老君堂	42 遭雷擊元霸歸天　　因射鹿秦王落難
44 李密投唐心反覆　　單通招親貴洛陽	43 改赦書世民被釋　　拋彩球雄信成婚
45 尉遲恭打關劫寨　　徐茂公訪友尋朋	44 尉遲恭打關劫寨　　徐茂公訪友尋朋
46 秦王夜探白璧關　　叔寶救駕紅泥澗	45 秦王夜探白璧關　　叔寶救駕紅泥澗
47 咬金落草獻軍糧　　叔寶槍刺宋金剛	46 獻軍糧咬金落草　　復三關叔寶揚威

48 敬德識破假首級　公山賫書劉文靜	47 喬公山奉命招降　尉遲恭無心背主
49 咬金抱病戰王龍　文靜設謀誅定陽	48 程咬金抱病戰王龍　劉文靜甘心弒舊主
50 秦王興兵犯洛陽　羅成大戰尉遲恭	49 劉文靜驚心噩夢　程咬金戲戰羅成
51 咬金説降小羅成　秦王果園遇雄信	50 對虎峪咬金説羅成　御果園秦王遇雄信
52 黑煞星誤犯紫微　天蓬將大戰建德	51 王世充發書請救　竇建德折將喪師
53 尉遲恭納黑白氏　馬賽飛擒程咬金	52 尉遲恭雙納二女　馬賽飛獨擒咬金
54 羅成力擒馬賽飛　咬金脱難見秦王	53 小羅成力擒女將　馬賽飛重煉飛刀
55 八陣圖大敗五王　高唐草射破飛鈸	54 李藥師計敗五王　高唐草射破飛鈸
56 秦叔寶力斬鼉魚　單雄信哭別嬌妻	55 斬鼉魚叔寶建功　踹唐營雄信拼命
57 秦瓊建祠報雄信　羅成奮勇擒五王	56 秦瓊建祠報雄信　羅成奮勇擒五王
58 殷齊王謀害世民　尉遲恭御園演功	57 眾降將金殿封官　尉遲恭御園護主
59 世民宮門掛玉帶　敬德屈受披麻拷	58 掛玉帶秦王惹禍　入天牢敬德施威
60 黑闥興兵犯魚鱗　定方一箭傷九虎	59 尉遲恭脱禍歸農　劉黑闥興兵犯關
61 紫金關二王謀計　淤泥河羅成爲神	60 紫金關二王設計　淤泥河羅成捐軀
62 羅成魂歸見嬌妻　秦王恩聘眾將士	61 羅成託夢示嬌妻　秦王遇救訪將士
63 尉遲恭詐稱瘋魔　唐高祖敕封鐧鞭	62 尉遲恭詐稱瘋魔　唐高祖敕賜鞭鐧
64 五龍大戰紫金關　彌天妖法戰唐將	63 報唐璧叔寶讓刀　戰朱登咬金逞斧
65 雷賽秦假尉遲恭　秦叔寶擒黑面賊	64 四王灑血紫金關　高祖慶功麒麟閣
66 寶鏡照出彌天道　五王失算喪家邦	65 昇仙閣二王鬥富　太醫院冷飲藏奸
67 麒麟閣旌表功臣　升仙閣奸王鬥富	
68 李靖丹救衆國公　太宗位登顯德殿	66 天策府眾將敲門　顯德殿大宗御極

註：66 回本對原本（68 回本）的改編，主要有三：一是將原本的第 27、28 兩回，合併爲 27 回。二是將原本的第 64～67 回，刪訂成第 63～65 回。三是將原本回目的文字加以修飾。

附表三：《隋史遺文》與《說唐》回目比較

《隋史遺文》前32回	《說唐》68回本
01 圖奪嫡晉王樹功　塞亂源李淵惹恨	01 秦彝托孤寧夫人　李淵決殺張麗華
02 隋主信讒廢太子　張衡造讖危李淵	02 謀東宮晉王納賄　定燕山羅藝興兵 03 造流言李淵避禍　當馬快叔寶聽差
03 齊州城豪傑奮身　楂樹崗唐公遇盜	04 臨潼山秦瓊救駕　承福寺眞主臨凡
04 秦叔寶途次救唐公　竇夫人寺中生世子	05 潞州城秦瓊賣馬　二賢莊雄信馳名
05 柴公子舞劍得姻緣　秦解頭領文吃擔閣	
06 蔡太守隨時行賞罰　王小二轉面起炎涼	
07 三義坊當簡受腌臢　二賢莊賣馬識豪傑	
08 入酒肆驀逢舊識人　還飯錢逕取回鄉路	06 建威冒雪訪良朋　雄信揮金全義友
09 魏玄成留住東嶽廟　單員外迎往二賢莊	
10 樊建威冒雪訪行蹤　單員外贈金貽禍水	
11 眾捕人鬧皂角林　好漢于縛進潞州府	
12 定罪案發配幽州地　打擂台揚名順義村	07 打擂臺英雄聚會　解幽州姑姪相逢
13 張公瑾轉托二尉遲　秦叔寶解到羅帥府	
14 秦夫人見姪起悲傷　羅公子瞞父觀操演	08 叔寶神箭射雙雕　伍魁妒賢成大隙
15 勇秦瓊舞簡服三軍　小羅成射鷹助一弩	09 奪先鋒教場比武　犯中原塞北鏖兵
16 羅元帥作書貽蔡守　秦叔寶贈金報柳氏	10 秦叔寶星夜回鄉　唐節度賀壽越公

17 單雄信促歸秦叔寶	來總管遣賀楊越公		
18 齊國遠嘯聚少華山	秦叔寶引入永福寺	11 國遠哨聚少華山	叔寶引入承福寺
19 柴郡馬留寓報德祠	陶蒼頭送進光泰門	12 李靖風鑒識英雄	公子毬場逞華麗
20 收禮官英雄識氣色	打毬場公子逞豪華		
21 齊國遠漫興立毬場	柴郡馬挾伴遊燈市	13 長安女觀燈玩月	宇文子強暴宣淫
22 長安婦人觀燈步月	宇文公子倚勢宣淫		
23 老婦人失女訴冤情	眾好漢抱憤成義舉		
24 恣蒸淫太子迷花	躬弒逆楊廣篡位	14 恣蒸淫太子迷花	躬弒逆楊廣篡位
25 新皇大逞驕奢	黔首備遭荼毒		
26 二百里海山開勝景	十六院嬪御鬥豪華		
27 程咬金無處賣柴扒	尤俊達有心劫銀杠	20 韓擒虎收兵復旨 21 俊達有心結勇漢	程咬金窮賣柴扒 知節不意得金鐟
28 長葉林響馬自通名	齊州城太守請捕盜	22 眾捕人相舉叔寶	小孟嘗私奔登州
29 單雄信馳送綠林箭	程咬金踹斷楊木板	23 楊林欲嗣秦叔寶	雄信暗傳綠林箭
30 秦叔寶回官受笞責	賈潤甫接客惹疑猜	24 秦叔寶劈板燒批 25 群賢拜壽華封祝	賈柳店刺血爲盟 二劫王杠虎被擒
31 程咬金酒筵供盜狀	秦叔寶燭燄燒捕批		
32 眾豪傑登堂祝鶴算	老夫人受慶飲霞觴		

註：《説唐》有 20 回（1～14，20～25）採用自《隋史遺文》。